Die Fischtreppe

Katharine Norbury

DIE FISCHTREPPE

Eine Reise flussaufwärts

Roman

Aus dem Englischen von
Sigrid Ruschmeier

Matthes & Seitz Berlin

Für Jean Norbury
und im Gedenken an Fred Norbury
in unendlicher Liebe

Fischtreppe

Eine Anlage, mit deren Hilfe Fische bei ihren Wanderungen Hindernisse wie zum Beispiel einen Damm überwinden können. Die meisten Fischtreppen bestehen aus einer Reihe von flachen, abgestuften Becken (deshalb Fisch*treppe*), in die die Fische springen beziehungsweise die sie durchschwimmen können, um das offene Gewässer auf der anderen Seite zu erreichen. Die Geschwindigkeit des Wassers, das über die Stufen fließt, muss hoch genug sein, um die Fische zur Treppe zu locken, darf aber nicht so hoch sein, dass sie stromabwärts geschwemmt oder zu müde werden, um ihre Wanderung flussaufwärts fortzusetzen.

Teil I

Nicht wenig Elend und Verwirrung kommen daher, dass wir durch eigene Schuld uns selbst nicht verstehen und nicht wissen, wer wir sind. Erschiene es nicht als eine schreckliche Unwissenheit, meine Töchter, wenn jemand keine Antwort wüsste auf die Frage, wer er ist, wer seine Eltern sind und aus welchem Lande er stammt?

Teresa von Avila

Font del Mont

Unser Thema für diesen Sommer lautet: Vom Meer zur Quelle – wir gehen an Wasserläufen entlang.

Der erste Ferientag. Meine neunjährige Tochter Evie nahm ihr Tagebuch. Sie schrieb meinen Satz auf, unterstrich ihn und verwandelte ihn so in eine Überschrift. Über dem kegelförmigen Gipfel des Garn Fadryn hinter ihr kreiste, als Rußflecken sichtbar, ein Dutzend Krähen.

»Was ist ein Wasserlauf?«, fragte sie.

»Ein Wasserlauf ist der Weg, dem das Wasser folgt. Und er kann alles sein: ein rieselnder Bach oder auch ein mächtiger Strom.«

»Und die Quelle?«

»Da kommen alle Wasserläufe her.«

»Entspringen dort, stimmt's?«

»Ja. In einem Teich, aus einem Felsspalt oder als Springquell. Ich habe eigentlich nie darüber nachgedacht.«

Evie schaute mich an und legte ihren Stift hin. »Wie fangen wir an?«

Dies ist die Geschichte meiner Spaziergänge und Wanderungen – oft zusammen mit Evie. Es begann damit, dass wir uns etwas vornehmen mussten, um einen ansonsten verdorbenen Sommer zu überstehen. Denn ich war im vorhergehenden Winter schwanger gewesen, hatte aber das Baby im Frühjahr verloren.

Seit dem Tag, an dem sich ein rosa Streifen auf dem Plastikstäbchen des Schwangerschaftstests gezeigt hatte, war die Atmosphäre bei uns zu Hause angespannt. Ich freute mich, war aufgeregt, ja, überglücklich. Mein Mann Rupert hatte Bedenken. Wir lebten zu der Zeit in Barcelona, weil der Euro gegenüber dem Pfund schwach war, doch das änderte sich gerade. Evie war begeistert und schrieb ein Gedicht mit dem Titel »Mein kleiner Bruder«, das in der Schule an die Wand gehängt wurde. Rupert und ich stritten uns fast jeden Tag. Mir war übel, ich musste mich häufig erbrechen und wertete das als ein gutes Zeichen. Statistisch gesehen lag die Wahrscheinlichkeit einer Fehlgeburt aufgrund meines Alters bei fünfzig Prozent. Ich aber war überzeugt, es würde alles gutgehen.

Als die Anzeichen neuen Lebens schwächer wurden, blieb ich im Bett und redete mir ein, das Kind wachse. Obwohl sich alles anders anfühlte als bei Evie. Der Schlafwandler in mir schien meist tief und fest zu schlafen, doch dann war die Ruhe profunder; eines Tages hörte das Herz des Babys ganz auf zu schlagen. Mein Arzt legte mir nahe, die Geburt einleiten zu lassen. Aber ich liebte ihn – ich war sicher, es war ein Junge – und wollte nicht, dass er mich verließ. Ich beschloss, ihn so lange ruhen zu lassen, wie er wollte.

Fast jeden Tag ging ich auf den Tibidabo, den Berg zwischen Barcelona und dem Hinterland, auf dessen Tälern und Anhöhen immer reges Treiben herrschte. Nachdem meine Freundin Olga und ich eines Morgens die Kinder zur Schule gebracht hatten, wanderten wir einen der vielen schmalen Pfade hinauf zur Kammstraße, die Carretera de les Aigües. Olga fluchte leise, schwor, das Rauchen aufzugeben, und schob sich immer wieder das lange Haar hinters Ohr. Auf dem Tibidabo standen Pinien, Feigen und Kakteen, dazwischen tummelten sich Wildschweine, ein paar Schafherden und gelegentlich Spieler des FC Barcelona, die oberhalb ihres Stadions, dem Camp Nou, auf der unbefestigten Straße trainierten. Man sah Jogger und Morgenspaziergänger, je nachdem, mit Kinderwagen und Hunden, Radfahrer in ihrem engen

Lycraoutfit, mit den glotzäugigen Brillen. Schwalben schossen zwitschernd vorbei. Trotz des Waldes war der Berg hell, denn das Mittelmeer, wie ein Schleier an den Saum der Stadt geheftet, spiegelte das Licht in die dunkelsten Schluchten und vertrieb die Schatten. Zu dieser Jahreszeit war der Berg dicht mit Wüstenblumen bewachsen, mit Agaven, verkrüppelten rosa Rosensträuchern, weit geöffnetem gelbem Mohn, Rosmarinbüschen mit ihren fusseligen blauen Blüten. Olga zeigte mir Stellen, wo man später im Jahr Pilze sammeln und in der Saison wilden Spargel ernten konnte, der bitter schmeckte wie dünne Algen.

Am südlichsten Kamm des Tibidabo entsprang eine Süßwasserquelle, die Font del Mont. Man gelangte über eine Straße hinter dem Bergrücken zu ihr, und jeden Tag standen dort ältere katalanische Männer mit breiten Hosenträgern und orthopädischen Schuhen Schlange, in der Hand Plastikbehälter. Sie stützten sich auf knorrige Stöcke, die auch als Pilzstocher dienten. Über der Quelle hatte man einen Steinhaufen errichtet und das Wasser durch ein Stahlrohr geleitet, von wo es in einen Plastikeisbehälter floss und sich dann einfach auf den Boden ergoss. Hunde, die ihren Besitzern vorausgelaufen waren, versammelten sich in wechselnden Gruppen um den Behälter und wedelten mit den Schwänzen Staub auf. Die alten Männer winkten uns an der Schlange vorbei, damit wir unsere Wasserflaschen auffüllen konnten, kurze Blicke streiften über meinen leicht gewölbten Bauch. Wir fragten sie, ob an dem Wasser etwas Besonderes sei, ob es Heilkräfte besitze. Sie schauten uns an, als seien wir verrückt, und lachten. »Es ist Wasser«, sagten sie. »Und es ist gratis!«

Bei Olga zu Hause erwartete uns schon ihre Mutter mit einem Auflauf aus Kalbfleisch, Eiern und Erbsen. Sie sprach Katalanisch mit mir, und Olga übersetzte. »Liebes, du musst genug Eiweiß essen. Und viel, viel trinken.« Zu Hause bestückte ich den Kühlschrank mit isotonischen Getränken, die für einen Marathon gereicht hätten.

Das Baby beschloss, meinen Körper fast einen Monat, nachdem sein Herz stehen geblieben war, zu verlassen. Wir waren zu Hause, Evie schlief, Olgas Nummer steckte am Telefon, Rupert war zur Premiere eines Films in London, der Verfilmung eines seiner Bücher. Den genauen Zeitpunkt, zu dem es geschehen würde, hatte man nicht bestimmen können, und das übrige Leben sollte deshalb nicht stillstehen.

Zu Beginn des Sommers begriff ich, dass unser Baby hätte bei uns sein sollen, in meinen Armen liegen, warm und knuddelig und nach Sonne duften, und ich sah ein, dass ich nur unter großen Anstrengungen mein Leben bewältigen konnte. Nicht zum ersten Mal fiel mir in einer Zeit der Trauer alles entsetzlich schwer, nicht zum ersten Mal erlebte ich, wie die Welt mich in einer engen, harten Kapsel einschloss, und nachdem es mir wieder besser ging, sagte ich sogar, meine Angst vorm Wahnsinnigwerden sei nun viel größer als die vorm Sterben. Schließlich stellte sich das aber als ebenso unbedachte wie oberflächliche Bemerkung heraus, es stimmte absolut nicht, und ich sollte Gelegenheit haben, meine Einstellung gründlich zu revidieren.

Da ich eine Tochter hatte und wegen ihr stark sein musste, suchte ich etwas, das die Luft weiter atembar, den Klang des Windes weiter hörbar machte und den Geruch eines Holzfeuers oder den ätzenden Geschmack des Meersalzes auf meiner Zunge bewahrte. Etwas, das eine mögliche – Depression ist ein viel zu vages Wort –, einen möglichen Stillstand verhinderte.

Ich hatte also die Idee, einem Fluss vom Meer bis zur Quelle zu folgen. Ich kam auf Umwegen dazu, und ich will Ihnen davon erzählen, obwohl ich es lange nicht schaffte, sie in die Tat umzusetzen. Ja, der Plan rückte so schnell in den Hintergrund, dass bald schon alles, was überhaupt mit Wasser zu tun hatte, ausreichte. Doch während der Sommer verging, merkte ich, dass ich mich auf eine Reise zum Beginn des Lebens selbst begeben wollte. Nicht im abstrakten oder metaphorischen Sinn, es ging nicht darum, wer wir sind und was wir hier wollen. Sondern ich unternahm eine tatsächliche Reise zum Ursprung meines Lebens. Denn obwohl meine Kindheit glücklich gewesen war und ich als Erwachsene ein erfülltes, wenn auch kein besonderes oder bemerkenswertes Leben führte, waren meine Anfänge eher ungewöhnlich.

Ich war als Baby adoptiert worden und in die Familie gekommen, weil meine Eltern ein zweites Kind wollten und meine Mutter nach der Geburt meines Bruders keines mehr hätte austragen können. Viele, viele Jahre lang hatte ich mir gar keine weiteren Gedanken über meine Adoption gemacht. Begann mich aber nun aus irgendeinem Grunde, vielleicht durch den Verlust des Babys, mit diesem Rätsel zu beschäftigen. Dem Rätsel, wer ich war und woher ich kam und von wem wir sprechen, wenn wir über »unsere Familie« reden. Wochen vergingen, Monate, sogar Jahre, bis ich zu meiner Überraschung Orte entdeckte, leere Räume, »Orte im Herzen«, deren Existenz ich mir schlicht nicht hatte vorstellen können.

Swimmingpool

Auf einem Hügel steil und schier
Und riesig, steht die Wahrheit. Wer zu ihr
Gelangen will, muss drum herum sich ringen
Und so des Hügels Widerstand bezwingen.

John Donne

Die Idee, einem Fluss vom Meer zu seiner Quelle zu folgen, stammt aus dem Roman des schottischen Schriftstellers Neil M. Gunn, *Der Quell am Ende der Welt*. Leider besaß ich das Buch nicht mehr, denn ich hatte es nur ein paar Tage, bevor wir in die langen Sommerferien nach Wales reisten, meiner Freundin Sofia in Barcelona geschenkt.

In Evies internationaler Grundschule war Sofia eindeutig die reichste Mutter, verheiratet mit einem der wohlhabendsten Männer der Welt. Wir lernten uns kennen, als ich mich bei Evies Lehrerin darüber beschwerte, dass ein offenbar bewaffneter Mann dem Bus der Kinder zum Schwimmbad gefolgt war. Miss Linda hatte nachdenklich dreingeschaut und erwidert, Bodyguards seien der neueste Hype, eine der russischen Familien habe einen und eine der bulgarischen auch, obwohl der eher ein Diener sei und überdies als Chauffeur fungiere. Da trat eine nette Frau im Jogginganzug vor und sagte, der Wachmann sei ihrer. An ihrem Finger funkelte ein eurogroßer Diamant. Sie entschuldigte sich für die Aufregung, war aber überzeugt, es sei für alle Kinder besser, wenn vor der Schule ein Bodyguard Dienst tue, und darauf wusste ich nichts mehr zu sagen.

Im Frühjahr verstärkte man die Sicherheitsmaßnahmen für

Sofia und ihre Kinder. Ihr Schwiegervater übergab die Leitung des Familienunternehmens, einer Telekommunikationsgesellschaft, an ihren Mann. Der tägliche Schulweg erfolgte nun in Begleitung eines dichten Pulks von Ex-Marines und schwarz gekleideten Geheimpolizisten mit Walkie-Talkies. Das Arrangement war eindeutig nicht allen genehm, aber es war nur von kurzer Dauer. Im Verlauf des Sommers kehrten Sofia und ihre Familie in ihr Heimatland zurück, wo man das Sicherheitsnetz noch enger um sie zurren und die Kinder im Allrad-Jeep zur Schule bringen konnte.

Kurz vor ihrem Wegzug lud Sofia einige der Schulmütter zum Abendessen ein, auch mich. Als ich an ihrem elektrischen Tor klingelte, bat mich ihr Sicherheitschef, meine Personalien und den Zweck meines Besuches anzugeben. Als das Tor sich öffnete und ich vor der Haustür stand, rief der Wachmann Sofia an, die alle Informationen, die ich ihm gegeben hatte, bestätigte. Er ließ mich in den Korridor und öffnete eine zweite Tür. An ihm vorbei gelangte ich in einen stilvollen, minimalistisch eingerichteten Raum, wo ein Glastisch mit Damastservietten und schwerem Silberbesteck gedeckt war. Mir unbekannte Blumen in einem Tafelaufsatz ließen von ihren langen Staubgefäßen mit kugeligen Köpfen ockerfarbenen Staub, zart wie Sternenstaub, auf den Tisch fallen.

Hinter dem Tisch saßen die Frauen auf zwei niedrigen Sofas und unterhielten sich. Sofia, das Telefon in der Hand, winkte mir zur Begrüßung zu. Eine zweiflügelige Verandatür führte auf die Holzterrasse. Im Swimmingpool sammelte sich anthrazitfarbener Schatten. Die Lichter im Haus spiegelten sich, zuckten über die Oberfläche und beleuchteten abgebrochene Zweige und Insekten. Es war zwar heiß, aber das Wasser wirkte kalt. Es zitterte, weil die Filteranlage vibrierte. Einmal hatte Sofia mich zum Schwimmen eingeladen, und ich hatte mir einen schwarzen Calvin-Klein-Bikini gekauft. Solch teure Badebekleidung hatte ich noch nie besessen. Es war aber nicht zu dem Badevergnügen gekommen und würde es wahrscheinlich auch nicht mehr. Die gummierte Oberfläche des Tennisplatzes war von Pinienharzflecken und heruntergefallenen Nadeln bedeckt. Für die Kinder gab es eine Schaukel und ein Klettergerüst. Eine hohe, mit Bougainvillea überwucherte Mauer verhieß Schatten und Ungestörtheit. Quietschende Reifen und Bremsen verrieten eine Verkehrsampel auf der anderen Seite der Mauer. Eine Elster zeterte in einer hohen Pinie, und eine blauschwarze Feder trudelte zur Erde herab. Es erinnerte alles an ein Kloster, aber ein seltsam säkulares.

Im Zimmer tranken die Frauen Champagner aus Kristallgläsern. Ein libanesischer Butler bediente uns. Mein Blick blieb immer wieder an ihm hängen, weil er mich an einen berühmten englischen Schauspieler erinnerte. Schließlich fragte ich ihn, ob er mit ihm verwandt sei.

»Wer ist Steven Berkoff, Señora?«, lautete seine Gegenfrage.

Die Frauen hatten sich schier überschlagen, um Sofia etwas zur Erinnerung zu schenken: einen Hermès-Schal. Etwas von Gucci. Fleur de Thé Rose Bulgare, ein Parfüm, das von Creed angeblich für Ava Gardner kreiert worden ist, die sich in Tossa de Mar, eine Stunde entfernt von dort, wo wir saßen, in Old Blue Eyes Frank Sinatra verliebt hatte. Ich wusste partout nicht, was ich schenken sollte.

Meine außergewöhnlichste Entdeckung in diesem Jahr war das erwähnte Buch, *Der Quell am Ende der Welt*, von Neil M. Gunn. Er erzählt darin von einer Quelle, »deren Wasser so klar ist, dass es unsichtbar ist: Wenn zwei Liebende sie finden, glauben sie zuerst, sie sei trocken …« Als ich Sofia von dem Roman erzählte, bat sie mich, ihr Inhalt und Autor aufzuschreiben, aber nun schenkte ich ihr mein Exemplar. Ich hatte keine Zeit gefunden, ihr eins zu kaufen, und freute mich, etwas Gutes weiterzugeben.

Der Quell am Ende der Welt ist die Geschichte einer Reise. Der Protagonist geht allein in Schottlands wilde Natur und erzählt allen, die ihn nach seinen Gründen fragen, er suche den Quell am Ende der Welt. Er heißt Peter Munroe, was vielleicht auf »Du bist Petrus, und auf diesen Felsen will ich bauen meine Gemeinde« anspielt und darauf, dass in Schottland alle Berge, die höher als dreitausend Fuß sind, Munro genannt werden. Peter ist ein erfolgreicher Professor, dessen Jugend vergangen ist. Auch die Schönheit seiner Frau verblüht allmählich. Ihr einziges Kind – wie das Kind Gunns – ist tot geboren worden. Ihn treibt ein unbestimmtes, bittersüßes Sehnen und die Vorahnung, dass er, sollte er dem Impuls nicht folgen, traurig und enttäuscht sein wird.

Er ist unfähig, diesem Gefühl Ausdruck zu verleihen – aber die Quelle, die will er suchen. Also macht er sich in die wildesten Teile Schottlands auf und erlebt Abenteuer sowohl in der Natur als auch bei den Begegnungen mit Menschen und entdeckt die unterschiedlichsten Eigenschaften an sich selbst. Die Wahrheit ist immer an den Rändern seines Blickfeldes. Manchmal flackert sie in der Landschaft ganz dicht vor ihm auf, manchmal seitab. Doch wenn er sie direkt zu fixieren versucht, verschwindet sie.

Mir war klar, dass Sofia niemals eine solche Reise unternehmen würde, selbst wenn sie gewollt hätte. Es hätten ja Bodyguards und Köche, Diener und Zelte, Tische und Stühle, ein Geländewagen mit Vierradantrieb sowie Überwachungskameras dabei sein müssen wie bei Außenaufnahmen einer hochgerüsteten Filmcrew. Sofia konnte nicht einfach losgehen. Ich schon. Nicht sehr vermögend und völlig unbekannt zu sein, gaben mir eine andere Art Freiheit. Je mehr ich darüber nachdachte, desto entschiedener wollte ich Peter Munroes Reise machen. Warum, hätte ich nicht erklären können. Aber auch meine Jugend war vorüber, auch ich hatte ein Kind verloren. Das waren womöglich die einzigen Verbindungspunkte zwischen mir und dem Romanhelden. Vielleicht reichten sie ja. Ich war aber auf jeden Fall wie er überzeugt, dass es jenseits meines Begreifens etwas gab, das sich mir entzog, an das ich nicht herankam, und dem entsprach das Bild einer geheimen Quelle.

Nachdem Sofia weggezogen war, wollte ich mir das Buch wieder kaufen, doch es war vergriffen. Ich hatte es erst vor drei Monaten gefunden, und nun war es buchstäblich schon wieder verschwunden. Ich stieß jedoch auf eine Gesellschaft, die sich dem Werk des lange verstorbenen Schriftstellers widmete, und setzte mich mit Leuten in seiner Heimatstadt in Verbindung. Ich wollte wissen, ob die in dem Roman beschriebene Wanderung stattgefunden hatte, und wenn ja, wo sie begonnen und wohin sie geführt hatte. Gab es die Orte, die in dem Buch erwähnt wurden? Hatte eine echte Quelle den Autor inspiriert? Man nahm an, dass die Reise unternommen worden war, dass es eine Quelle gegeben und Neil M. Gunn seinen Kessel mit ihrem Wasser gefüllt hatte, doch niemand konnte sich erinnern, wo sie war. Mr Gunns Neffe, Dairmid Gunn, wisse es wohl am ehesten, aber der sei gerade nicht da, und niemand wisse, wie man ihn erreichen könne. Ich legte die Idee mit der Quelle erst einmal ad acta.

Gunn hatte auch das Buch *Highland River* geschrieben, und ich spürte ein Taschenbuch davon aus dem Jahr 1975 auf, kurz bevor Evie und ich in die Ferien nach Großbritannien flogen, fand allerdings nicht mehr die Zeit, es zu lesen, und schlug daher eine beliebige Seite auf:

> »Und was fängst du da mit dir an?«
>
> »Ach, ich wandere rum und angle und so was … Aber eigentlich habe ich schon eine vage Idee – ich will an einem bestimmten Fluss bis zu seinem Ursprung entlanglaufen. Das will ich schon seit Langem. Mehr eigentlich nicht.«
>
> »Keine Pilgerreise?«
>
> »Eher nicht.«
>
> »Du meinst, ein bisschen doch?«

Ich betrachtete die Worte »eine vage Idee«, spürte sie in mich einsinken wie Steine in einen Teich und wusste, dass etwas geschehen war, etwas geschah, und dass ich bereit war, mich verstören zu lassen. »Ich will an einem bestimmten Fluss bis zu seinem Ursprung entlanglaufen … Das will ich schon seit Langem.«

Ich auch, dachte ich, aber ich hatte es vergessen. Eine Erdkundestunde kam mir in den Sinn. »Der Grundwasserspiegel«. Ich hatte Zöpfe und trug eine Zahnspange. Marienkäfer flitzten über mein verschrammtes Pult. In dem Sommer waren sie überall. Ich schnipste ihre rubinroten Leiber in das leere Tintenfass, aus dem ich sie in der Pause wieder befreien wollte. Ich musste sie vor dem Rabauken verstecken, der Wettrennen mit ihnen veranstalten wollte und ihnen die zarten Flügel ausriss, damit sie nicht wegfliegen konnten. Als ich die Worte »porös« und »vulkanisch« in schön geschwungener Kreideschreibschrift vor mir sah, merkte ich, dass es zu spät war, nach ihrer Bedeutung zu fragen. Ich hatte verpasst, wo das Wasser seinen Ursprung hatte, und das Schaubild im Buch bot keinerlei Anhaltspunkte. Falls ich aber nachsitzen musste, würden die Marienkäfer wahrscheinlich doch noch sterben.

Ich schlug *Highland River* zu und strich mit der Hand über den Umschlag, die alten Seiten waren weich wie Fensterleder. Darauf las ich:

> »Der Fluss in den Highlands mit seinen dunkelbraunen Teichen und den jähen rauschenden Untiefen ist ein magischer Spielplatz für den kleinen Kenn und seine Gefährten. Hier angelt er mit selbstgebastelten Haken nach Lachsen … Kenns Wanderung flussaufwärts, auf der er nur seinem Jagdinstinkt folgen möchte, wird zu einer aufregenden Erkundung der Quelle und des Ursprungs seiner selbst.«

Ich drehte das Buch um und betrachtete die darauf abgebildeten Fotografien: ein Fluss, der zielstrebig über flache Felsplatten floss. Im Vordergrund waren ein paar Bauernhäuser, ein paar bläuliche Berge dahinter. Den Fluss gab es wirklich. Er hieß Dunbeath Water.

Ich steckte das Buch in einen Koffer.

Als Evie und ich in Großbritannien ankamen, fuhren wir zuerst zu meiner Mutter nach Cheshire. Rupert war in Barcelona geblieben, um an seinem Buch zu arbeiten, und wollte in ein paar Wochen nachkommen. Ich suchte Dunbeath Water auf einer Straßenkarte. Der Fluss war sehr weit weg. Und sah nicht nach viel aus. Etwa fünfzehn Meilen lang, in die oberste rechte Ecke Schottlands geschmiegt, nur einen Katzensprung von John O'Groates entfernt. Auf der Karte waren weder Quelle noch ein Teich verzeichnet, kein Anfang, und Dunbeath Water verschwand einfach, ein dünner blauer Schnörkel schlängelte sich über eine blendend weiße Seite, durch die offenbar kargste Gegend der Britischen Inseln. Ich versuchte, eine bessere Karte zu finden, eine Flurkarte. Aber keine Buchhandlung hatte sie vorrätig. Mir war klar, wenn ich diesem Fluss vom Meer zur Quelle folgen wollte, musste ich eine Autofahrt von hin und zurück etwa fünfzehnhundert Meilen auf mich nehmen. Für eine Fußwanderung von etwa dreißig Meilen! Vielleicht sollte ich erst mal näher an Zuhause anfangen.

Humber

Auf der Landkarte sieht der Spurn Point, ein wenig rechts von Hull, wie eine auseinandergebogene Haarnadel aus. Er ragt in die Nordsee und biegt dann wieder landeinwärts. Die Landzunge trennt die breite Mündung des Humber von der mächtigen Nordsee. An ihrer Spitze stehen zwei mittlerweile funktionslose Leuchttürme, weil die Landzunge alle zweihundertfünfzig Jahre bricht und sich wieder neu bildet. Hinter einem Leuchtturm ist eine Seenotrettungsstation, aber auch sie wird mit Sicherheit bald aufgegeben. Denn die momentane Inkarnation des Spurn geht angeblich ihrem Ende entgegen. Die über ihn verlaufende Straße aus flachen, quadratischen Platten, unter der sich die Landzunge geschmeidig wie eine Katze bewegt, muss ständig ausgebessert und dort neu angelegt werden, wo der Rücken des Landes zur Ruhe gekommen ist.

Ich hatte Evie gerade ihren Gutenachtkuss gegeben.

»Wo willst du hin?«, fragte sie.

»Zum Spurn Point.«

»Wo ist der?«

»Auf der anderen Seite von England. Mehr oder weniger in einer geraden Linie von hier aus. Ich bin morgen Nachmittag zurück«, sagte ich.

Evie bettete ihren Kuschelhund Jerome neben das Kopfkissen.

»Ich dachte, wir fahren morgen zum Cottage.«

»Das können wir doch auch übermorgen machen. Schafft ihr das so lange allein, du und Grannie?«

»Ja!«, sagte sie. »Wir wollen backen.« Sie warf mir einen langen einschmeichelnden Seitenblick zu. »Sing ›Long and Winding‹.« Ich nahm ihre Hand und fing an, »The Long and Winding Road« von den Beatles zu singen. Bald schlief Evie tief und fest. Ich schob ihr eine Locke hinters Ohr, beugte mich über sie, gab ihr einen Kuss auf die Stirn und legte meinen Kopf neben ihr Gesicht. Eine Weile lang lauschte ich ihrem Atmen.

Ich hatte immer schon zu dem Leuchtturm laufen wollen, und meine Mutter redete mir nun gut zu. Außer in den paar Stunden, die Evie in der Schule verbrachte, war ich das ganze letzte Jahr nicht allein gewesen, aber meine Mutter und ihre Enkeltochter sahen sich nur in den Schulferien. Da der Spurn Point den äußersten Rand einer Flussmündung bildet, passte er sogar zu unserem Ferienthema, wenn auch der Humber kein Fluss ist, dem man vom Meer zur Quelle folgen kann. Sein Name bezieht sich nämlich nur auf die Mündung. Vor langer Zeit, als das Eis zu schmelzen begann, war dort ein Süßwasserfluss entstanden. Doch er wurde von der ansteigenden Nordsee verdrängt, und heute bezeichnet der Name den Abschnitt ab dem Zusammenfluss der Flüsse Ouse und Trent; später kommen noch der Ancholme und der Hull hinzu.

Um Mitternacht war ich immer noch unschlüssig. Ich saß am Fußende des Bettes meiner Mutter, und wir tranken Tee.

»Wenn du jetzt losfährst«, sagte sie, »bist du rechtzeitig zum Sonnenaufgang da.« Ihre Augen waren vergissmeinnichtblassblau, und ihre knochigen Hände lagen zart, aber biegsam wie Federn in meinen. Sie war einundachtzig. Eine wunderbare Frau und passionierte Wanderin; sie hätte keine Sekunde lang gezögert. Ich küsste sie auf die weiche Wange, lachte und ging in die Sommernacht hinaus, die wegen des Scheins der Straßenlaternen schwarz erschien. Eine Karte brauchte ich nicht. Ich ließ den Motor an und fuhr nach Osten, an Manchester vorbei, in den Morgen.

Die Pennines zu überqueren war aufregend – die M62 ist die höchstgelegene Autobahn Englands –, die Fahrt ging überraschend schnell. Dann verlief die Straße entlang des nördlichen Humberufers. In Hull reihten sich Meile um Meile die Hafenanlagen aneinander. Jetzt hätte ich doch gern eine Karte gehabt. Aber ich kannte ja mein Ziel: die Landzunge, die das Meer vom Fluss trennt. Wenn ich dem Fluss folgte, würde ich dort ankommen. Und trotzdem … Ich hatte nicht angenommen, dass der Spurn Point so weit hinter der Stadt lag.

Gegen Osten erstreckte sich weit das flache Land, zeichnete sich ab vor der unvollkommenen, mäßigen Dunkelheit. Ich fuhr durch einen Weiler: malerisch, verschlafen. Eine weiße Triple-Stretchlimousine parkte frech auf dem Dorfanger. Der Hof einer Farm war vollgestellt mit Roma-Wohnwagen, eine Holzwindmühle ließ den Kopf einer lebensgroßen Clownspuppe nicken. Ein Kraftwerk. Ein Windpark. Müll und Strandgut am Rand der bewohnten Welt.

Ich musste an Dungeness denken, wo der Filmemacher Derek Jarman seine letzten Jahre in einem geschindelten, schwarz geteerten Fischerhaus verbrachte und dem blaugrauen Kies, auf dem es stand, einen Garten abrang, während sich sein einst so scharfer Blick zunächst verdunkelte und dann ganz erlosch. Es gibt ein Foto von ihm als Knut der Große, in einen Umhang gehüllt und mit einer Halskette aus Schwimmern einer Angelrute. Lächelnd inszeniert er sich zwischen Land und Meer und gebietet den Wellen zurückzurollen. Vielleicht auch als König Lear. Ein Kämpfer gegen das sterbende Licht, die näherkommende See. Obwohl ich an Dungeness erinnert wurde, kam es mir zugleich ganz anders vor. Enger und härter. Diese Landschaft hatte etwas unerwartet Weiches und Weites.

Im Dorf Easington sah ich Schilder zum Spurn Point. Auf dem Parkplatz dort zu parken wirkte übertrieben. Es gab ja gar keinen Verkehr. Ich stellte das Auto trotzdem dort ab. Neben dem Parkplatz lag ein Campingplatz. Ich schloss ab, ging zurück, prüfte, ob wirklich abgeschlossen war. Ärgerte mich, weil ich das tat. Es war nicht mal zwei Uhr nachts. Wer würde jetzt hierher kommen? Ich ging durch Felder und Wiesen, an einigen Häusern vorbei, und war überrascht, in wie vielen Fenstern Licht brannte. Ich hatte nicht gedacht, dass hier so viele Menschen wohnten, beziehungsweise mir vorgestellt, dass sie jetzt schliefen.

Ich versuchte, eine in mir aufsteigende Panik zu unterdrücken, eine kribbelnde Angst. Sie hatte sicher mit der unerwarteten Nähe so vieler anderer Menschen zu tun und meiner Schutzlosigkeit allein auf dem Weg zum Spurn Point. Es war wie über die Planke gehen. Natürlich hatte ich mit dem einen oder anderen Vogelbeobachter gerechnet, eine Begegnung zu dieser Jahreszeit und an einem so entlegenen Ort aber für unwahrscheinlich gehalten. Doch nun spürte ich förmlich all die hinter zugezogenen Vorhängen auf Fernseher gehefteten Blicke, sah das an kalten Bierdosen in dieser warmen Sommernacht herunterlaufende Kondenswasser vor mir. Empfand die tiefe Müdigkeit der jungen Mütter mit ihren schlaflosen Kindern, der Schichtarbeiter, der Greise.

Scheinwerfer leuchteten auf: ein Range Rover der Polizei. Er hielt an – teigige Gesichter, kleine, harte Augen musterten mich skeptisch. Vorsichtshalber hob ich die Hand. Wen suchten sie? Schmuggler? Selbstmörder? Prostituierte? Sie erwiderten meine Geste nicht und fuhren weiter, hinaus zum Point, zur Spitze.

Wo der Sandarm sich aus dem Land erhob – sodass beide, Fluss und Meer, zu sehen waren –, befand sich eine Ansammlung von Fertighütten aus Wellblech und Beton. Autos standen verstreut davor. Die Chromteile eines alten BMW schimmerten, die Fenster waren von innen beschlagen. Eine Nissenhütte hatte offenbar als Café für Leute gedient, die zum Point wollten, doch die verwitterten Schilder schienen mittlerweile nutzlos zu sein. Die Autos wiesen allerdings darauf hin, dass hier noch jemand lebte,

Außenseiter, Randgestalten. Ich hatte geplant, bis zur Spitze der Landzunge zu laufen, an der Fluss und Meer sich trafen, und mich dann irgendwo hinter dem Leuchtturm schlafenzulegen. Ich hatte den Tag hier verbringen, alles erkunden, in mich aufnehmen und dann zurück zu meiner Mutter fahren wollen. Aber mir war nicht klar gewesen, wie hell die Nacht sein würde. Bald nach Mitternacht hatte sich alles verschattet, verfüllt, doch seitdem hellte sich der Himmel allmählich auf. Zuerst war er dunkelblau, jetzt mit lichteren Streifen durchsetzt. Die Formen im blassen Sand vor mir waren leicht zu erkennen, die Farben traten langsam hervor wie auf einem sich entwickelnden Polaroidfoto. Die Polizisten fuhren wieder an mir vorbei. In ein paar Minuten hatten sie die Reise gemacht, für die ich durch die Nacht gefahren war.

Ich ging zur Flussmündung. Ihr Ufer war flach und fruchtbar, grüne Marsch, brauner Schlick. Es knallte in einem fort, als schnalzten hundert Zungen. Marschgase, nahm ich an. Und der Humber selbst. So weit und real wie der Tod. Ein paar Meilen flussaufwärts verband eine bei Selbstmördern beliebte Hängebrücke Lincolnshire mit dem East Riding von Yorkshire. Ich fragte mich, ob einer von ihnen bis hierher getrieben und angeschwemmt worden war. Ich hatte Angst, aufs Wasser zu schauen, Angst davor, was ich sehen würde. Einen aufgeblähten Hund, die bleichen Glieder wie Stuhlbeine in den blinden Himmel gereckt. Oder Schlimmeres.

Mein Unbehagen wurde stärker, als ich ein unverkennbares Geräusch hörte, ein tiefes Vibrieren, einen Cantus planus, das Zusammenfließen vieler Stimmen. Zuerst hielt ich die Luft, das Zusammentreffen des Flusswindes mit dem Meereswind für die Ursache, aber in der bleichen Nacht erkannte ich das Instrument, das diese Töne erzeugte: die Strommasten, die bis zum Leuchtturm aufgestellt, und die Leitungen, die zwischen ihnen aufgespannt waren. Das leise Summen des elektrischen Stroms, der durch die Leitungen fließen mochte, wurde von einem Gesang übertönt, der endlos und tief, unaufhörlich war wie der Wahnsinn.

Ich wandte mich ab und lief zur anderen Seite der Landzunge, zum Strand.

Je mehr Abstand ich zwischen mich und die schlaflosen Bewohner auf dem Spurn Point brachte, desto besser fühlte ich mich. Das Meer glänzte perlgrau, opak, und darüber wurde der Himmel heller, zart und weich wie die Haut einer Pflaume. Der Sonnenaufgang schien unmittelbar bevorzustehen, aber ich wusste, es würde noch eine Stunde dauern. Ein verrosteter Bast-Metall-Stuhl, aus dem Meer gefischt und in den Sand gestellt, zeugte davon, dass hier manchmal Angler oder Vogelbeobachter waren. Ich fand in meinen Rhythmus und war zufrieden, dass meine Fußspuren heute die ersten waren im Sand, als sei er Neuschnee.

Jahrzehntelang hatte man versucht, die Landzunge gegen die vereinten Kräfte der Meeresbrandung und der Strömung des Flusses zu schützen, die sie gebildet und zerstört hatten und sie wieder bilden und zerstören würden. Überbleibsel der verschiedenen Maßnahmen waren immer noch zu sehen. Betonklötze als Wellenbrecher. Buhnenrippen, jede aus einem einzigen Baum, die Stangen eines gigantischen Käfigs entlang der Küste. Die Querstangen waren längst weggespült oder entfernt, die verbleibenden senkrechten Pfähle wie ehrwürdige Götterstatuen, jeder so dick wie ein Mann und zweimal so groß. Ich dachte an die Osterinseln, die blinden Köpfe, die das Land bewachen. Auch an das Gerippe eines Wikingerschiffs, dessen König und Fracht längst schon Asche sind. Ich fand den Ort wunderschön, vergaß meine Furcht und lief immer noch durch den Wald aus Pfählen, als die orangefarbene Sonne aus dem Meer in einen indigoblauen Himmel aufstieg. Sie leuchtete mir ins Gesicht, und ich war überrascht, wie warm sie war. Als berühre mich ein Fremder zur Begrüßung oder tadelnd. Und dann die Schatten! Lange, spinnenartige Schatten. Zu meiner Rechten entdeckte ich plötzlich meinen eigenen. Groß und gespenstisch dünn, mein langes Haar wehte zur Seite, die Arme schlenkerten über endlosen Scherenbeinen. Und plötzlich kamen mir wie aus dem Nichts die Tränen. Mein Schatten. Mein Schatten! Ich stand zwischen ihm und der Sonne, er floss von meinen Füßen über die Erde, und einen Moment lang begriff ich, dass ich lebte. Diese Momente der Erkenntnis sind so rar; man schaut nicht zurück und nicht nach vorn. Die Zeit vergeht, sobald wir in sie eintreten.

Ich gewöhnte mich an den Tag, genoss den leichten Wind, langsam zog sich das Wasser zurück. Das Strandgut warf scharfe Schatten, jedes Stück Tau, Treibholz, altes Spielzeug, ein Fetzen Netz, ein Kinderwagen. Und dann eine Ruine! Eine Hütte, ohne Dach, weder Türen noch Fenster, halb im Sand versunken. Sie musste auf der Landzunge gebaut worden sein, bevor deren schlangenartiger Verlauf sich geändert hatte, und, längst verlassen, am Strand gelandet sein, wo sie mit jeder Springflut mehr im Wasser verschwand. Ich erkundete die sandigen Spinnwebmuster auf den Böden der Räume, wollte aber weiter. Über den Strand zu laufen war anstrengend, bei jedem Schritt sank ich ein. Ich lief in die niedrigen Dünen und freute mich sehr über die wilden Löwenmäulchen und Stranddisteln, die Winden und Strand-Grasnelken. Den Steinbrech, rosa – alles rosa. Die blühende Rosa rugosa bog sich zu den Seiten wie Brombeerranken, ausgesät aus irgendeinem Garten, und dann die gelben sternenförmigen Blüten, Johanniskraut. Wie weich die Landschaft war, ich war hingerissen.

Ich entdeckte den Leuchtturm. Wie aus einem Kinderbuch. Und dann sah ich den Mann. Zuerst dachte ich, er angle. Er stand, oder vielmehr agierte, auf halbem Weg zwischen mir und dem Leuchtturm. Sein Alter konnte ich nicht ausmachen. Ich wollte ihm auf keinen Fall näherkommen. Zwischen fünfundzwanzig und fünfzig mochte er alles sein. Als ich sicher war, dass er mich nicht bemerkt hatte, ließ ich mich ins lange Gras fallen und spürte plötzlich, wie müde ich war. Der Mann ähnelte dem Maler Frank Auerbach, untersetzt, welliges Haar, energiegeladen, kraftvoll. Er rannte aufs Meer zu wie ein Tänzer, blieb stehen, beinahe auf Zehenspitzen, seine Arme flogen nach vorn, er umschlang sich, dann rannte er – rückwärts! – wieder zurück, ohne den Blick vom Wasser abzuwenden, hob einen Stein auf, rannte wieder bis ans Wasser, drückte den Stein an die Brust und schleuderte ihn von sich. Diese Bewegung hatte ich für das Auswerfen einer Angel gehalten. Befreit von der Last fielen seine Arme herab, und er blieb stehen, um zu sehen, wo der Stein gelandet war. Im Wasser. Aber der Mann verharrte nur einen Moment lang. Als verfluche er das Meer, hob er verzweifelt oder flehend die Arme und rannte erneut los. Immer wieder vollführte er seinen seltsamen Tanz. Unentwegt drückte er einen Stein an sich, warf, beobachtete, rannte wieder rückwärts. Bisweilen erreichte er das Meer mit leeren Händen, als habe er in der Zeit, die er für jede Runde anberaumte, keinen passenden Stein gefunden, und dann flogen nur die Arme nach vorn, und er umarmte sich wieder.

Ich war neugierig, hatte aber Angst. Ich verscheuchte die Gedanken an Virginia Woolfs Roman *Zum Leuchtturm*, in dem sich eine Familie in den Ferien vornimmt, einen Leuchtturm zu besuchen, das aber erst nach Jahren schafft, nach dem Ersten Weltkrieg, als schon etliche ihrer Mitglieder tot sind und die Kinder erwachsen und alles zu spät ist. Ich verspürte nicht den Wunsch, an diesem Mann vorbeizugehen. Und ich war unendlich müde. In den Dünen waren viele Kuhlen, windgeschützte Lichtungen in den Stranddisteln und dem Strandhafer. Ich behielt den Mann im Auge, während ich einen Bogen um ihn machte. Auf meiner Seite parkte ein staubiges grünes Auto an der Straße, wahrscheinlich seins. Die einzigen Fußspuren am Strand waren von mir. Zwischen mir und dem Auto führte ein schmaler Pfad von der Straße auf den Strand. In den Dünen waren keine Fußspuren. Also war er entweder hierher gefahren oder gelaufen, aber weder über die Dünen noch am Strand entlang. Blieben nur die Straße und das Flussufer, denn hier war die Landzunge nur wenige Meter breit. Und er war ein Mensch mit einer ziemlichen Zwangsstörung.

Ich zog mich in die Dünen zurück, hielt mehr oder weniger gleichen Abstand vom Pfad, dem Strand und der Straße und grub in dem wärmer werdenden Sand eine Mulde an der Stelle, die am weitesten von dort entfernt war, wo der Mann meiner Vermutung nach vorbeigehen würde. Ich legte mich in die Mulde und rollte mich ein. Sah nichts als Gras und Himmel und den Rand der Düne über mir. Den Mann sah ich nicht. Was gewiss bedeutete, dass er mich auch nicht sah.

Der weiche Sand wehte in einem fort. Ich schloss die Augen. Und dachte an eine Wochen zurückliegende Begebenheit in London. Rupert und ich hatten in einem Hotel übernachtet, ich war früh aufgewacht, zum Fenster gegangen und hatte beobachtet, wie das harsche Sommerlicht die Schatten auf der Straße unter mir tilgte, zuerst die Einzelheiten zeichnete, das Mauerwerk, die Pflastersteine, und sie dann bleichte, bis alles glühte und vor Hitze flimmerte. Ein Mann trat aus einem der ehemaligen Stallgebäude, als wolle er zur Arbeit gehen. Er trug einen Anzug, das leuchtende Weiß musste sein Hemd sein, ob er eine Krawatte umhatte, konnte ich im grellen Licht nicht erkennen. Überrascht sah ich einen Becher in seiner Hand und begriff: Er war Raucher. Ich sah ein Kind im Hochstuhl am Küchentisch vor mir und die Mutter oder ein Au-pair. In dem Moment, als der Mann die Zigarette anzündete, kam alles an ihm irgendwie zusammen, seine Atome verbanden sich, bildeten einen Hülle um ihn, einen Testosteronwirbel. Ich beobachtete, wie er sich in sich entspannte, und eine Weile blieb ich neugierig am Fenster stehen.

Als ich später an dem Haus vorbeiging, sah ich, dass es keine Wohnung war, sondern ein Ingenieurbüro. Das erklärte, warum er einerseits losgelöst, andererseits konzentriert war und auch seine Gier nach einer Zigarette – wenn man etwas will und nicht tun oder haben kann, wohnt der Situation eine Spannung inne. Jetzt überlegte ich, was dem Mann hier am Strand passiert sein mochte, was ihn hierhergeführt hatte, was ihn zu diesem erratischen Tanz veranlasste, diesem zwanghaften Handeln. Aber schon zerrte und zupfte der Schlaf am Stoff meines Bewusstseins, schüttelte ihn, bevor er ihn hob, und dann flatterte er über den Sand wie die Lieblingsdecke eines Kindes. Er trug meine Gedanken mit sich fort.

Etwa eine Stunde später erwachte ich. Mit der satten Zufriedenheit, die nur der Schlaf schenkt. Ich war von einer dünnen Schicht Sand bedeckt; auch mein Haar war voller Körner. Mit schweren Lidern setzte ich mich in der warmen Kuhle auf. Vorsichtig. Und unglaublich hungrig. Ich hatte etwas zu essen dabei, aber mir war unwohl, weil ich nicht wusste, wo der Mann war.

Ich ging auf die Düne, gebückt, damit er mich nicht sah, den Leuchtturm zu meiner Rechten, den Strand zu meiner Linken und vor mir. Er war wirklich immer noch da und warf Steine. Ich hörte nun auch seine Stimme, wieder und wieder ein »Oh!«, keine Worte, der Wind hatte sich gedreht. Es war, als sei nichts geschehen (war es ja auch nicht). Vielleicht war er ein wenig langsamer geworden, aber nicht viel. Zum ersten Mal fragte ich mich, wie lange er schon dort war. Waren wir mehr oder weniger gleichzeitig angekommen? Oder war er schon die ganze Zeit hiergewesen, während ich noch über die Pennines, an der Flussmündung entlang, unter dem dunkler werdenden Himmel entlanggefahren war? Doch im Grunde wollte ich das gar nicht wissen, jetzt nicht, und überhaupt nie. Ich wollte ihn los sein, weg sein. Ich hatte große Angst vor ihm, Angst vor seiner Rastlosigkeit, und ich fühlte, wie sich die Furcht in meine Eingeweide fraß.

Das Herz schlug mir bis zum Hals; mein Mund war trocken. Und ich war immer noch unendlich müde. Eine Stunde Schlaf war nicht viel, und ich zitterte vor Adrenalin. Wir waren drei Meilen weit in der Nordsee, die mörderische Flussmündung lag im Westen. Irgendwann würde der Mann weggehen – ich hatte gehofft, das würde geschehen, während ich schlief, damit ich die Halbinsel in aller Ruhe nach ihm verlassen konnte. Aber nun würde er es sein, der mir folgte. Ich glaubte nicht, dass er über den Strand gekommen war, das Gehen im Sand war zu langsam und beschwerlich. Die Straße würde der Mann voll im Blick haben. Aber ich beschloss, sichtbar zu bleiben – es schien, als werde er in seinem Tun noch eine Weile fortfahren – und Distanz zwischen ihn und mich zu bringen. Sobald ich die Straße aus Betonplatten erreichte, fing ich an zu rennen.

Weil ich den Mann aber offenbar im Grunde für harmlos hielt, hatte ich nicht den nötigen Biss. Meine Kampf-oder-Flucht-Reaktion schlummerte unter der Oberfläche. Ich hatte keinen Zugriff darauf. Ich ärgerte mich. Jetzt war ich so weit gefahren, diesen Ort zu sehen, und rannte davon. Was für eine (literarische) Ironie, dass auch ich nicht zu diesem wunderschönen Leuchtturm gelangte, der mich mit seiner runden Form und seinen schwarzen und weißen Streifen an ein Everton Mint, ein schwarzweiß geringeltes Pfefferminzbonbon, erinnerte und dessen nun überflüssiges Licht hinter rautenförmigen Scheiben aus Zucker in einem Lakritzkäfig gehalten wurde. Ich wusste, dass ich mich vermutlich nicht geängstigt hätte, wäre ich ein Mann oder zehn Jahre jünger gewesen. Ich war verärgert, dass mein langes blondes

Haar und meine nicht gerade kräftige Statur mich bestimmt verletzlich wirken ließen. Hätte ich doch einen Hut mitgenommen.

Ein Hase tauchte auf; riesig, braun, mit unverwechselbar schwarzen Ohren, der Blick nicht von dieser Welt. Er wirkte, als nähme er die gesamte Straße ein. Ich blieb stehen. Unbeeindruckt sprang er in Richtung des Flusses davon. War er vom Strand gekommen? Was für ein Gedanke. Ich freute mich – auf einmal war alles in Ordnung. Wäre ich nicht vor dem Verrückten weggelaufen, hätte ich den Hasen nicht gesehen. Ich folgte ihm. Das Flussufer, eben noch ein Ort des Schreckens, sah unter der warmen Sonne schön aus. Im Licht auf dem Wasser erschien es mir freundlich, wahrscheinlich lag das auch an der einsetzenden Ebbe. Und während ich schaute, fuhr ein Frachter in die Flussmündung, leuchtend bunt und flach, wie aus Pappe ausgeschnitten, hielt er auf Hull zu. Am gegenüberliegenden Ufer, unerreichbar weit entfernt, war eine Stadt, Türme und Würfel, wie in einem Kinderfilm aus Streichholzschachteln und Toilettenpapierrollen gebaut. Nicht der Hades, aber Cleethorpes.

Ich ging über einen schmalen Pfad durch kurzes helles Gras. Folgte dem Hasen. Immer wieder tauchte er vor mir auf, in immer der gleichen Haltung, nach Westen gewandt, dem Fluss zu. Sein haselnussbraunes Auge schien mich zu taxieren, dann drehte er sich wieder um und sprang davon, zahm wie eine Katze. Plötzlich waren lauter Austernfischer um mich herum. Ich hörte sie, bevor ich sie sah, und lachte dann laut auf. Sie schwebten wie ein fliegender Teppich aus *Tausendundeiner Nacht*, überschwemmten den Sand und das Flussufer, strömten durchs Gras, über den Pfad, trennten sich, um einen Stein oder ein Stück Holz zu umgehen, schlossen sich wieder zusammen, bewegten sich schwankend wie auf Rollen, in immer anderen Mustern. Ihr witziges, tschirpendes, rollendes Pfeifen klang zart wie von Spielzeugvögeln. Dann liefen sie offenbar zum Fluss, denn sie verschwanden so plötzlich, dass es schien, sie seien nie dagewesen.

Nun sah ich wirklich einen Angler vor mir. Breitschultrig, aber schlank. Mein Blick wurde von der Bewegung seines Rückens angezogen. Ich hätte unbemerkt an ihm vorbeigehen können, hatte aber keine Angst. Ich ging weiter auf dem Pfad entlang. Er holte seine Angelschnur ein, warf mir einen kurzen Blick zu und nickte. In der Geste steckte ein Lächeln, er sah gutmütig aus, hatte die Augen wegen des Sonnenlichts zusammengekniffen. Ich erwiderte den Gruß, neigte den Kopf ein bisschen, unser stummer Austausch hatte etwas Japanisches. Ich dachte an das Willow-Muster, an blau-weiße Teller, obwohl sie aus China sind und eine Figur auf dem Teller eine Peitsche in der Hand hat. Der Angler nestelte ein wenig ostentativ an der Spitze seiner Angel, vielleicht hatte ich ihn überrascht. Ich wusste, dass er den Sitz des Hakens meinetwegen überprüfte. Ich schlug also einen großen Bogen hinter ihm, damit er Platz zum Auswerfen hatte, und ging dann, ohne mich umzusehen, weiter.

Der Hase war weg, ich ging zur Straße hoch und dann denselben Weg am Strand entlang zurück, Richtung Festland.

Ich war seltsam enttäuscht, als ich an den Fertighütten vorbeikam. Jetzt ärgerte mich meine Angst und dass ich die Wanderung abgebrochen hatte noch einmal. Am Auto bemerkte ich sofort, dass aus einem Reifen Luft entwichen sein musste und aus dem Motor Flüssigkeit austrat. Ich bückte mich, es war Wasser. Glück gehabt. Ich untersuchte das Vorderrad an der Fahrerseite und prüfte den Reifen. Er war ein wenig weich, aber offenbar unbeschädigt. Ich lauschte, kein Zischen. Die Ventilkappe fehlte. Gut. Kein Loch im Reifen. Ich öffnete die Tür und nahm eine Flasche Wasser heraus, drückte auf den Schalter, um den Kofferraum zu entriegeln. In einer Hand hielt ich die Flasche, trank in langen Zügen. Kühl. Mit der anderen öffnete ich die Motorhaube. Ich trat mit dem Fuß gegen die Stoßstange, schaute, wie sich das Wasser in dem Kühler bewegte, überprüfte die Scheibenwaschanlage, kippte den Rest aus der Flasche hinein.

Plötzlich stand ein Mann neben mir. Ich hatte ihn nicht gehört, und es war auch kein Auto in Sicht, aber zu diesem Zeitpunkt überraschte mich schon nichts mehr. Er war ungefähr sechzig, korpulent, trug ausgebeulte Latzjeans und Crocs. Keine Socken, kein Hemd; unter der Latzhose schien er nackt zu sein, man sah das bleiche Fleisch an den offenen Seiten. Auf dem Kopf trug er ein marineblau-weißes Bandana, à la Hell's Angels. Vermutlich wollte er seine fortgeschrittene Glatze verbergen. Um seinen Hals hing ein großes Fernglas, goldene Münzringe schmückten seine Finger. Ein Vogelfreund.

»Jemand hat Luft aus Ihrem Reifen gelassen«, sagte er, überraschend gut informiert. »Und aus dem Motor kommt Flüssigkeit.« Seine näselnde Stimme stand zusammen mit seinen in die Länge gezogenen Huller Vokalen in merkwürdigem Gegensatz zu seiner Körperfülle. Im Ohr trug er eine mächtige Creole.

»Ich glaube, die kommt aus der Klimaanlage«, sagte ich. Er stand im hohen Gras am Rand des Parkplatzes und wollte offenbar nicht auf den Asphalt treten.

»Na gut«, sagte er. »Hm. Sie sind allein, da will ich Sie mal in Ruhe lassen«, und er ging in Richtung des Strandes. Ich lächelte und fragte mich, was er wohl gesagt hätte, wenn ich mit jemandem zusammen hiergewesen wäre. Trotzdem rührten mich seine freundliche Art und sein Verständnis für meine Situation, allein zu sein. Ich schaute mich um. Wie viele Augenpaare? Ein eigenartiger Ort. Ich wollte gerade den Zündschlüssel umdrehen, da sah ich den Hasen wieder. *Einen* Hasen. Er äste im Gras an der Böschung vor mir, mehr oder weniger an der Stelle, wo der Mann gestanden hatte. Das Wort Psychopomp fiel mir ein. Seelengeleiter.

Ich drehte den Schlüssel um. Bei dem Geräusch blickte der Hase auf, neugierig, gleichmütig, eher wie ein Hirsch. Dann zupfte er weiter am Gras. Ich setzte zurück und fuhr davon.

Mersey

Meine Mutter faltete einen Zeitungsausschnitt auseinander und breitete ihn auf dem Tisch vor uns aus.

»Das würde ich gern sehen, und ich bin sicher, Evie würde es auch gefallen.« Auf einer halben Seite aus der *Liverpool Daily Post* sah man eine Gestalt am Strand, auf deren Kopf eine Möwe stand. Die Schlagzeile lautete: »Heute Abend entscheidet sich das Schicksal der Eisenmänner.« Der Artikel war etliche Jahre alt. Es ging darin um Antony Gormleys Installation *Another Place*. Evie warf einen kurzen Blick auf das Bild, dann notierte sie unsere Bestellung für das Frühstück in ihrem Spiralheftchen. »Ich hätte gern einen Toast«, sagte ich, weil das das Einzige war, das sie ohne Probleme schaffte, und sie verschwand in der Küche.

»Sind sie immer noch dort?«, fragte ich.

»Das will ich doch meinen«, erwiderte meine Mutter. »Wir könnten ein Picknick machen. Und alles ansehen, was dich sonst noch interessiert.« Ich schaute sie an und dann wieder den Zeitungsausschnitt.

»Alles?«

»Alles, von dem du meinst, dass wir es gern sehen würden.«

Ich fragte mich, wie lange meine Mutter auf diesen Moment gewartet hatte. »Es ist gar nicht weit von dem Kloster entfernt«, sagte ich. »Wusstest du das?«

»Ja, du hast einmal gesagt, es sei irgendwo dort. Wenn du möchtest, schauen wir es uns an.« Meine Mutter hatte den ein wenig zu großäugigen Ausdruck, wie immer, wenn sie Hintergedanken hatte oder eine Überraschung plante. Evie kam mit dem Toast zurück.

»Würdest du gern ein Picknick machen?«, fragte ich sie.

»Du hast gesagt, wir fahren heute zum Cottage.« Das stimmte. Evie zog ärgerlich die Stirn in Falten.

»Und wenn wir das morgen machen? Wir könnten noch einen Tag mit Grannie verbringen.«

Evie erklärte sich mit dem Picknick einverstanden, wenn auch etwas unsicher, ob sie nun ausgetrickst worden war oder nicht. Sie half uns, Sandwiches zu machen, Äpfel und Schokolade einzupacken. Wir füllten eine Flasche mit Kakao, und dann fuhren wir drei nach Liverpool.

Ich parkte das Auto nahe am Strand. Hohe Zäune und Stacheldrahtbarrieren begrenzten den Parkplatz auf einer Seite, auf der anderen waren die Hafenanlagen. Metallkräne drängten sich über Frachtcontainern, die wie gigantische Bonbons aufgestapelt waren. Sackleinenfarbene Dünen schoben sich unter dem Zaun hervor, wellten sich gen Norden, bis sie an der Biegung der Küste außer Sicht gerieten. Die Rotoren eines Windparks in der Flussmündung standen still. Ein Bootsteich, eine ovale Lagune, war leer. Das Einzige, was sich offenbar bewegte, war das raue, elastische Gras rundherum, das flach gegen den Wind lag, als beteilige es sich an einem Tauziehen. Ich war nervös und fühlte mich wie auf dem Präsentierteller, wie ein Zeremonienmeister. Wovon, wusste ich allerdings nicht. Selbst dass wir Sandwiches mitgebracht hatten, schien bedeutungsvoll, als verrate es unser Bedürfnis nach Autarkie, den Wunsch, unter uns zu bleiben. Ich versuchte, das Gefühl abzuschütteln und den Tag zu genießen. Ein Picknick war immerhin ein Abenteuer. Doch Evie wollte aus ihr eigenen Gründen nicht mitmachen, wurde patzig und blieb beim Auto.

Da drehte sich meine Mutter, die mit ihrem Spazierstock vorangestapft war, jäh zu Evie um. »Es geht nicht um dich. Das ist ein besonderer Ort für deine Mummy, und du verdirbst ihn ihr!«, sagte sie.

Ich blickte meine Mutter an. »Ein besonderer Ort für deine Mummy.« Komischerweise freute es mich, dass meine Mutter sogar gegen meine Tochter für mich Partei ergriff. Vom Parkplatz ging Evie dennoch nicht weg. Sie umschlang einen der wenigen Bäume dort. Ich merkte, wie der Druck in meinem Kopf stieg.

»Schluss jetzt! Schluss!«, blaffte ich sie schließlich an und überlegte gleichzeitig, ob es in England verboten war, seine Kinder anzuschreien, oder ob es nur schlechte Manieren waren. Wir schauten uns wütend an.

»Das hier ist ein magischer Ort«, sagte ich, und es war, als stürzte ich in ein Loch. »Auf der anderen Seite der Dünen ist ein Portal zu einer anderen Welt.« Überzeugt wirkte Evie nicht. Am Ufer des Bootsteichs stand auf postkartengroßen Schildern: »Achtung! Vorsicht, Blaualgen! Nicht ins Wasser fassen!« Knapp fünfhundert Meter weiter – knallbunt und gegen den Wind von Büschen umstanden – lag ein Kinderspielplatz. Evie hatte ihn auch bemerkt, und das war, wie ich endlich begriff, der Grund für ihre Widerborstigkeit. Dahinter erstreckten sich die Dünen, charakterlos und langweilig, der bleiche Himmel darüber wie ein Zelt, die Sonne ein heller Fleck. Wir mussten durch die Dünen gehen, um zum Strand zu gelangen. Evie sah außer dem Spielplatz nichts, das sie interessierte. Doch das Wort »Portal« hatte es ihr angetan. Warum ich es gesagt hatte, wusste ich nicht und überlegte, ob Evie seine Bedeutung kannte, na eigentlich, ob ich selbst sie kannte. Es hatte sciencefictionmäßig geklungen, als habe es was mit Reisen zu tun.

»Komm mit mir durch die Lücke im Sand,« sagte ich, »und dann siehst du es. Wenn es dir nicht gefällt, gehen wir zum Spielplatz.«

»Versprochen?«

»Das muss ich nicht versprechen. Das weißt du. Komm erst mal mit Grannie und mir mit.«

Eine Uferpromenade führte zu der Lücke zwischen den Dünen. Ich fragte mich, wer die Holzbohlen fegte, wer diesen Ort pflegte und wie oft.

Portal.

Evie ließ den Baum los, ihr Blick verweilte kurz auf den senkrechten Pfählen des Spielplatzes, dem einzigen Farbtupfer in der faden Landschaft, schaute dann so ängstlich zu den Dünen, als bekäme sie gleich eine Spritze. Meine Mutter war schon fast dort, das unerschütterliche Klacken ihres Stocks auf dem Holzweg klang, als habe die Schildkröte den Hasen Evie herausgefordert. Evie holte tief Luft und rannte hinter ihr her.

Ich folgte ihnen, spürte, wie der Wind aus dem Norden mich anschob, und holte sie an dem Durchgang ein. Zu beiden Seiten des Weges waren die Dünen mit stacheligem Gras und lila Stranddisteln bewachsen und abgezäunt. Weitere Schilder warnten: »Erosion! Betreten verboten!«, aber Evie ignorierte sie, sauste eine Düne hinauf und auf der anderen Seite wieder hinunter. Meine Mutter und ich gingen durch die Schneise, wir kamen alle gleichzeitig auf dem Strand an und schauten uns um.

Another Place ist eine Installation von einhundert lebensgroßen Figuren des Künstlers Antony Gormley. Wir brauchten eine Weile, bis wir sie entdeckten. Aber allmählich hoben sich die unbeweglichen Figuren von der Bewegung des Meeres und dem langsam sich drehenden Himmel ab. Einer nach dem anderen wurden die metallenen Männer bis weit ins Meer hinaus sichtbar. Sie winkten nicht und ertranken nicht, sondern verschwanden im grauen Wasser. Meine Mutter nahm sie alle sanft lächelnd zur Kenntnis. Evie sah einen, rannte hin, dann zu einem anderen, bemerkte auf einmal, wie viele es waren, und begriff, dass sie den gesamten Strand in Beschlag nahmen. Sie blieb stehen und drehte sich zu mir um, nun konnte sie plötzlich lachen.

Bei meinem ersten Ausflug hierher waren die »Antonys« neu, streng, roboterhaft gewesen. Ich war überrascht, in welch kurzer Zeit sie weicher geworden waren. Auf ihrer gusseisernen Haut hatte sich Rost gebildet, eine Patina wie Flechten. Die Gliedmaßen waren zerfressen, nicht mehr so klar konturiert. Manche Antonys steckten knietief im Sand, andere standen auf vordem verborgenen Sockeln. Sie erinnerten mich an die Pfähle am Spurn Point, hatten aber nicht deren Funktion als Buhnen. Altruisten waren sie nicht. Allerdings schienen sie allesamt entschlossen, zwischen Meer und Land zu bleiben. Ich stand neben einem der Metallmänner und versuchte, aufs Meer hinauszuschauen wie er. Meine selbst gestellte Aufgabe in diesem Sommer war jedoch zurückzuschauen. Dem Meer und dem, was es bedeuten mochte, den Rücken zuzukehren und zu mir selbst zu gehen. Da draußen war ein anderer Ort, das ganze nicht gelebte Leben, und dort irgendwo, wenn auch sehr weit entfernt, hoffte ich, war der Tod. Ich wollte die untergehende Sonne nicht betrachten, nicht einmal die aufgehende, nicht sehen, wie sie ins Meer fiel oder sich daraus erhob. Ich hatte viel zu tun.

Taliesin ist ein Dichter, dessen Geschichte im *Buch Taliesins* erzählt wird, einem der heiligen Texte von Wales. Bevor er Dichter wurde, war er ein ganz normaler Junge namens Gwion Bach. Einmal entführte ihn spätnachts eine vornehme Dame, eine Hexe, aus dem Haus seiner Eltern. Sie selbst hatte einen Sohn, der einfältig und hässlich war. Damit er bei Hof empfangen würde, wollte sie ihm Klugheit schenken, die sein Aussehen wettmachte. Seine Dummheit konnte sie mit einem berühmten Zaubertrank mildern. Dieser musste zunächst ein Jahr und einen Tag lang gerührt werden, und dann verliehen die ersten drei Tropfen die Gabe der Inspiration. Der Rest wurde zu Gift. Und weil der Sohn nicht nur blöde und hässlich, sondern auch faul war – und vornehme Leute so etwas ohnehin nie selbst machen –, entführte die Hexe Gwion, damit er Tag und Nacht in dem Kessel rühre.

Sie warnte ihn, nie von dem Zaubertrank zu probieren. Aber am letzten Tag, dem ersten Tag des zweiten Jahres, verbrannte sich Gwion mit drei herausspritzenden Tropfen den Daumen. Und es tat ihm so weh, und er war so erschreckt und ohnehin so unendlich müde, dass er, um den Schmerz zu lindern, die Worte der Hexe vergaß und den Daumen in den Mund steckte. So kostete er von dem Zaubertrank, der für den Sohn bestimmt war, und in einem gewaltigen, ewigen Moment wurde Gwion weise. Nun wusste er alles, was es zu wissen gab. Vor allem aber, dass die Hexe ihn töten würde.

So schnell er konnte, rannte er aus der Burg. Der Kessel explodierte hinter ihm. Doch die Hexe, die gerade Kräuter sammelte, spürte den Verrat, als hätte sich tief unter ihr eine große Tür geschlossen. Sie machte sich sofort an die Verfolgung. Als Gwion sie sah, verwandelte er sich in einen Hasen und rannte weiter. Aber sie wurde ein Hund, ein großer, grauer Jagdhund mit langen Beinen, und folgte dem Hasen und jagte ihn, bis kein Land mehr da war, über das er laufen konnte.

Da wurde er zum Fisch und schlüpfte durch das Röhricht in einen See, wo er sich vor ihr versteckte. Doch die Hexe wurde ein Otterweibchen mit nadelspitzen Zähnen und öligem Fell, und sie jagte Gwion, bis er ihr nur dadurch entkam, dass er ein Vogel wurde und wegflog.

Sie verwandelte sich in einen Habicht. Kaum hatte Gwion die blauen Höhen erreicht, sah er, dass sie über ihm stand und heftig mit den Flügeln schlug. Er erblickte ihre krummen Krallen, sah ihre Flügelfedern aufgefächert wie Messer und hörte ihren Schrei: »Ii-Ii-Ii!« Er sah, wie sie ihre Flügel anlegte, der Wind schraubte sich um sie herum, wurde ein Tunnel, die Stimme des Windes summte und surrte, als er durch ihre Federn gepresst wurde, und sie fiel immer schneller herab, bis die Angst in Gwions Herzen so groß war, dass er befürchtete, es werde bersten. Doch in dem Moment, als sie ihn erreichte, sich in die richtige Position brachte und ihre Flügel das Lied des Windes freiließen, packten ihre Dornenkrallen Luft.

Gwion fiel herunter, ein goldenes Weizenkorn, so klein, dass ihre Scherenfänge es nicht greifen konnten.

Er landete in einer Scheune auf einem Haufen Weizen und blieb dort liegen.

Da wurde die Hexe eine schwarze Henne mit hohem Kamm und begann mit ihren gelben Krallen in dem Getreide zu scharren. Gwions Entsetzen wuchs, und zuletzt fand sie ihn. Fraß ihn. Sie spürte, dass er in ihr war, und freute sich.

Gwion wiederum war zwar am Ende seiner Kräfte, aber nicht tot. Er wusste, dass er in ihr war, und sammelte seine letzten Kräfte für eine weitere Verwandlung. Er wurde ein Baby. Er wuchs in ihr zu dem schönsten Kind der Welt heran. Die Hexe war entschlossen, ihn gleich nach der Geburt zu töten. Aber als ihre Zeit gekommen war und sie den hübschen kleinen Jungen sah, wusste sie, dass sie es nicht konnte. Sie stopfte ihn in einen alten Lederbeutel und warf ihn ins Meer.

Ein armer Mann angelte an der Mündung eines Flusses. Er war sehr traurig, denn er hatte den ganzen Tag noch nichts gefangen, und beschloss, nach Hause zu gehen. In dem Augenblick entdeckte er den Ledersack, der im Wehr hängengeblieben war. Er holte ihn und öffnete ihn. Er nahm diesen besonderen goldenen Knaben mit an Land, legte ihn behutsam auf den Rücken seines Pferdes und häufte alle seine Decken zu einem Bettchen auf. Und natürlich hatten der Mann und die Frau keine eigenen Kinder, und sie behielten dieses und liebten es und nannten es Taliesin. Das bedeutet: Strahlende Stirn.

Als Taliesin größer wurde, erzählte er die erstaunlichsten Geschichten. Seine Stimme war klar wie Wasser, und er wurde ein berühmter Barde an König Artus' Hof, und anderes mehr.

Wichtig an dieser Geschichte ist, dass das Leben von Taliesin, das Leben, das er kannte, an der Mündung eines Flusses begann.

Wissentlich das erste Mal kam ich durch Zufall hierher. Ich war auf der Leseprobe eines Stücks. Müde und verkrampft vom langen Drinsitzen, mit trockenen Augen vom Starren auf die Seiten, sehnte ich mich nach einem Gang am Strand entlang. Da Liverpool eine Hafenstadt ist, würde ich natürlich im Norden früher oder später einen finden. Also verließ ich Autor, Schauspieler und Regisseur mit ihren pappigen Sandwiches und ihrem Automatenkaffee und fuhr vom Stadtzentrum aus am Cunard-, East India- und Börsengebäude vorbei, bis ich am Ufer des Mersey auf die zerborstene und mit Schlaglöchern durchsetzte Straße kam, die sich an den Docks entlangwand. Dicht an Mauern und Zäunen und Sicherheitsstacheldraht vorbei,gelangte ich auf der endlich wieder breiteren Straße zu den Wohngegenden und entdeckte ein Schild zu Antony Gormleys *Another Place*. Weil ich die Metallmänner nicht kannte und vergessen hatte, dass ich an einen Strand wollte, wurde ich neugierig und folgte dem Wegweiser, und der führte mich hierher.

Ich war als kleines Kind adoptiert worden und wusste wenig von meiner Geburt. Meine Eltern hatten mir erzählt, dass ich Frucht eines Fehltritts meiner Mutter während der Verlobungszeit war. Und dass meine Mutter ihren Verlobten kurz nach meiner Geburt geheiratet hatte. Aber – und ein Aber gab es immer – die Schande wurde sie nur unter der Bedingung los, dass sie den Beweis abgeben musste und der Gehörnte so seine Hörner abwerfen konnte. Ich erinnere mich, dass ich fragte, ob ich deshalb ein Bastard sei, weil ich in der Schule so genannt worden war, und dass ich mehr aus Sorge, vor meinen Eltern ein schlimmes Wort zu benutzen, rot geworden war als aus Furcht vor dessen Bedeutung. Aber meine Mutter sagte, »unehelich« sei der richtige Ausdruck, ich sei jedoch gar nicht unehelich, weil sie mich adoptiert hätten. Das war die Geschichte, die mir meine Eltern eines Abends erzählten, als ich elf Jahre alt war und endlich den Mut gefasst hatte zu fragen. Danach hatten wir nie wieder darüber geredet. Wie oder wo das Ganze passiert war, blieb im Dunklen – schriftlich festgehalten waren auf meiner Geburtsurkunde nur der Verwaltungsbezirk meiner Geburt, notgedrungen der Name meiner biologischen Mutter und eine dünne blaue Linie, ein Gedankenstrich, der meinen Vater darstellte.

An dem Tag der Leseprobe kam ich zu dem Strand in der Annahme, es sei das erste Mal, und empfand alles als vertraut. Ja, ich hatte das überwältigende Gefühl, hier nicht nur schon einmal gewesen, sondern geboren zu sein.

Vor ein paar Jahren fand man zum ersten Mal seit zwei Jahrhunderten wieder Lachse im Mersey. Auch der Fischer, der Taliesin gefunden hatte, hatte auf Lachs gehofft, deshalb war ein Fischergalgen in dem Wehr. Über die Stelle, an der der Mersey aufs Meer traf, spannte man ein Netz zum Fangen von Lachsen, die zu ihren Brutplätzen zurückkehrten. Bevor sie wegen der vielen eingeleiteten Abwässer nicht mehr kamen, gab es sie zuhauf. In den *Wasserkindern* erzählt Charles Kingsley, dass die Zöglinge eines englischen Armenhauses in einer Bittschrift darum ersuchten, man möge ihnen nicht mehr als zweimal pro Woche Lachs auftischen. Damals war dieser herrliche Fisch eine Armenspeise. Ist er immer noch: Auch heute überquert Dosenlachs, sechs Jahre haltbar, aus Alaska das Meer bis nach Afrika, zusammen mit einem Rezeptbuch.

Die hochgelegenen Teiche, zu denen die Lachse ziehen, sind ihre Brutplätze und Gräber zugleich. Die stückweise ins Meer treibenden, verwesenden Leiber der Elternfische ernähren die winzigen Sälmlinge. Ein eigentümlicher, sakramentaler Tod. Geburt. In der Dunkelheit des Meeres übermittelt das kühle, auf die Lachse zufließende Süßwasser, die Tide des späten Frühlings, einen Duft, eine torfige Erinnerung, und die Lachse lassen von ihrer Nahrung, den Garnelen, ab. Woher wissen sie, wann sie reagieren müssen? Was ruft sie?

An dem Tag hatte ich eine Ahnung. Ich spürte ein Ziehen, ein Zerren, als lausche etwas. Ich spürte es um mich herum. Es war so stark, dass ich umkehrte, wegging von der Küste und weg von den Antonys zurück Richtung Land. Später fragte ich mich, ob die Reinigung des Mersey meine Gefühle beeinflusst hatte. Hatte ich endlich etwas wahrnehmen können, das bislang von dem ins Wasser eingeleiteten Schmutz und den Chemikalien überlagert worden war? Ertränkt? Oder vielleicht war es auch einfach nur die richtige Zeit, und alles fügte sich.

Ich lief zu dem Kinderspielplatz, der Evie später so anziehen sollte. Dort war eine Eisbude, und zwei Frauen watschelten auf dem Plankenweg dorthin, zwischen sich ein kleines Mädchen in einem grünen Häkelkleid mit passender Häkelmütze, Kulleraugen hinter dicken Brillengläsern. Hunderte von Knutts in ihrem zweifarbigen Winterkleid umschwirrten die drei. Sie verschwanden kurz, tauchten wieder auf, kippten wie Lamellen einer Jalousie ein wenig ab, und dann wurden sie wegen ihres himmelfarbenen Bauchs einen Augenblick lang unsichtbar, während die Luft noch von ihrem Vorbeifliegen knisterte.

»Entschuldigen Sie«, sagte ich. »Ist hier in der Nähe ein Krankenhaus?«

»Früher war hier eins«, sagte die eine Dame und wies durch eine Lücke in der Ufermauer. »Gleich da oben.« Es sei ein Kloster, die Nonnen lebten immer noch dort; das Krankenhaus gebe es aber nicht mehr, vornehm sei es gewesen, eine Privatklinik.

»Aha. Danke.«

Ich folgte ihren Wegbeschreibungen und kam zu dem Haus.

Im Flur war eine Messinggedenktafel für die Barmherzigen Schwestern, »die an diesem Ort mehr als hundert Jahre lang die Kranken und Siechen gepflegt haben«. Es war also wirklich kein Krankenhaus mehr, sondern ein Gästehaus mit einer Rezeption, die nicht besetzt war. Es gab eine Klingel, aber auf die wollte ich nicht drücken. Hinter der Rezeption war eine Tür zum Haupthaus mit einem Sicherheitsschloss, sie war nur angelehnt, und ich ging durch.

Das Haus öffnete sich und schien größer zu werden, oder vielleicht wurde ich kleiner. Über einer Treppe war ein rechteckiges Bleiglasfenster; ich hatte das sichere Gefühl, es schon einmal gesehen zu haben. Ich fand eine Kapelle und etwas, das ich für das Taufbecken hielt, aber es hätte auch ein Weihwasserbecken sein können. Eine Gittertür trennte die Kapelle von den Wohnbereichen der Nonnen. Ein paar betagte Schwestern saßen denn auch in den Bänken, weiß wie Tauben, versunken ins Gebet. Eine elektrische Kerze in einem Kerzenständer beleuchtete ein bemaltes Metallrelief unserer Lieben Frau, und ich dachte an die Schule und die Physikstunden, einfache Stromkreise und Glühbirnchen in Lichterketten.

»Können wir Ihnen helfen?« Zurück im Flur stieß ich beinahe mit zwei Nonnen zusammen.

»Oh! Ja. Entschuldigung. Am Empfang war niemand.« Die Nonnen warteten. Eine war in meinem Alter, die andere uralt, sie reichte mit ihrem bedeckten Kopf der Jüngeren kaum bis zur Schulter. Ich musste an einen Pfefferstreuer denken.

»Ich frage mich, ob es möglich ist, dass … ob ich möglicherweise hier geboren bin?« Offenbar fanden die Nonnen die Frage völlig normal.

»Das kann durchaus sein«, erwiderte die Jüngere. »Wenn Sie in diesem Teil Liverpools in einem Krankenhaus geboren worden sind, dann kann es nur hier gewesen sein. Wie heißen Sie?«

»Wir können nachsehen, ob wir was in den Akten über Sie

haben«, sagte die ältere Nonne. »Wenn die auch leider nicht in bester Ordnung sind.«

»Ich bin als Kind adoptiert worden, mein Name wurde geändert. Ich kenne den Namen auf meiner Geburtsurkunde: Marie Therese«. Den Nachnamen nannte ich auch. Die beiden Nonnen warfen gleichzeitig die Arme in die Luft, wie weiße Marionetten, die sich geschlagen geben.

»Schwester Marie Therese!«, sagten sie unisono.

Ich schaute nach hinten, dachte, hinter mir stünde jemand. Aber nein, niemand. »Schwester Marie Therese?«, fragte ich.

»Ja«, sagte die ältere Nonne, und drehte sich zu der jüngeren um.

»Schwester Marie Therese könnte mir helfen?«, fragte ich.

»Ja«, sagte die ältere Nonne.

»Kann ich mit ihr sprechen?«

»Nein«, sagte die Jüngere. »Sie ist vor zehn Jahren verstorben. Aber wir wissen, wer Sie sind.«

Und sie erzählten mir gleich dort im Flur – eine beendete die Sätze der anderen –, wie die Hebamme mit dem Kind in den Armen buchstäblich stehen gelassen worden und die Mutter aus dem Krankenhaus geflüchtet war. Die jüngere Nonne schien mit den Einzelheiten nicht minder vertraut zu sein als die ältere, die es miterlebt hatte. Der Name der Hebamme war Schwester Marie Therese, und sie hatte mich in Obhut genommen und versorgt, bis man ein Zuhause für mich gefunden hatte. »Sie hat Sie getauft und Ihnen ihren Namen gegeben.«

Ob das Schwester Marie Thereses ursprünglicher Name war oder einer, den sie beim Eintritt ins Kloster angenommen hatte – das zu fragen kam mir gar nicht in den Sinn. Ich hatte keine Zeit, mir angesichts dessen, dass ich innerhalb einer Minute meine Namenspatronin gefunden und wieder verloren hatte, über meine Gefühle klar zu werden. Schon die bloße Vorstellung, eine zu haben, war zu viel.

Die Nonnen – liebenswürdig, lebhaft – wirkten keineswegs überrascht von der Situation, so unwahrscheinlich sie auch sein mochte, und hatten an der Fortsetzung dieser unterbrochenen Erzählung ein fast kindliches Vergnügen. Sie zeigten mir das Zimmer, in dem ich geschlafen hatte, den Schrank, in dem meine Windeln gestapelt waren, und wo man die Säuglingsnahrung aufbewahrt hatte. Sie zeigten mir sogar das Zimmer, in dem ich geboren war und das jetzt als Büro diente. Aus grauen Metallschränken quollen Papiere. Mir fiel ein gläserner, massiver Briefbeschwerer auf mit der Tiara samt dreifachem Kronreif und den verkreuzten Schlüsseln des päpstlichen Wappens, und dass ein großer, belaubter Baum das ganze Fenster ausfüllte. »Der stand wahrscheinlich schon am Tag Ihrer Geburt hier. Vermutlich das erste Grün, das Sie gesehen haben.«

Mittlerweile glaubte ich, es habe sich hier um ein katholisches Mutter-Kind-Heim gehandelt und meine Geschichte sei gar nicht ungewöhnlich. Aber nein! Die Nonnen reagierten regelrecht pikiert, als ich das andeutete. Es war ein privates Krankenhaus, wie die Damen am Strand gesagt hatten. Warum ich versuchte, das Außergewöhnliche meiner Geburt zu einer Alltäglichkeit zu machen? Nein, nein, ich war die Einzige, Schwester Marie Thereses Baby.

Ich sah nun noch mehr Nonnen. Sie unterbrachen ihr Tun nicht, ihr Leben verlief weiter gemäß der vorgeschriebenen, nicht merklichen Ordnung, aber sie hielten immer wieder kurz inne und schauten zu uns herüber. Es hatte sich schnell herumgesprochen: »Schwester Marie Thereses Baby! Sie ist zurückgekommen!« Ich spürte ihre neugierigen Blicke, ihre gütigen Gesichter, und die Novizinnen kannten die Geschichte ebenso wie die Älteren. Ich hatte das Gefühl, als sei ich in einem automatischen Ablauf gefangen. Aber mein unverhülltes Haar und die dunkle Kleidung, die den Geruch von nassen Blättern, vom Meer, von Holzrauch bewahrt hatte, stachen zwischen den blendend weißen Habiten heraus. Mir wurde heiß, ein wenig schwummerig. Den Geruch nach Bleich- und Putzmitteln, den ich schon beim Eintreten bemerkt hatte, empfand ich jetzt als penetrant und erdrückend. Ich fragte, ob es einen Garten gebe, wollte sie aber auch nicht weiter stören. Die Nonne, die mich unter ihre Fittiche genommen hatte, sagte, ich störte sie gar nicht. Sie arbeitete im nahegelegenen Hospiz, und ihr Arbeitstag war beendet. Ich hatte sie in ihrer Freizeit angetroffen. Der Freizeit einer Nonne. Ich merkte, wie wenig ich über das Leben in einem Orden wusste. Aber ich verstand oder meinte verstanden zu haben, dass sie auch deshalb Nonne geworden war, weil sie helfen wollte. Manche der älteren Nonnen waren weit über achtzig, und es war sicher Zeit, das Abendessen vorzubereiten. Ich hatte den Eindruck, dass »meine Nonne« vorgab, sie zu besuchen, um ihnen zur Hand zu gehen.

Sie öffnete eine Tür zum Garten. Und bat mich dringend, so lange zu bleiben, wie ich wolle. Und wenn ich wieder hereinkäme, könnten wir zusammen einen Tee trinken.

Ein Traum: Wolken, Puder, Seife, Milch. Eine Frau in Weiß mit einem Kopftuch wendet sich mir zu. Bevor ich ihr Gesicht sehen kann, wache ich auf im Gefühl zu sterben, sobald ich es sehe. Doch hier war sie, die Frau mit dem Tuch, aus Beton und weißglänzend angemalt. Eine Seite ihrer Nase war von grünschwarzem Moos bedeckt, das auch die Perlen ihres Rosenkranzes überzog. Flechten blühten um ein rätselhaftes Lächeln. Töpfe mit verwelkten Geranien standen ihr zu Füßen, auf ihrem Kleid waren Spritzer von Dünger aus einer Gießkanne. Der Traum hatte einen weiteren Teil, ein Fragment: eine lebendige Frau, über dem Weiß ein blauer Mantel, ihr Haar ein blassblondes Stofftuch. Das Tuchhaar verdeckte das Licht, als sie sich herunterbeugte, um mich aus dem Kinderwagen zu heben. Geruch nach Holzschutzmittel, knackendes Holz, der pfeffrige Duft von Tomaten. Gewächshäuser, Reihe um Reihe. Die Frau, die sich zu mir herunterbeugte und nach frisch gewaschenem Leinen roch, hatte ich für meine Mutter gehalten. Hinter ihr die Gewächshäuser. Ich weiß genau, wo ich zum ersten Mal über diese Erinnerung gesprochen habe, es war das einzige Mal, dass ich jemandem davon erzählt habe. Ich war in Bluebell Wood und fing Elritzen mit meiner Cousine Susan. Um den Hals unserer Marmeladengläser war ein Band zu Henkeln geknotet, die silbernen Fischlein stießen ruckelnd wie Kompassnadeln gegen das dicke Glas. Ich dachte, meine Cousine kennte die Dame aus meinem Traum vielleicht. Ich kann nicht älter als vier gewesen sein, denn danach zogen wir weg aus dem Dorf und gingen nie wieder nach Bluebell Wood.

Doch als ich mich jetzt von der Betonstatue abwandte, sah ich … Gewächshäuser! Reihe um Reihe, die Holzrahmen zersplittert, die Scheiben fast alle herausgebrochen, und ich begriff, dass die Frau in meinem Traum mit dem bleichen Tuchhaar nicht meine Mutter, sondern eine Nonne war, wahrscheinlich Schwester Marie Therese, und dass das geliebte Gesicht, das sich mir immer entzog, ihres war. Und das Haar der Schleier, der frisch gestärkte weiße Baumwollschleier der Augustinerinnen.

»Ich habe einen Tee gemacht!«, rief die Schwester, die sich meiner so freundlich angenommen hatte, und ich folgte ihr zurück ins Haus. Das Sonnenlicht schwand, als wir den Flur mit den Holzpaneelen betraten. Sie hieß Maria; bevor sie in den Orden eingetreten war, hatte sie Katherine geheißen. Mein Name war Marie gewesen, aber zu Katharine verändert worden. Ich war im Kloster geboren worden und dann in die Welt hinausgegangen. Schwester Maria hatte die Welt verlassen, um ins Kloster zu gehen. Wir lachten über die umgekehrte Symmetrie unser beider Leben, unserer Namen. Schwester Marie Therese war eine besonders enge Freundin Marias gewesen, sie hatte sich um sie gekümmert, als sie Novizin war, hatte sich also um uns beide gekümmert.

»Sie hat jeden Tag ihres Lebens für sie gebetet«, sagte Schwester Maria, und weil ich nicht wusste, was ich tun oder sagen sollte, blieb ich einfach sitzen, die Teetasse rutschte auf der gelben Untertasse, und erst die Geräusche aus der Küche und der Geruch von gerösteten Zwiebeln erinnerten mich daran, dass es Zeit war zu gehen.

Beim Abschied tauschten wir unsere Adressen aus. Schwester Maria sagte, dies sei mein erstes Zuhause gewesen und ich sei hier immer willkommen. Später schrieb sie mir und schickte ein Foto von Schwester Marie Therese und einem Baby mit. Ob ich das Baby war, hatte sie nicht herausfinden können.

Der wiedergeborene Taliesin betrachtete es als glückliche Fügung, von dem armen Mann in der Flussmündung entdeckt worden zu sein. Für den Mann. Denn obwohl Taliesin erst einen Tag alt war, konnte er wundersamerweise sprechen und schalt den Mann, weil der wegen seines leeren Netzes traurig war. Taliesin sagte ihm, in Notzeiten sei er, Taliesin, ebenso viel wert wie dreihundert Fische. Später schilderte er dem Vater des armen Mannes seine Herkunft in den schillerndsten Farben.

In einen dunklen Lederbeutel wurde ich geworfen,
Und treibend dem endlosen Meer überlassen;
Für mich Zeichen, ich würde zärtlich gepflegt,
Und dann setzte mich Gott der Herr in Freiheit.

Ganz klar: Taliesin war ein Optimist. Die erstaunliche Geschichte seines Lebens, die er im Übrigen selbst schrieb, ist fünfzehnhundert Jahre alt. Ohne jedes Selbstmitleid stand er zu seiner bescheidenen Herkunft als Gwion und setzte sich darüber hinweg. Der ruhmreiche Weg vom gestohlenen Knaben zum mächtigen Barden war gespickt mit Abenteuern, für die er sowohl die volle Verantwortung übernahm, als auch die Ehre beanspruchte. Zumindest dankte er Gott für seine Befreiung.

Auch mein Leben begann an der Mündung eines Flusses. Ich hatte ein fehlendes Stück in den Scherben meiner Geschichte gefunden, das die verlorenen Monate meiner Säuglingszeit erklärte. Ich war an diesem Ort geboren worden und durch Zufall dorthin zurückgekehrt. Es war, als habe man mir eine Jacke übergestreift, während ich gar nicht bemerkt hatte, dass mir kalt war. Und sie passte perfekt. Schon hatte ich vergessen, dass ich das Geschenk vor kaum einer Stunde noch nicht besessen hatte.

Aber gleichzeitig hatte ich mir auch Kummer eingehandelt. Die Erinnerung an eine liebende Mutter, die mich gegen ihren Willen abgegeben hatte, war dahin. Ich hielt nichts mehr in Händen. Die Frau, die in den Kinderwagen geschaut hatte, war nicht meine Mutter gewesen. Als die heiratete, wurde sie so unauffindbar wie Gwion als Weizenkorn, und der Name ihres Ehemannes war bei Walisern verbreitet wie John Smith bei Engländern. Ich hatte sie nicht gefunden, und soweit ich wusste, hatte auch nie jemand nach mir gesucht. Der Tag ihrer Hochzeit war der Tag meiner Adoption. Ich hatte angenommen, dass sie das wusste. Während Anne Boleyn – aufrecht kniend – mit einem edlen französischen Schwert hingerichtet wurde, probierte ihre Nachfolgerin Jane Seymour ihr Hochzeitskleid an. Das gelb war. Das entspricht nicht ganz dem sorgsam überlieferten Bild von der englischen Rose. Hätte sie lange genug gelebt, hätte sie sich vielleicht offenbart.

Das klingt bitter. Ist es auch. Obwohl ich keinen Groll hegte, das Gegenteil war der Fall. Ich war aus tiefstem Herzen dankbar für meine Existenz, wenn auch nicht meiner biologischen Mutter, denn die hatte mir das Geschenk des Lebens nicht willentlich gemacht; Abtreibung war noch illegal. Aber in ihrem Wunsch nach Anonymität hatte meine leibliche Mutter mich, ob bewusst oder unbewusst, auch vor meinem leiblichen Vater versteckt, und ich hätte gar nicht sagen können, was mehr weh tat, die schmerzlichen Gefühle kollidierten laut, vermischten sich. Der Blick in den Spiegel zeigte mir nur, dass ich höchstwahrscheinlich keltischer Herkunft war. Aber selbst das war nicht sicher, man nahm es nur immer an.

Ich bedauerte, dass ich meine Pflegemutter Schwester Marie Therese nicht kennengelernt hatte, aber an dem Tag nahm ich ihre Güte und ein unerwartetes Gefühl von meiner Vollständigkeit – oder eher, meinem eigenen Normalsein – mit. Den Rest ließ ich an der Küste; ein Leben, das ich hätte leben können, aber nie lebte, seine unzähligen ungelebten Möglichkeiten.

Wir liefen über den Strand. Evie machte Zickzackspuren in den Sand, und ich versuchte ihnen, so gut ich konnte, zu folgen. Meine Mutter ging hinter uns, ihre Fußspuren und die kreisrunden Löcher ihres Stocks verliefen in einer Linie genau zwischen unseren, und ich dachte an Sinuswellen und Aborigine-Zeichnungen. Einer der Antonys trug eine Strickjacke, ein anderer einen Schal, ein Dritter hatte ein Paar Socken in der Hand und wieder ein anderer eine Tesco-Plastiktüte ums Handgelenk. Wir setzten uns auf eine Betonmauer und verspeisten unseren Lunch, der Wind zupfte am Butterbrotpapier. Das Graubrot und den krümeligen Cheshire-Käse musste man eine Weile kauen, bis sie nach was schmeckten, und Evie biss ungeduldig nur die Mitte aus ihren Sandwiches heraus und warf die Krusten weg. Die Flut kam. Manche Antonys glitten unter die Wellen, ihre Kleidung blähte sich.

Evie war als Erste am Spielplatz.

»Grannie«, rief sie, »hier sind vier Schaukeln!«

Ein Mann, vollkommen rot gekleidet, einschließlich einem

Berufsboxergürtel und einem scharlachroten Baseballcap, unter dem starre Dreadlocks hervorkamen, ging steifbeinig an uns vorbei in Richtung Strand. Zwei Arbeiter in neonfarbenen Overalls aßen Eis. Der eine ein Softeis mit einer Schokostange, die er mit seinem Handy fotografierte, worüber der andere, Fruchteis in der Hand, lachte. Zwei stämmige, gleich aussehende Jungs mit orangefarbenem Haar erklommen ein Klettergerüst. Ihre Mutter war blass und hatte tiefe Ringe unter den Augen, als hätten die Zwillinge sie völlig ausgelaugt. Wir gingen zum Kiosk neben dem Spielplatz. »Softeis – Eis-Lollys – Kalte Getränke – Slush-Eis – Heiße Getränke. Popcorn. Zuckerwatte & mehr«. Mit Eis in der Hand gingen wir zurück zum Spielplatz. Meine Mutter lachte, als sie auf einem Schild las, dass nur Kinder unter vierzehn Jahren dort spielen durften, und missachtete es dann so nonchalant wie entschlossen. Sie holte sich mit dem Griff des Krückstocks eine Schaukel heran und ruckelte sich auf dem Sitz zurecht, den Evie festhielt. Evie und ich setzten uns auf die Schaukeln rechts und links von ihr, und dann schaukelten wir drei hin und her, blickten hinaus aufs Meer und leckten unser Eis. Meine Mutter trug eine Wollmütze, um ihr Haar vor dem Wind zu schützen, und lachte, weil ich sie ein wenig prüfend anschaute.

Meine Mutter war mir immer ein Rätsel gewesen. Undurchschaubar seit meiner Kindheit. Als ich in Evies Alter war, vielleicht jünger, ließ sie mit dem kleinen Spiegel einer Puderdose Licht durchs Wohnzimmer hüpfen und schwor, es sei eine Elfe, und wenn ich versuchte, das Irrlicht zu berühren, klappte sie die Puderdose zu und legte sie lachend in ihre Handtasche. Ich brauchte Ewigkeiten, um zu erkennen, dass es ein Trick war. Erst jetzt, nach dem Tod meines Vaters, ließ sie flüchtige Einblicke in ihr Inneres zu, blieb aber sehr schwer zu lesen. Sie hatte einen kindlichen Spaß an einfachen Dingen, Schaukeln und Eis, klassischen Romanen.

Durch nasse Blätter laufen. Autofahren. Sie war unkompliziert glücklich. Nie sah ich sie weinen. Ihre außergewöhnliche Begeisterungsfähigkeit, ihre Lebensfreude hatten meinen Vater angezogen, zogen uns alle an. Ich wusste immer, dass sie nicht meine »richtige Mutter« war, und versuchte als Kind lange, unsere Beziehung zu begreifen; das Wort »Mutter« klang für mich förmlich und fremd. Aus unerfindlichen Gründen war mein Vater von diesem Gefühl des »Andersseins« ausgenommen. Vielleicht weil niemand davon sprach, dass ich einen anderen Vater haben musste, war er lange der einzige Kandidat. Erst als Erwachsene wurde ich neugierig und wollte die Identität des Mannes wissen, die sich hinter dem Gedankenstrich auf meiner Geburtsurkunde verbarg.

Meine Eltern hatten sich als Kinder kennengelernt. Mein Vater wohnte in einem Dorf in Cheshire, das von einer normannischen Burg beherrscht wurde und dessen Bewohner in High Church und Freikirche getrennt waren. Meine Mutter wohnte ein paar Meilen entfernt in der Industriestadt Runcorn, ging aber zur selben Grundschule. Meine Mutter verließ die Schule mit sechzehn, und von ihren frühen Lebensjahren weiß ich eigentlich nur, dass sie die Hundert Yards in 11,4 Sekunden lief, dass ihre Mutter die Gemeindeschwester war und ihr Vater ein Auto mit Weißwandreifen besaß. Meine Mutter war zwar diejenige, die mir Geschichten erzählte, aber sie handelten meist von meinem Vater.

Er machte ihr einen Heiratsantrag, als er vierundzwanzig und sie zweiundzwanzig war, auf dem Gipfel des Tryfan, in Snowdonia. An einem klaren Tag hätten wir den Berg von der Schaukel auf dem Spielplatz aus jenseits der Flussmündung vielleicht gesehen. Die Bucht von Liverpool kann man jedenfalls sehen, wenn man vom Gipfel des Tryfan nach Nordosten schaut. Der Berg hat seine Tücken und ist Respekt einflößend. Meine Mutter erzählte gern, wie mein Vater und sie die Heather Terrace hinaufgerannt waren, den schwer erkennbaren Pfad mit dem hübschen

Namen. Er führt durch die namengebende Heide, die von steil ins Tal abfallenden Senken genarbt ist. Auf dem Gipfel befinden sich zwei etwa drei Meter hohe Monolithen: Adam und Eve. Nachdem meine Eltern beschlossen hatten, Mann und Frau zu werden, fassten sie sich an den Händen und sprangen mehr als einen Meter von dem einen Stein zum anderen. Bergab verirrten sie sich im Nebel und wären fast in einen Abgrund gestürzt.

Ich folgte dem Blick meiner Mutter, die jetzt nur noch langsam auf der Schaukel hin- und herschwang. Ich fragte mich, ob ihr bewusst war, dass der Tryfan auf der anderen Seite der Flussmündung lag. Vor ein paar Sommern hatten Rupert und ich auf ihre Bitte hin, abwechselnd er, dann wieder ich, die Asche meines Vaters auf den Berg getragen und sie zwischen Adam und Eve ausgeschüttet, wo sie in alle Richtungen weggeflogen war.

Als Evie gehen wollte, fragte meine Mutter, ob wir das Kloster besuchen könnten. Als ich ihr damals erzählt hatte, dass ich es durch Zufall gefunden hatte, hatte sie nur erwidert: »Na, wir wussten ja immer, dass du katholisch warst«, und damit jede weitere Diskussion unterbunden. Dieser Ausflug zur Küste, das von Mutter arrangierte Picknick, war eine unverhoffte Wende. Wir brachen auf, in Richtung Kloster.

Die Nonnen begrüßten uns genauso freundlich wie mich damals. »Sie sind doch die, die hier geboren wurde? Marie Therese? Kommen Sie herein.« Ich warf meiner Mutter einen Seitenblick zu, aber sie reagierte nicht auf den Namen. Als Schwester Maria Evie erklärte, das sei mein erstes Zuhause, meinte Evie, wir könnten hier doch alle einziehen. Meine Mutter wirkte vollkommen entspannt und plauderte und lachte mit Schwester Maria und den älteren Nonnen. Sie redeten über Rezepte für Früchtebrot. Zum Abschied durfte sich Evie die Taschen mit Keksen vollstopfen.

Dank der genauen Wegbeschreibung von Schwester Maria gelangten wir zu einem Friedhof auf einem Feld, so weit vom Meer entfernt, dass das Wasser nicht in die Gräber fließen konnte. Eine Gruppe giftiger Eiben knarzte innerhalb der Mauer. Der Bereich für die Nonnen lag in der äußersten Ecke, man erkannte ihn an zwei großen Grabmälern. Ich überflog die Reihen der Namen darauf und blieb an »S. Marie Therese Fay, Kanonissin des Augustinerordens« hängen. Evie errichtete einen Altar aus ihrem Strandgut: Flaschendeckel und Schwertmuscheln, Blasentang und Palmentang, Steine. Wir pflanzten Mauerpfeffer, vorsichtig, damit die saftig weichen Blätter und blitzenden Sonnenblüten nicht zerdrückt wurden. Hoffentlich würde er anwachsen. Meine Mutter klatschte in die Hände, um sich die Finger zu wärmen, und nahm dann Evie an die Hand. Der niedrige Himmel hellte ein wenig auf, als die Sonne unter den Wolkenrändern hervorkam. Wir beteten eine Dekade des Rosenkranzes und fuhren nach Hause.

Afon Geirch

Evie bohrte den Zeigefinger durch den breiter werdenden Spalt oben am Autofenster. Sie wollte mir unbedingt etwas zeigen, konnte es aber nicht schnell genug in Worte fassen.

»Schau, Mummy! Schau!«

Drei Fuchswelpen purzelten wie toll den Hügel hinab. Als ich langsamer fuhr und schließlich anhielt, setzten sie sich auf. Ein Drahtzaun, an dem Wollbüschel hingen, schützte die Füchslein davor, auf die Straße zu rollen. Ihre putzigen Gesichter waren dicht aneinandergeschmiegt. Nachdem sie das Auto und uns beide gemustert hatten, sprangen sie zurück, immer umeinander, heulten, trällerten, Schnauze an Rute, schauten sich dauernd um und würden sich bestimmt bald wieder gegenseitig den Hang hinunterschubsen. Wir sahen staunend zu, bis sie verschwunden waren – so schnell, dass wir nicht einmal Zeit hatten, ein Foto zu machen –, und dann hörte man nur noch das Maultrommelgeräusch des Windes im Gras und das Tirilieren der Lerchen. Wir hatten auf der Halbinsel Llŷn angehalten, zwischen drei Gipfeln namens »Rivalen«, was der lautlichen Anglisierung des Namens Yr Eifl, der »die Schritte« bedeutet, etwas Kämpferisches und Brüderliches verleiht. Unter uns, am Fuß des Berges, lag die Nefyn Bay.

Evie nannte diesen Ort Misty Moor, nebliges Moor, nach einer Zeile in einem Kindergebet: »Matthäus, Markus, Lukas, Johannes/haltet mein Pferd, ich spring jetzt drauf/haltet es fest, haltet es vor/ich muss über das neblige Moor.« Sie war darauf gekommen, weil die Rivals normalerweise selbst an den heißesten Tagen wolkenverhangen sind. Heute allerdings war der Himmel klar, bis auf hier und da ein abgezupftes, über die Gipfel gezogenes Wolkenfetzchen. Im Norden sah man die Insel Anglesey, im Süden die Cardigan Bay und die Berge von Mittelwales, und am westlichen Horizont über dem Meer in Irland wirkten die Wicklow Mountains wie ein aneinandergeknotetes Seil. Hinter uns gen Osten versperrten die auskragenden Gipfel der Rivals den Blick auf Snowdonia. Vor uns verlief die Straße zum Vulkankegel des Garn Fadryn. Irgendwo an dessen Flanke war, noch nicht sichtbar, unser kleines Cottage. Die Llŷn Peninsula schwebte vor uns, ihre Inseln im Schlepptau, das Meer und der Himmel flossen ununterscheidbar ineinander.

Wir hielten vor dem Cottage, einem von vier Häusern an einer Kreuzung. Tony, der gegenüber wohnte, winkte uns von seiner Glasveranda aus zu. Den Großteil seiner Tage und Nächte verbrachte er dort im Sessel, den Sauerstoffbehälter neben sich. Ich wollte ein paar Worte mit ihm wechseln, da kraxelte Evie auf dem Weg zur Haustür schon über unsere verputzte Mauer.

»Vorsicht!« Die Mauer hatte von oben bis unten einen Riss, war in zwei freistehende Hälften gespalten. Wenn jemand einen Hechtsprung darüber machte, gaben sie sichtbar nach. Tony meinte, das sei seit dem Sommer 1984 so, als die Europäische Platte dreizehn Meilen unter dem Berg ihre Lage zum Mittelatlantischen Rücken verändert hatte. Das damals darauf folgende Erdbeben hatte auf der Richterskala 5,4 erreicht und ist bis heute auf den Britischen Inseln die bedeutendste seismische Aktivität seit Beginn der Aufzeichnungen. Selbst in Liverpool hatten Teetassen geklirrt und waren Schornsteine zusammengesackt. Es war Gegenstand einiger Debatten, ob unserer dazugehörte oder nicht. Als ich das Cottage kaufte, ein traditionelles Zwei-Zimmer-Häuschen, war der Kamin jedenfalls einbetoniert. Ich bat einen Maurer aus der Gegend, ihn freizulegen, und Tony kam in Unterhemd und Hausschuhen herüber, um dessen Arbeit zu begutachten und ein Bier zu trinken. Das Haus hatte kein Fundament, unter den schwarzen Bodenplatten war nur Erde. Und ein paar Zentimeter darunter floss ein unterirdischer Bach unter dem Kamin und weiter unter dem Schlafzimmer wieder nach draußen. Zu beiden Seiten des Cottage war der Bach also sichtbar, dort floss er unter verrosteten Gittern. Der freigelegte Kamin mit dem Sims beherrschte nun den ganzen Raum.

»Behaltet den im Auge«, sagte Tony. »Nach dem letzten Rumpeln hat er sich verschoben und ist deshalb eingemauert worden.« Tony lehnte an der Kamineinfassung und kraulte sich mit der Hand, in der er nicht die Flasche hielt, den Bauch. Geraint, der Hilfsarbeiter, schaute von dem Loch auf, das er in den Boden gegraben hatte. Es füllte sich mit dem Wasser aus dem Bach, der hier nicht mehr klar war. Geraints Spaten war auf etwas Hartes gestoßen. Emlyn, der Maurer, stieg in das Loch, und die beiden Männer holten einen Granitblock aus dem Kamin. Mit einem schmatzenden Geräusch kam er aus der Erde, und sie legten die Arme darum und stolperten, schlingerten und rutschten damit zur Tür, als trügen sie ein neugeborenes Kalb.

»Das ist der Grundstein«, meinte Tony.

»Was?«, fragte Emlyn.

»Jetzt bricht es ganz bestimmt zusammen.« Tony verließ seinen Platz, um das Loch besser begutachten zu können.

»Pass du mal lieber auf, dass du nicht zusammenbrichst«, sagte Emlyn. »Das zahlt nämlich meine Versicherung nicht, weil du gar nicht hier sein solltest.«

»Gut, ich komme wieder, wenn ihr mit dem Boden fertig seid. Danke für das Bier, meine Beste, *diolch yn fawr*!« Und mit diesen Worten schlurfte Tony aus der Tür.

Die Männer machten weiter. In den nächsten Tagen bauten sie ein Fundament, mehr als zweihundert Jahre nachdem man das Haus auf dem Torfboden aus Schutt und Geröll errichtet hatte. Emlyn und Geraint betteten den Bach in eine Schicht Kies und eine Schutzhülle und deckten das Ganze mit Beton ab. Sie bauten ein Schubladenbett für mich und eine Leiter zur Zwischendecke für Evie. Der Schornstein wurde wieder aufgemauert, der Bach, den man unter den Gittern an den Seiten des Hauses sah, wurde wieder klar. Der »Grundstein« liegt nun im Garten dort, wo er fallengelassen wurde.

Ich machte Feuer im Kamin. Obwohl Juni war, gaben die Steine Kälte ab. Seit Ostern hatte das Cottage leer gestanden. Beim Lunch planten Evie und ich unser Projekt, Wasserläufen vom Meer zur Quelle zu folgen und den Quell am Ende der Welt zu finden.

»Gilt der Mersey auch schon?«, fragte Evie.

»Ich glaube, ja«, sagte ich. »Wir müssen auch gar nicht demselben Fluss folgen, wir müssen nur an einen Anfang kommen.« Evie dachte nach und nickte. Wir würden den Ausflug an die Mündung des Mersey als Erkundung »des Meeres« werten. Evie schrieb einen Bericht über das Picknick in ihr Tagebuch. Sie zeichnete ein Bild des Strandes mit den Antonys.

»Was machen wir als Nächstes?«, fragte sie.

»Ich finde, wir sollten dem Fluss folgen, der an der Cable Bay rauskommt«, erwiderte ich. »Warum gehen wir nicht gleich los, so weit wir kommen?« Evie presste die Lippen aufeinander. So kurz nach der Ankunft im Cottage wollte sie nicht schon wieder rausgehen, doch ich wollte mir nach der Zweistundenfahrt vom Haus meiner Mutter unbedingt die Beine vertreten. Ich verstaute Schokolade, Wasser und ein paar Äpfel in einem Rucksack. Das lila-weiße Einwickelpapier erregte Evies Aufmerksamkeit.

»Können wir die Schokolade jetzt essen?«, fragte sie.

»Nein, das machen wir, wenn wir dort ankommen.«

»Wenigstens ein Stück auf dem Weg?«

Ich warf ihr einen kurzen Blick zu. »Und wenn wir sie am Strand anbrechen?«

Evie glitt vom Tisch. »Na gut.«

Cable Bay ist der Spitzname einer weit geschwungenen Bucht

in der Nähe unseres Hauses. Auf Walisisch heißt sie Abergeirch, Mündung des Geirch. Neben dem Afon Geirch, dem Fluss, verläuft ein verrostetes Metallrohr auf Betonblöcken bis ins Meer. Darüber, was es damit auf sich hat, kursieren die verschiedensten Geschichten hier in der Gegend. Eine handelt von einem Telefonkabel, das unter dem Meer nach Irland verlief, daher der Spitzname der Bucht. Wir wanderten zu dem Bwlch, wo die Straße aufs Meer trifft.

Bwlch bedeutet Pass oder Tal, hier ist es ein natürlicher Durchstich in den Sandklippen, durch den Boote auf Anhängern mit Traktoren vom Strand zum Meer gebracht werden. Windgeschützt ist er eine Oase mit Hängen voller Montbretien, deren orangefarbene gladiolenähnliche Blüten über biegsamen Lanzettblättern tanzten und wie Pfingstflämmchen an den Wegen entlangrasten. Grüne und blaue Hortensienpompons bauschten sich vor roten und lilafarbenen Fuchsientutus. Rosen boten zarteren Pflanzen Halt im Wind.

Wegen des Strandes an der Cable Bay hatte ich das Cottage überhaupt gekauft – das heißt, Rupert hatte es gekauft. Es war sein besonderes Hochzeitsgeschenk, finanziert mit einem Filmvertrag für eines seiner Bücher, »damit ich weiß, wo ich dich finde, wenn du wanderst«.

Ich war zum ersten Mal an diesem Strand, als mein Vater im Sterben lag. Wir hatten hier einen Familienurlaub verbringen wollen – alle wussten, es wäre das letzte Mal –, aber kurz vorher fühlte sich mein Vater nicht kräftig genug. Evie war noch ein Baby, und wir beide fuhren trotzdem. Mein Bruder und seine Familie waren schon dort. Mein Vater winkte uns zum Abschied. Seine Augen, die manchmal schieferfarben waren, leuchteten an dem Tag blau.

»Wiedersehen, meine Lieben!« Er stand auf einem Bein vor dem Haus und hob seinen Stock in einem yogischen Gruß. Meine Mutter stand besorgt hinter ihm und streckte die Hände schützend zu beiden Seiten von ihm aus. Als ich mit dem Auto auf die Hauptstraße fuhr, konnte ich ihn immer noch im Rückspiegel sehen, er schwankte, lachte, war fröhlich, als sagte sein Lächeln »Fahrt nur, meine Lieben: alles ist möglich.« In Wahrheit fühlte es sich anders an. Ich setzte die Sonnenbrille auf, damit Evie meine Tränen nicht sah, als ich mich zu ihr umwandte. Wie mein Vater lachte auch sie, festgeschnallt in ihrem Kindersitz, der blaue Anorak mit den rosa Rosen war über die Gurte gerutscht, als sie sich umgedreht hatte, um ihn weiterhin sehen zu können.

Auf der Llŷn kam ich nicht zur Ruhe und konnte nichts schön finden. Die Berge waren zu niedrig, das Meer zu grau, der Strand eine eintönige Fläche und die sandigen Klippen gefährlich. Zwei Stunden entfernt starb mein Vater; bald würde ich ihn nie wieder sehen. Aber ich machte Urlaub und sammelte Muscheln.

Dennoch behielt der Ort seine Anziehungskraft, und nach dem Tod meines Vaters kehrte ich dorthin zurück. An manchen Tagen runzelte sich die Meeresoberfläche wie Elefantenhaut, an anderen war sie undurchsichtig wie Dispersionsfarbe. Dann wieder war sie klar wie Kamillentee, und Evie und ich betrachteten von der Spitze der Klippen die tiefen Sandverwerfungen unter dem Wasser, zeigten uns gegenseitig die Thalli des Blasentangs, die Miesmuschelbänke und die Betten der Rankenfußkrebse. Auch der Strand veränderte seine Gestalt ständig, unter dem Sand wurde eine Lehmschicht sichtbar, wir fanden tennisballgroße Kiesel und Katzenhaieier, harte, viereckige Beutel mit spiraligen Ranken an den Ecken, Scherben von Rotem Jaspis, faustförmige Granitstücke, einen Kormoranschädel, glatt wie eine Feder, den pusteligen Panzer einer Seespinne, Schwimmer von Fischernetzen, ein verknotetes Stück Kunststofftau.

Bei Ebbe entdeckten wir einmal ein paar Steinquader. Ein Fischer meinte, sie gehörten zum Fundament einer Burg. Ein Haus in der Nähe war als Hen Blas bekannt, was Alter Platz oder vielleicht Alter Palast bedeutet und genügte, um der Geschichte des

Fischers Glaubwürdigkeit zu verleihen: Ein Spielmann traf auf dem Weg zu einem Jahrmarkt in Nefyn eine Fee, die ihn davor warnte, auf der Burg zu übernachten. Also schlief er unter einer Hecke und stöhnte die ganze Nacht. Doch bei Morgengrauen waren alle Gäste ermordet, und so hatte der Spielmann als Einziger überlebt. Doch ein paar Wochen, nachdem der Fischer uns die Geschichte erzählt hatte, überdeckte der Sand die Burg oder den Anleger oder die Hafenmauer, oder was immer es war, bereits wieder.

In einem eisigen März war der Strand einmal übersät mit Venusmuscheln; mit ihren orangefarbenen Füßchen zogen sie sich über den gefrorenen Sand. Evie und ich folgten ihren Pfaden und versuchten dabei, uns an die Worte vom »Walross und dem Zimmermann« zu erinnern, die die gutgläubigen Austernkinder zum Spazierengehen überredeten und dann auffraßen. Mit lauter Stimme deklamierten wir das Gedicht abwechselnd gegen den Wind. Dann sammelten wir die Venusmuscheln ein, nahmen sie mit nach Hause und »aßen sie allesamt«.

Der Strand war wie ein aufgeschlagenes Buch. Jeder Besuch eine andere Seite. Ich konnte es nicht lesen, aber auch nicht davon lassen.

Die Cable Bay ist auf der Nordseite einer Landzunge; und die beiden Strände liegen Rücken an Rücken. »Unser Strand«, wie Evie sagte, der Strand von Porthdinllaen, ist geschützt, die Cable Bay hingegen den Nordwinden ausgesetzt, felsig und zerklüftet. Porthdinllaen hat sich einmal als Ab- und Anlegestelle für die Autofähre nach Dublin beworben – sein Strand umfasst einen weiten natürlichen Hafen –, aber Holyhead auf Anglesey hat den Zuschlag bekommen. Am Meeresufer steht ein Pub, das Ty Coch, das Rote Haus, und als wir daran vorbeikamen, zog Evie an meiner Hand – »Jetzt nicht, Mummy!«

Wir gingen um die Landzunge, hielten an, um von der Schokolade zu essen, und kletterten dann zu dem Kiesstrand hinunter.

Vor vielen Jahren waren einmal aus aller Welt, sogar aus Hawaii, behelmte Geologen mit silbernen Hämmerchen und Probenbeuteln hierher gekommen.

»Daddy sagt, hier sind einige der ältesten Felsen der Erde«, sagte Evie, als hätte sie meine Gedanken erraten.

»Wirklich?«, fragte ich.

»Ich weiß es nicht mehr, ich glaube. Vielleicht hat Daddy es gesagt oder vielleicht auch jemand anderes.« Ich lächelte, denn ich hatte die Steinschichten gemeint, rot und blau, wie Futons auf dem Kies aufeinandergehäuft, als Lava vom Kegel des Garn Fadryn geströmt, vom Meer zu Blöcken abgekühlt. Oder vielleicht kam das Meer später. Mein Blick fiel auf einen blauen Kieselstein. Ich bückte mich und hob ihn auf. Er sah aus wie ein Käfer mit roten Streifen, als sei er voller Feuer wie die Glaskaulquappen, die Bologneser Glastränen, die zerspringen, wenn man ihre Spitzen abbricht. Ich umschloss den Stein mit den Fingern, er war so glatt, dass er sich weich in meine Hand schmiegte. Basalt ist ein angenehmes Wort, es klingt gläsern und nach Erdbeben zugleich, und ich fragte mich, ob der Stein Basalt war. Andere Steine ragten wie gigantische Backenzähne, umbrafarben und schwarz, aus dem Sand heraus. Ich dachte an die tektonischen Platten und an das Rumpeln unter dem Boden – 5,4 auf der Richterskala – und schaute zum Garn Fadryn, als könne er mir antworten.

Ich legte mich auf den Kies und schloss die Augen, eingelullt vom Klang des Meeres in den Steinen. Jede zurückschwappende Welle war wie ein Luftschnappen, Kiesellungen füllten sich mit Wasser, ertranken ohne Panik.

»Hielt Zeit mich grün und sterbend,
Obgleich in meinen Ketten ich sang wie's Meer.«

Die Zeilen kamen aus dem Nichts. Dylan Thomas. Ich öffnete die Augen, musste eingeschlafen sein. Ich setzte mich auf, stützte mich auf die Ellenbogen und suchte den Strand nach Evie ab. Mein Herz krampfte sich zusammen.

Da war sie, am Rand des Wassers, ihr blondes Haar leuchtete hell. Sie warf Steine auf ein Stück Treibholz. Es war verfault, morsch, und sie deckte es so lange mit Steinen ein, bis es zerbrach und wie Brot im Wasser zu Brocken zerfiel. Ein paar Meter hinter ihr buhlten dunkelgraue Vögel, die Flügel gespreizt, die Köpfe zurückgeneigt, auf einem Felsen um das Licht der verhüllten Sonne. Die Konturen der Kormorane bildeten eine Mandorla um Evie; sie war umkränzt wie eine mittelalterliche Heilige. Die Sonne stand hinter einem Dunstschleier, weiß wie der Mond. Die dunklen Steine unter mir speicherten die Wärme. Ich war verwirrt von den warmen Steinen und dem Sonnenmond, Zeit und Jahreszeit waren mir entglitten. Aber da drehte sich Evie um und schaute nach mir, an dem zerbröckelten Treibholz hatte sie das Interesse verloren, und ich hob einen Arm und spürte ihr Lächeln, und plötzlich rannte sie auf mich zu, den Kopf gesenkt, die Arme nach hinten ausgestreckt, kleine Steine spritzten unter ihren Füßen weg.

Eine Landzunge voller Strandgrasnelken bezeichnete den Rand des Strandes. Die Cable Bay war die nächste Einbuchtung. Das Meer strudelte und gurgelte durch enge und breite Kanäle. Wir folgten einem Fußweg über den Grassaum schräg über das Kliff. Von oben konnten wir den grob herausgeschlagenen Stufen hinunter zur Flussmündung folgen.

Hinten am Strand hatte das Meer einen Damm aus Kieselsteinen aufgehäuft, dahinter sammelte sich der Afon Geirch und bildete eine nierenförmige Lagune. Bis dahin wand er sich in engen Schlaufen zwischen höheren Uferböschungen und flachen Rändern. Er mäanderte durch eine tiefe, breite Rinne zurück ins Land, sandige Felsen zu beiden Seiten. Die Wände waren mit

Montbretien bewachsen, wie am Bwlch, aber wo der Sand in Lehm überging, wichen die orangefarbenen Blumen den ersten sich entrollenden Adlerfarnen, die aus ihren Nestern aus altem Farnkraut unsicher die Köpfe hoben wie hungrige Pterodactylusküken. Unter dem geraden verrosteten Rohr, in dem vielleicht einmal ein Kabel gewesen war oder auch nicht, das aber wahrscheinlich Abwässer abgeleitet hatte, schlängelte sich der Fluss zum Meer.

An seiner breitesten Stelle lagen Trittsteine, zu hoch und glatt, als dass man sie hätte benutzen können. Sie sahen aus wie Schildkröten. Hinter ihnen verdeckten dichtes Schilf und Rohrkolben teilweise das Wasser. Zwischen den Rohrkolben und den Trittsteinen verlief ein hölzerner Steg, ein Teil des Pilgerpfads zur Spitze der Halbinsel. Wir stellten uns darauf und blickten, mit den Händen die Augen abschirmend, in die Strömung.

»Schau!«, sagte Evie. »Fische!« Und dort in der Dunkelheit sah man die Schwanzflossen von Forellen, vier in einer Reihe, die ihre Position durch die Wellenbewegungen der Flossen hielten und sich nur durch das gelegentliche Zucken mit der Schwanzflosse verrieten. Flussaufwärts erblickte ich plötzlich einen Fischreiher. Die weißen Federn, die wie ein Wasserfall von seiner Brust herabfielen, schienen zum Greifen nah, sein goldenes Auge war kalt wie Glas. Er regte sich nicht, hätte eine Attrappe sein können.

»Evie«, flüsterte ich. »Sieh mal!« Sie schnappte nach Luft. Wir waren alle drei überrascht, der Vogel und die Menschen gleichermaßen, aber der Reiher, wie gebannt von den fetten kleinen Forellen, hatte nicht die Absicht, von der Stelle zu weichen.

Wir verließen den Steg und gingen weiter flussaufwärts. Teils wegen der dichten Pflanzen, teils weil das Flussbett so morastig war, gab es keinen deutlichen Weg am Ufer entlang. Wir folgten dem Fluss zu unserer Rechten in gebotenem Abstand und kraxelten auf die Rinne, die einen V-förmigen Einschnitt ins Land bildete. Auf unserer Seite des Flusses war ein Links-Golfplatz. Wiesen säumten das gegenüberliegende Ufer. Der Weg durch den Golfplatz bog vom Fluss ab und wurde zum Hohlweg, der lange vor dem Golfplatz existiert haben musste – eine grüne Gasse, tief eingeschnitten, zugewuchert von Ginster und Schlehdorn, bildete sie einen stacheligen Tunnel neben dem Fluss. Als wir das Ende der grünen Gasse erreichten, lag das Wasser immer noch zu unserer Rechten. Der Golfplatz war mit einem Stacheldrahtzaun umgeben. Wir kehrten um bis zum Steg und versuchten, dem Fluss am westlichen Ufer entlang zu folgen. Dieser Weg verlief durch ein Gehöft, auf das Dorf Edern zu, und bog wieder vom Fluss ab, der jetzt eine Grenze des Bauernhofes zu bilden schien und dessen Ufer wieder mit Stacheldraht abgezäunt war. Die Häuser des Dorfes lagen vor uns. Ich hatte irgendwo gelesen, dass Edern das letzte Dorf in Großbritannien war, in dem man Elfen gesehen hatte. Bis Mitte der 1950er Jahre hatte eine alte Dame ihnen jede Woche am Backtag einen Kuchen hingestellt.

Als ich anfing, Evie davon zu erzählen, sagte sie: »Mummy?«

»Ja?« Sie war müde, ihr Gesicht glatt, blass trotz der Sonne, die Lebendigkeit ihrer Züge wie weggewischt. »Komm«, sagte ich. »Gehen wir zurück.«

Wir nahmen denselben Weg, teilten uns den Rest der Schokolade und beschlossen, es ein anderes Mal erneut zu versuchen. Dann wollten wir von einer der Quelle ein bisschen näher gelegenen Stelle losgehen, irgendwo auf der Schulter des Garn Fadryn. Aber heute nicht.

Im Verlaufe des Sommers gingen wir immer gleich vor: Wir suchten uns einen Fluss an der Küste von Llŷn aus und folgten ihm, so weit wir konnten. Immer gab es einen Zaun, ein Feld, den Garten von jemandem oder anderes Privateigentum oder einen Stier: etwas, das man nicht einfach umgehen konnte. Die Ufer mehrerer Flüsse waren eingezäunt, und dann konnte man nur das Flussbett laufen. An anderen Stellen verlief der Zaun sogar durch den Fluss selbst. Wo das Flussbett höher lag, sprang das Wasser durch Rinnen, hüpfte und rutschte über Fels und Stein zwischen Ufern her, die immer dichter mit Farn bewachsen waren. Gelegentlich kamen wir an überwucherte Oasen mit Brunnenkresse und Wasserlinse, von den Düngemitteln, die aus dem Land angeschwemmt wurden, zu rasendem Wachstum angetrieben. Sicher und einigermaßen problemlos die Flussbetten entlangzugehen war schwierig. Immer wieder zwang uns allenthalben eingezäuntes Land, umzukehren oder einen weiten Bogen zu schlagen. Einem Wasserlauf ohne Drahtschneider und Gartenschere zu folgen war schlechterdings nicht möglich.

»Wovor haben sie Angst?«, fragte Evie, und ich fand keine Antwort.

Ffynnon Fawr

An ihrem westlichen Zipfel ist die Halbinsel Llŷn wie eine Hand, die auf etwas zeigt; sie erhebt einen warnenden Finger zur Irischen See, dorthin, wo die Tiden zusammenfließen. Die Stelle heißt Swnt oder Sund. Manchmal liegt das Meer ruhig, aber wenn sich bei der Gezeitenwende die Wassermassen gegeneinanderschieben, entstehen Strudel und Wirbel, legendäre Strömungen. An der Südseite der Landzunge duckt sich ein Hügel, von Heide und stoppeligem Ginster bewachsen, die eine hübsche, aber stachelige Decke bilden. Unter dem Hügel verläuft bis zum Rand des Landes eine Grasfläche wie ein Billardtuch, das Gras wächst dort gut, weil es vor den schlimmsten Unbilden des Wetters geschützt ist und von Schafen kurzgehalten und gepflegt wird. Mitten in dem Grasfeld sind die kargen Reste der St Mary's Church, ein Rechteck aus vier niedrigen Mauern beziehungsweise Wällen mit einem Halbmond an einem der kürzeren, dem Rest der halbkreisförmigen Apsis. Seit Jahrhunderten ist das Ganze von Gras überwachsen. Hier und dort fallen lose Steine aus den Mauern, und die Leute schreiben ihren Namen darauf und legen das Kreuzzeichen und andere Symbole damit; die runden grauen Steine auf dem kurzen grünen Gras regen zu einem sinnlosen Spiel an, das offenbar ein ähnliches Suchtpotenzial hat wie das müßige Umordnen von Kühlschrankmagneten.

In jedem Sommer kommt unsere Familie hier auf der Landzunge zu einem Picknick zusammen, und Evie und ihre Cousinen und Cousins benutzen das fast perfekte Rechteck als einen etwas überdimensionierten Cricketspielplatz, die grasüberwachsenen Wälle bilden einen natürlichen Ha-Ha. An den Rändern des grünen Feldes, wo das Land aufs Meer trifft, sind steile Klippen, mit Streifen aus rotem Jaspis und gekrönt von einem gelblichen, ockerfarbenen Mineral, das man nur hier findet. Die Kinder wissen, dass sie sich von den Klippen fernhalten müssen. Da in der unmittelbaren Nachbarschaft keine Strände sind, hocken sie sich an klaren Tagen dorthin, wo es ungefährlich ist, und beobachten die ständig wechselnden Strömungen unten. Oft sehen sie Seehunde. Manchmal Fischer, die am Fuß der Klippen ihre Hummerkörbe kontrollieren. Und – fast immer – sehen die Kinder die Insel Ynys Enlli.

Envie und ich sind nie auf der Insel gewesen, haben sie aber oft betrachtet. Das Einzige, was wir von ihr kennen, ist ihre Rückenflosse, ein Berg, und die engstehenden Ruinen der Abtei dort. An stürmischen Tagen haben wir beobachtet, wie die Wellen sich vor der undeutlich erkennbaren Küste brachen, weiß wie Segel. An klaren Tagen sahen wir, wie die Sonne auf den Rücken der Insel prallte und sie bleichte wie Meerglas. Bei lockerem Dunst sahen wir einmal überrascht Jules Vernes grünen Strahl als einen letzten Bogen des bunten Lichts in der Meeresluft. Er leuchtete einen klitzekleinen Moment auf, quietschgrün, fast fluoreszierend, dann fiel die Sonne ins Meer und hinterließ einen merkwürdigen pfefferminzlikörgrünen Nachglanz.

Ein Baum wächst auf der Insel – ein ganz besonderer Baum – aus einem Kern von Merlins Apfel, den er wegwarf, als er von einer bösen Zauberin wegging; aber Merlin wurde hart, seiner Kraft beraubt, zu Stein verwandelt von ihr, und nur seine Knochen blieben. Diese Knochen liegen, so die Sage, in einer Höhle, und ein Kind könnte sie mit den Händen erreichen, könnte nach Merlins Knochen tasten, wenn es nur wüsste, wo.

In unserem Garten, tief in der Hecke, steht auch ein Baum, eher ein Busch. Er ist so rund wie ein Spinnennetz und hat keinen erkennbaren Stamm, nur Spindeln wie Stäbe voller Blätter, und im Spätsommer ist er mit zitronengelben, rosagestreiften

Früchten überladen. Er ist von einem hiesigen Gärtner gezüchtet worden, aus dem einen knorrigen Urahn, dem ältesten Apfel Europas, ja, dem ältesten Apfel der Welt, der sich bis zur Unkenntlichkeit zu einem rasselnden hölzernen Netz entwickelt hat und hartnäckig wie ein Rankengewächs dem kargen Erdreich und den ausdörrenden Salzwinden der Insel trotzt. Zwanzigtausend Heilige sind dort neben Merlin und womöglich auch König Artus begraben. Geoffrey von Monmouth behauptete sogar, dies sei Avalon, nach *afal lon*, was auf Walisisch Apfelweg bedeutet.

Aber jetzt interessierten uns weder die Heiligen noch die Äpfel, weder der König noch des Zauberers Knochen. Wir brachen zu dem Dorf Anelog an der Landspitze auf, weil wir den St Mary's-Brunnen suchten.

Als Evie und ich dort ankamen, mussten wir feststellen, dass alles – ungewöhnlich für Juni – in Nebel gehüllt war. Die Straße war zwar erkennbar, aber nur so eben, und als sie im Gras endete, brachte ich das Auto zum Stehen. Nichts war zu sehen – kein Hügel, kein Land, keine Insel. Wir waren in einer kühlen, weißen Wolke, einer seltsam gedämpften Welt. Als wir ausstiegen und in Richtung der Klippen wanderten, zauberte uns die Feuchtigkeit Perlen in Wimpern und Haar, die uns wie Tränen übers Gesicht rannen. Evie war begeistert und erschreckt, denn sie war überzeugt, dass sich in dem Nebel um uns herum ein Raum geöffnet hatte und dass dieser Raum uns folgte. Sie war verunsichert. Ich versuchte, ihr etwas über Sichtweite, über die unterschiedliche Dichte der Wolken zu erklären, und dass wir ein Stückchen weit vor uns und auch ein Stückchen weit hinter uns blicken konnten, aber sie verstand es nicht. Warum konnten wir sehen, wo wir hingingen, aber nicht, wo wir herkamen?

»Woher weißt du, wo wir sind?«, fragte sie.

Zuerst folgten wir einer Bruchsteinmauer, aber die endete bald, und ich hörte die gedämpften Geräusche des Bachs, der zu einem *zawn* floss, dem tiefen, engen Einschnitt in den Klippen, wo wir vielleicht zum Brunnen hinunterklettern konnten. Doch ich sah ihn nicht. Wenn wir uns ein bisschen weiter links hielten, sagte ich zu Evie, würden wir auf den mit Heide und Ginster bedeckten Hügel gelangen und könnten uns daran orientieren.

Der Ginster und die Heide brachten uns fast an den Rand des *zawn*. Er sah aus wie ein undurchdringlicher Abgrund, und Evie riss staunend die Augen auf. Sie erinnerte sich an einen Vorfall in dem Sommer zuvor, als ihr Cousin Connor einen Fußball über die Klippen gekickt hatte.

»Du darfst nicht mit anderen Kindern hierher gehen. Es ist gefährlich, ist das klar?«

»Dein Geheimnis ist bei mir sicher aufgehoben«, sagte sie, als hätte ich ihr gerade anvertraut, dass ich eine Bank ausgeraubt hätte. Sie konnte nicht glauben, dass sie zu der Stelle hinunterklettern durfte, wo Connor den Ball hingetreten und ich ihn für verloren erklärt hatte.

Am Rand der Klippe tat sich ein Loch im Nebel auf, oder, und das war wahrscheinlicher, wir waren nun unter dem Nebel. Aufsteigende Luftströmungen aus dem Meer schufen diesen freien Raum. Wir folgten dem Sickerbächlein, das wir wiedergefunden hatten, und dem Weg, der steil abfiel. Unter dem Klippenrand war eine moosbewachsene Rinne, die in Steinen endete, und dann verschwand der Weg vollends auf rotem und gelbem Fels. Zunächst sah es so aus, als gebe es keinen sicheren Pfad nach unten, nur einen senkrechten Abhang ins Meer. Aber wir kletterten vorsichtig diagonal hinunter, fanden in der Klippenwand etwas zum Festhalten und erreichten sicheren Boden. Ein enger Spalt führte tief in die Wand. Wir mussten die Füße gegen beide Seiten des Spalts stemmen, die See flutete unter uns hinein, unsere Beine bildeten eine Brücke. Am Ende dieser Passage und nur bei Ebbe sichtbar, war ein eher unscheinbarer Tümpel. Ein Wasserstrahl speiste ihn von oben, und durch einen merkwürdigen Lichteinfall schillerten um dieses stürzende Wasser Regenbogenfarben.

Der Tümpel selbst, der heilige Brunnen, war nicht größer als ein umgedrehter Hut.

Der St Mary's-Brunnen ist in der Gegend bekannt als Ffynnon Fawr, großer Brunnen. Angeblich ist er von Maria selbst geweiht worden, als sie, vermutlich im finsteren Mittelalter, in dem offenbar all die unerklärlichen und aufregenden Dinge passierten, die Landzunge besucht hat. Der Legende nach war es die letzte Wasserstelle für die Pilger, bevor sie sich zur Insel aufmachten oder es versuchten. Über viele Jahre hinweg brachten nämlich drei Pilgerfahrten zur Insel so viele Ablässe ein wie eine Pilgerfahrt nach Rom. Das mag so sein, aber es gibt eine Menge weitere Quellen und Brunnen an der Küste, und es ist viel leichter, von dem zwei Meilen entfernten, langen Sandstrand in dem Dorf Aberdaron mit dem Boot überzusetzen. Ein Grund, warum dieser Brunnen als so besonders galt, war – und in den Augen der Pilger damals war das ein Wunder –, dass sein Salzwasser zu bestimmten Zeiten Süßwasser wurde. Der Dichter R. S. Thomas, Pfarrer in Aberdaron, beschreibt das in seinem Gedicht »Ffynnon Fawr«:

> Sie ahnten es nicht, aber
> vermachten es uns:
> klares Wasser, mitunter brackig,
> vermischt mit den weißen Frösten
> des Meeres, doch taut es rasch.

Die Verwandlung des Wassers ist eigentlich ein Taschenspielertrick der Natur. Das Salzwasser des Tümpels, der nach der abfließenden Flut voll ist, wird langsam durch Süßwasser ersetzt. Die lokalen Legenden besagen, dass man den Mund voll Wasser nehmen, die Klippe wieder hochklettern und dreimal um die Ruinen von St Mary's laufen soll, und wenn man das schafft, ohne einen Tropfen zu schlucken, würden alle Träume und Wünsche wahr.

Wir schauten in den Tümpel. Ich hatte Evie das mit dem Wünschen nicht erzählt. Das Skelett einer Seemöwe – an dem ausgebreiteten, gebrochenen Flügel klebten noch vereinzelt Federn – zeigte auf den Brunnen. Ich dachte an Allardyce, den verwesten menschlichen Kompass in Robert Louis Stevensons *Schatzinsel*, dessen Knochenarm dramatisch, wenn auch nicht mehr zielsicher, auf die Stelle zeigte, wo man Flints Schatz finden mochte. Ein Reisender mit dem passenden Namen Ieuan Lleyn (Lleyn ist der englische Name der Halbinsel) besuchte die Llŷn im Jahre 1799 und beschrieb den Eintritt in die »St Mary's Höhle, in der sich ein Maria geweihter Brunnen und viele andere papistische Heiltümer befinden, wie zum Beispiel die Hufe von Marias Pferd und dergleichen. Da der Ort abgründig und bedrohlich war, versuchte ich, so schnell mich meine Hände und Füße, ja sogar meine Zähne trugen … dort hochzuklettern!« Meine Augen gewöhnten sich an den milchigen Dämmer in dem engen Raum unter der wabernden Nebeldecke. Wir waren in einer natürlichen Kapelle, deren schwarze Steinwände sich senkrecht hinter dem Tümpel erhoben. Ich erkannte etwas, das zuerst wie ein Schädel aussah, aber es war vollkommen rund und stellte sich als Schwimmer eines Anglers oder Fischers heraus, eine der kleinen Bojen zum Markieren der Hummertöpfe. Knochen- und Treibholzstücke, ein mehrere Liter fassender Plastikbehälter und ein orangefarbenes Nylonnetz waren tief in dem hohen, zersplitterten, nassen Fels miteinander verkeilt. Der Wasserstrahl mit den gefächerten Regenbögen ergoss sich von oben in den Tümpel. Alle »papistischen Heiltümer«, die man hier aufbewahren wollte, hätte man mit Eisenstiften befestigen und sicher verankern müssen, wenn sie dem zweimal täglich erfolgenden Ansturm des Meeres hätten standhalten sollen, das die Passage bestimmt vollkommen flutete. Wahrscheinlich hatte Lleyn die Überreste eines Tieres gefunden, das von der Klippe herabgestürzt war. Schafköttel lagen auf einem Vorsprung über unseren Köpfen. Da Wasser darauf spritzte, blieben die dunklen Kügelchen feucht auf den leuchtendgrünen Mooskissen, dazwischen lagen Wollbäusche. Ich hatte nicht den Wunsch, etwas Brunnenwasser in den Mund zu nehmen oder es sonstwie mitzunehmen, meine Besorgnis bezüglich Hygiene kam meiner Aufnahmefähigkeit für Wunder erheblich in die Quere. Ich blickte mich um und war fest davon überzeugt, dass dies nicht der richtige Brunnen war. Wenn wir allerdings an der falschen Stelle waren, dann war Ieuan Lleyn das im Jahr 1799 auch gewesen.

Evie, die mit ihren unverdorbenen Instinkten heiliges Wasser erkannte, wenn sie es vor sich hatte, tauchte die Finger in den Tümpel und betupfte sich die Stirn. Das Wasser tröpfelte ihr an der Nase herunter, und das schien ein guter Kompromiss zu sein, denn obwohl ich mich einfach nicht von einer tiefsitzenden Ängstlichkeit, fast Übelkeit, befreien konnte, wusste ich wenigstens, dass es Evie ganz anders erging.

Als wir den steinigen Aufstieg beginnen wollten, überfiel mich eine Erinnerung, heftig wie der Tag, den sie zurückholte. Ein Frühlingsnachmittag in Barcelona. Vor drei Monaten. Rückkehr aus dem Krankenhaus. In aller Eile war Rupert aus dem Büro gekommen, hatte mich heimgebracht und dann Evie von der Schule abgeholt. Ich wollte niemanden sehen.

Ich hörte Evie und Rupert zuerst vor der Haustür. Grüne Papageien kreischten in der Palme auf der gegenüberliegenden Straßenseite, und ich konnte durch den Quietscheentchenlärm der Vögel nicht hören, worüber sich Rupert und Evie unterhielten. Ich wusste nicht, was mich erwartete, was er ihr gesagt hatte. Als die Tür aufging, stürzte Evie mit dem Sonnenlicht herein, einen Hauch von Staunen im Gesicht.

»Kann ich das Bild sehen, Mummy? Von dem Baby?«

Ich war fassungslos: Er hatte es ihr nicht erzählt. Auf diese

Situation war ich vollkommen unvorbereitet. »Es gibt kein Bild, mein Schatz. Weißt du, das Baby ist gestorben.« Ihr Gesicht. Rupert halb abgewandt. Er schaute nicht mich, sondern die Schlüssel in seiner Hand an, seine schmerzliche Wut, seine glühende Scham. Ich konnte nicht glauben, was wir hier veranstalteten.

»Wo ist es?«, fragte sie.

»Hier.« Ich berührte mit den Fingern meinen geschwollenen Leib.

»Und es ist gestorben?«

»Ja.« Sie schwieg, versuchte es zu begreifen. »Heißt das, ich kriege keinen kleinen Bruder? Keine kleine Schwester?« Ich hatte versucht, mir eine halbwegs vernünftige Lüge auszudenken, etwas Euphemistisches, etwas, das das Ganze nicht so schlimm machte. Der Wahrheit gegenüber war ich unvorbereitet, hilflos. Das waren wir alle.

Die Tür zum Flur war geschlossen, und es war dunkel.

»Kann ich fernsehen?«, fragte Evie.

»Natürlich.«

Sie schlüpfte hinaus, und ich konnte mich nicht einmal aufraffen, Rupert Vorwürfe zu machen. Der Schaden, wenn es denn ein Schaden war, war geschehen.

Ich versuchte, die Erinnerung wegzudrängen, abzuschütteln. Doch sie blieb haften, klebrig, hartnäckig.

Wir gelangten über Trittsteine aus der Rinne hinaus, während unter uns das Meerwasser einströmte. Die Wellen zischten und schäumten wie Bier über den Rand eines Glases. Es war eine abgepufferte Welt, dunstig wie ein Wasserfall, und als wir wieder in den Nebel vorstießen, war er so dicht wie zuvor. Wir zogen uns an den Felsen hoch zum Weg. Ich ging hinter Evie; für den Fall, dass sie ausrutschte, wollte ich hinter ihr sein. Ich zeigte ihr, wo sie sich in dem roten und gelben Fels festhalten konnte, und half ihr, die Füße in Löcher zu setzen, bis ich kleine Steine unter ihren Schuhen knirschen hörte und sie wieder auf dem Pfad wusste. Ich hörte ein Zischen und Tröpfeln, ein mutwilliges Schnattern, wo der Bach über den Kies spritzte und die weiße Wolke uns wieder dichter umhüllte. Die einzige Farbe ringsumher war das leuchtende Moos zu unseren Füßen.

Evie freute sich sehr, als der Bach wieder auftauchte, und war total verdutzt, als er wieder verschwand. Ich wies sie auf seinen augenscheinlichen Lauf hin, der dichte Bewuchs mit Brunnenkresse, Disteln, Knäuel-Binsen und Torfmoos zeigte ihn deutlich. Evie lauschte: Der Nebel wurde dichter und weißer, die Stille schien auch uns den Mund zu verstopfen. Und dann ein Geräusch, ruhig wie ein tiefer Atemzug. Wasser. Evie wollte nicht reden. Sie war auf etwas konzentriert, wie ein Fährte aufnehmender Spaniel.

Und dann erblickte sie es.

Ein runder Teich, eine Schale mit klarem Nass, im Durchmesser so groß wie ihre Arme lang, das Wasser knietief. Zunächst wirkte alles still, und wir sahen feinen sandigen Kies auf dem Boden, vereinzelt eine grüne Wasserpflanze. Wasserschnecken mit engspiraligen winzigen Gehäusen, leuchtend wie Juwelen, überkrusteten die steil abfallenden Wände und klebten nebeneinander an den Stängeln der Wasserpflanzen. Dort, wo die Quelle den Brunnen speiste, bogen sich die Bilder, an der Brechung erkannte man das darunter liegende Strömen. Um den Teich Spuren von Pilgern. Flache Steine markierten seine Ränder, und an einer Stelle waren sie zu einem Abfluss zusammengelegt, dem Ausgangspunkt des Baches. Das Gras rundherum war von vielen Füßen zertreten und mit Schlamm bedeckt, die Steine waren miteinander verfugt, damit sie an Ort und Stelle blieben. Auf beiden Seiten lagen lange Stöcke, mit denen grüne Algen aus dem Wasser gezogen worden waren, die jetzt an der Luft braun wurden. Evie bemerkte erbsengrüne runde Blätter und suchte mehr. Sie wollte einen jungen Farn ausreißen und zum Schöpfen benutzen, aber die Wedel glitten ihr durch die Hände und der Strunk blieb, wenn auch abgeknickt, im Boden.

»Hilf mir doch mal, Mummy.«

Hinter dem Wasser war ein Felsvorsprung, eher ein geflügelter Buckel, wo wir rosa Steinbrech, verblühte Schlüsselblumen und eine gelbe Blume, Blutwurz, sowie lilafarbene Fingerhüte erkannten, deren lange Stängel den Brunnen verdeckten. Hinter dem Buckel führten Heide und Ginster und junge Farne zurück zu der Bruchsteinmauer, an der wir unsere Wanderung begonnen hatten. Ich erzählte Evie von der Legende – dass man um die Kirche rennen musste und sich eventuell was wünschen durfte. Ihr Blick verschleierte sich. Der weiße Nebel rückte weiter von allen Seiten auf uns zu, und ich sah, dass sie kein Bedürfnis nach Wundern verspürte. Alles, was sie wollte, hatte sie vor sich. Sie goss ihre Wasserflasche aus und füllte sie erneut an dem stillen Brunnen. Sie begutachtete den Inhalt der Flasche, hielt sie hoch und bat mich, den Deckel wieder draufzumachen. Dann, plötzlich wieder Kind, fasste sie mich an der Hand, und wir gingen.

Ich wusste nicht mehr, was ich mir wünschen sollte.

Gesundheit und Glück, glaube ich. Nichts sonst.

Traeth Porthdinllaen

Zwei Wochen, nachdem mit einem riesigen Feuerwerk zum Johannistag die spanischen Schulferien begonnen hatten, begannen die britischen. Zunächst kamen ein paar schottische Kinder Anfang Juli an den Strand von Porthdinllaen. Etwa eine Woche später Kinder aus britischen Privatschulen, fast einen Monat nach unserer Ankunft war mit den walisischen und englischen Kindern aus den staatlichen Schulen die Strandgesellschaft vollzählig, und Anfang August waren die Felstümpel, bis dahin Evies alleiniges Reich, bei Ebbe überlaufen von Kriegern mit Plastikeimern und neonfarbenen Fischernetzen. Die älteren Kinder hatten Spulen und Leinen. Schinkenstückchen oder klebrige Strandschnecken dienten als Köder.

Evies bevorzugtes Lockmittel für Krabben war eine gekochte, in ausgelassenem Speck getränkte Kartoffel in solch einem Wäschebeutelchen, das zum Waschen kleiner Teile in der Waschmaschine gedacht ist. Das befestigte sie an Haken und Leine. Ich hatte den Widerhaken mit einer Kneifzange abgeknipst und beobachtete nun, wie eine ziegelrote Krabbe, auf deren Panzer eine pointilistische Krone eingraviert war, mit einer knochenfarbigen Schere an der Kartoffel herumschnippelte und Evie sie vorsichtig in einen Eimer mit Meerwasser bugsierte. Mehrere Kinder versammelten sich um sie in einer Mischung aus Begeisterung und Ehrfurcht, Neugierde und Neid, als sie mit entschlossenen, ruckartigen Bewegungen versuchte, die Krabbe von dem Köder abzuschütteln, sie schließlich zwischen Daumen und Zeigefinger nahm und langsam umdrehte, bis sie von der Kartoffel abließ und ihre offenen Nussknackerscheren nach oben zeigten.

Die Felsen mit den Tümpeln bildeten die schmale Halbinsel, die die weitgeschwungene Bucht zweiteilte wie der Pfeil den Bogen, über den man ihn zieht. An der dem Meer zugewandten Spitze waren die glatten Steine karamellfarben und die Rankenfußkrebse und der Seetang abgeschubbert. Sie kehrten auch wegen der Dutzenden Füße und Popos nicht wieder, denn die Steine waren leicht begehbar, bildeten sogar eine Rutschbahn in ein Strudelbecken, das sich zur Bucht hin öffnete. Evie und die Krabbe waren von Bewunderern umgeben. Während ich sie beobachtete, schaute Evie zu mir herüber und lächelte. Ich zeigte auf die Bucht und den Tümpel und bildete stumm mit den Lippen deutlich die Worte »Du bleibst da!« Sie nickte, riss die Augen auf, als wolle sie mir »Denkste!« zurufen, öffnete die Hände wie aufblühende Knospen, und ich glitt in den Meerjungfrauenteich. Ich schwamm zwischen zwei Felseninselchen her, den sogenannten Austern, und dann mit kräftigen Zügen in die offene See. Der Temperaturabfall legte sich wie eine Spirale um meinen Körper, die Kälte schnitt mir in Arme und Hals wie ein Käsedraht. Bis ich eine warme Strömung fand, schwamm ich erst einmal Brust, dann streckte ich mich und kraulte los. An der Oberfläche des Wassers verliefen kreuz und quer wärmere Pfade, breit wie Teppichläufer, sie erinnerten daran, dass der Golfstrom nicht weit von hier vorbeifloss.

Wir warteten hier am Strand auf Rupert, der eine Woche mit uns verbringen wollte. Als Evie sich am Abend zuvor die Zähne geputzt hatte, hatte ich ihr von seinem Vorhaben erzählt. Sie stand vor dem Badezimmerspiegel und sang »I Don't Care if the Sun Don't Shine« von Mack David. Der Zahnpastaschaum lief ihr übers Kinn und tropfte ihr auf den Fuß. Ich war froh, dass ich es ihr nicht früher gesagt hatte. Später ging sie zur Schaukel am Ende des gemähten Teils unserer Gartenwiese, der einzigen Stelle am Cottage mit ein wenig Schatten, und rief Rupert an. Die Arme um die Seile geschlungen, das Telefon ans Ohr gedrückt, drehte sie sich im Kreis. Hinter ihr ragte der dreieckige Kegel des Garn Fadryn auf, die erste Heide glomm im Dunkeln. Rupert hatte offenbar gesagt, er würde gern Makrelen fangen, denn sie lachte: »Also eigentlich, Daddy, sind wir hier alle ein bisschen zumakrelt.«

Die Makrelen waren vor ein paar Wochen angekommen. Unser Freund Mike nahm uns und seinen Freund Anthony in seinem alten Fischerboot mit bis zum Rand der Bucht. Eine Seehundfamilie balancierte auf freistehenden Felsen, den Körper gebogen wie ein Halbmond, Köpfe und Flossen erhoben, um möglichst viel Sonne abzukriegen. Evie hatte mit Leine und Spule, ohne Köder, nur mit Spinner, einen Fisch nach dem anderen herausgezogen. Sie hielt die Leine zwischen Daumen und Zeigefinger und wusste sofort, wenn einer angebissen hatte. Als eine freche Silbermöwe dem Boot folgte, sich herabstürzte und eine Makrele, die Evie gerade aus dem Wasser zog, hinter den Kiemen packte, hatte Evie mir, wild entschlossen, ihre Beute nicht herzugeben, die Spule in die Hand gedrückt und »Schneller, Mummy!« gerufen. Anthony war Chirurg und zeigte ihr, wie sie den Kopf eines Fisches um neunzig Grad anheben musste, damit das Tier sanft mit einem leisen »Pop« starb, und Evie sah ihm fasziniert und mit großer Ernsthaftigkeit zu. Den Haken zu entfernen war ihr unangenehm. Später zeigte Anthony ihr, wie man die Fische ausnahm, er schob die Innereien mit dem Daumen heraus und wusch den Fisch in Meerwasser.

Eines Abends rief mich Endaf an, ein Maurer aus dem Dorf. Er hatte mehr Makrelen gefangen, als er essen konnte, und fragte, ob wir ein paar wollten. Ich fuhr zu seinem Haus, wo er, eine Plastikkiste zu Füßen, auf einem Liegestuhl im Garten saß. Über uns erhob sich eine Araukarie.

»Wie viele willst du?«, fragte er.

»Ach, nur welche fürs Abendessen, zwei.«

Er runzelte die Stirn.

»Drei?«

»Nimm ruhig mehr. Du kannst sie ja einfrieren.«

»Ich weiß nicht, Endaf. Das ist sehr nett. Zwölf?« Er nickte, während ich einen Fisch nach dem anderen herausnahm.

»Herrgott noch mal, zähl sie doch nicht ab!« Er verschwand im Haus, kam mit einem schwarzen Müllsack zurück und kippte die Fische dutzendweise hinein. Als ich nach Hause kam, winkte ich meine Nachbarin Joan herbei, und sie nahm die Hälfte. Den Rest verstaute ich in unserer kleinen Tiefkühltruhe.

An den nächsten Tagen grillten wir dann Makrele in Salz, brieten sie in Puddingpulver und garten sie in Milch mit wildem Dill, den wir an der Küste sammelten. Evie steckte Fischköpfe in eine Stargazy Pie, die wir aber beide nicht essen mochten, und wir räucherten Fische auf Apfelholzspänen und schlugen sie dann mit Crème fraîche, Zitrone und Pfeffer zu Paste. Allmählich wurde mir schlecht, wenn ich das Wort Makrele nur hörte. Wir waren in der »Glanz- und Geschmeidigkeitsphase« unserer Ferien, wie jedes Jahr, wenn in unserem Blut mehr Fischtran als Eisen war und Haar und Haut trotz des ständigen Kontakts mit Salzwasser weich wurden und schimmerten.

Nach Evies Telefongespräch mit Rupert lasen wir zusammen *Der Kampf um die Insel* von Arthur Ransome. Bei der Stelle, wo der Junge Roger mit einem Fuß am Boden schwamm, quiekste Evie vor Vergnügen, denn sie »schwamm« auch mit einem Fuß am Boden, und ich spürte, dass sie in dem Moment beschloss, damit aufzuhören. Wir hatten uns in dem großen Bett eingekuschelt, und ich sagte ihr, sie könne heute Nacht bei mir schlafen, müsse aber morgen wieder in ihr Hochbett unterm Dach, auf ihr Futonnest aus Kissen und Polstern, wo Erwachsene wegen der niedrigen Decke nie hingingen. Irgendwann in der Nacht landete ihre Hand flach auf meinem Hals. Dann schob sie mir beide

Füße gegen die Stelle unter meinen Rippen, wo sie gewachsen war. Wunderbarerweise roch sie nach Pfirsichen.

Morgens fragte sie mich fortwährend, wann wir zum Flughafen führen. Offenbar vergaß sie immer wieder, dass wir nicht dorthin mussten. Meine Freundin Bronwen, die ihre Eltern in Nordwales besuchen wollte, kam nämlich zur gleichen Zeit am Liverpooler Flughafen an wie Rupert und würde ihn mitnehmen und bei uns übernachten.

In meiner warmen Strömung schwamm ich quer durch den Hafen. Ein flaches Tenderboot bewegte sich auf den Strand zu. Ken, der wegen seiner zwei Fischerboote im Dorf wer war, stand in der Mitte seines Gefährts, Hände in die Hüften gestemmt; ein weiterer Fischer, die Hände am Ruder, saß hinten im Boot. Ich stoppte an einer der Mooring-Bojen, trat Wasser und hob die Arme, damit sie mich sehen konnten.

»Willst du mitfahren?«, fragte Ken.

»Nein, nein, ich wollte nur nicht, dass ihr mich überfahrt.« Ich hielt mich mit beiden Händen am Boot fest. Meine Beine trieben darunter. Ich versuchte mich daran zu erinnern, was Dad mir über die Strömungsmechanik von flachen Booten gesagt hatte und über Strudel in seichtem Wasser. Dad war Ingenieur gewesen. Er hätte gewusst, was hier vor sich ging. Als sich eine Wolke vor die Sonne schob und eine Brise aufkam, kriegte ich eine Gänsehaut, und mein nasses Haar schlug mir ins Gesicht. Ken gab mir einen Vorsprung und ließ dann den Motor wieder an. Ich geriet in eine Strömung, vielleicht war auch der Tender dort eingefahren, jedenfalls kam ich einen Moment lang nicht von der Stelle. Als ich schließlich die andere Seite des Hafens erreichte, schlug ich mit der gespreizten Hand – sie sah aus wie ein Seestern – an der Hafenmauer an. Mir fiel auf, dass sich die orangefarbenen Flechten wie Rost auf den Steinen über dem Wasser ausbreiteten und die Steine unter Wasser indigoblau waren. Und dann fiel mir der weiße Streifen auf, wo mein Ehering hätte sein sollen. Ich tauchte die Hand sofort wieder ins Wasser, zog sie heraus und schaute genauer hin.

Der Ring war weg.

Auf der Stelle machte ich kehrt und schwamm den Weg zurück, den ich gekommen war, auch den Umweg durch die Strömung, dorthin, wo Kens Boot gewesen war. Der Ring war von Tiffany's in New York. Er hatte zweiundzwanzig im Prinzess-Schliff geschliffene Diamanten von etwa viereinhalb Karat. Rupert hatte ihn mir zu Evies Taufe geschenkt. Wir heirateten erst als Evie fünf war, auf einer Reise nach Las Vegas. Wir benutzten den Ring als Ehering, weil wir vergessen hatten, einen zu kaufen. Aber ich wollte sowieso keinen anderen.

Rupert würde in wenigen Stunden hier sein.

Als ich die Felstümpel erreichte, blieb ich an der Stelle in dem flachen Wasser stehen, wo ich in den Meerjungfrauenteich geglitten war. Ich betrachtete den weißen Streifen an meinem Finger noch einmal. Kinderlärm, Wellen und Wind drangen nicht mehr zu mir durch. Rupert würde es als Zeichen deuten, da war ich sicher. Als Hinweis darauf, welchen Wert ich unserer Beziehung beimaß.

Den ersten Ring von ihm hatte ich binnen weniger Stunden verloren – auch an einem Strand – in Mexiko. Mehr als eine Stunde suchten wir danach, aber der muschelweiße Sand hatte ihn verschluckt. Nun starrte ich auf den karamellfarbenen walisischen Strand und fasste es nicht, was mir passiert war. An einem Felstümpel war eine Gruppe Kinder um ein kleines Mädchen im Sarong versammelt. Es hatte Dreadlocks und war von Kopf bis Fuß mit nassem Lehm bedeckt. Evie. Sie zeigte auf eine Stelle hinter dem Tümpel, wo nun, bei Ebbe, ein matschiger Rand zum

Vorschein kam. Da brach die Sonne durch einen Riss in den Wolken, und eine Bewegung auf dem Meeresboden lenkte mich ab. Ich bückte mich, das Kinn knapp unter dem Wasser. Tanzende Strahlen und Lichtflecken sprangen um einen kaum erkennbaren Schattenkreis, wie auf einer Kinderzeichnung der Sonne. Es war der Ring! Er musste von meinem Finger abgerutscht sein, als ich ins Wasser ging. Ich hätte ihn niemals ohne dieses zufällige, kurz aufscheinende, von den Steinen reflektierte weiße Sonnenlicht gesehen. Ich langte nach dem Ring, und das Meer drang mir in die Ohren, hart schlug es mir über dem Kopf zusammen, als würde eine Schublade voller Messer über mir ausgeschüttet. Ich richtete mich wieder auf, betrachtete den Ring und wischte den Sand ab. Dann schob ich ihn über meinen dicksten Finger, den Mittelfinger.

Als Evie mich im flachen Wasser stehen sah, grinste sie, und der Lehm, der mittlerweile zu einer gespenstischen Maske getrocknet war, barst in tausend Fältchen wie das Gesicht des Methusalem, und ich war unglaublich glücklich und ängstlich zugleich, wenn ich auch nicht hätte sagen können, warum.

Um vier Uhr begannen die Fischer, Kisten mit hellgelbbraunen Meeresschnecken auf stinkende Tieflader zu packen. Für die Chinarestaurants in Manchester gab es Dreieckskrabben. Neugierig tasteten ein paar lackmusblaue Hummer unter einem Netz herum. Mit rostigen, metallisch scheppernden Massey-Ferguson-Traktoren zogen die Fischer die Tieflader vom Strand. Evie entdeckte Rupert und Bronwen gleich, als sie durch den Bwlch kamen, große Gestalten in städtischer Kleidung, die Schuhe waren auf dem Sand völlig fehl am Platze. Aus ihren im Wind flatternden Jacken sah ich förmlich die recycelte Flugzeugluft entweichen. Evie rannte schon mit gesenktem Kopf, so schnell sie konnte, auf sie zu.

Rupert und Bronwen lachten. Am Bwlch hinter ihnen hatten sich mehrere Menschen um einen Land Rover versammelt. Möwen hupften und schubsten sich neugierig über den First des Ziegeldachs des nahen Cottage. Evies Augen waren rund, aber zwei kleine Wellen oben an ihrer Nase deuteten trotz ihrer Wiedersehensfreude ein Stirnrunzeln an. Bronwen hatte eine Plastiktüte dabei.

»Sie haben vier Stück ein Pfund gekostet«, sagte Rupert. Ach natürlich, heute war das Makrelenrennen gewesen, bei dem Geld für den Seenotrettungsdienst gesammelt wurde. Alle, die ein Boot hatten, brausten beim Knallen einer Startpistole los, um in drei Stunden so viele Makrelen wie möglich zu fangen. Evie starrte in die penetrant stinkende, glitschige Tüte, als wäre ein Seehundskopf darin.

Später lagen wir alle auf einer Wolldecke im Garten, unsere acht Beine bildeten einen Stern, unsere Köpfe lagen aneinander auf Kissen. Die Holzkohle auf dem Grill verbrannte zu Asche, gab aber mehr Wärme ab als zuvor. Weißwein schlug der Nacht die Kanten ab. Kalte Grashalme kitzelten mich an Knöcheln und Füßen.

Da sah ich einen einzelnen Blitz. Als hätte jemand eine Kreidelinie gezeichnet und sofort wieder weggewischt. Ich schaute erneut hin und sah einen zweiten Streifen, der auch schon wieder verschwand. Bald kamen sie alle paar Sekunden, die Perseiden, wie immer im August. Hoch oben, über den Sternschnuppen, war die Milchstraße, und sie sah wirklich aus wie verschüttete Milch, über den Himmel fließend, ins Samtweiche sickernd. Wir blieben draußen, so lange wir konnten, lachten und zeigten auf die Sterne, aber dann wurden Decke und Kissen vom Tau feucht, und die Kälte trieb uns ins Cottage. Wir machten das Bett für Bronwen. Evie verschwand unter dem Dach und legte sich so hin, dass sie das Feuer sehen konnte. Rupert und ich schliefen in einem hölzernen Schäferkarren im Garten.

Am nächsten Morgen erwachte ich vor Morgengrauen. Ich zog Pullover und Jeans an, setzte mich auf die Treppe des Karrens und beobachtete, wie die Dunkelheit verblasste. Weil wir im Westen waren, war die Sonne schon seit einer guten Weile aufgegangen, bevor sie endlich über dem Snowdon erschien. Es war kalt im Schatten des Garn Fadryn. Die Sterne wurden blasser und verschwanden schließlich, nur Venus, der Morgenstern, blieb zurück. Ich beobachtete gern, wie der Himmel hinter dem Garn heller wurde, wenn ich auch jetzt den Gipfel in seiner nebligen Umhüllung nicht erkennen konnte. In der Gegend wird der Berg Madryn genannt. Das kommt von *modron*, was Mutter bedeutet.

Ich hatte versucht, mich auf den Besuch Ruperts vorzubereiten. Ich war sanft, ausgeglichen. Vor Ruperts Ankunft hatte uns mein Freund Mike eine Holzjolle geliehen. Sie war Pfadfinderblau gestrichen und hieß Mirror. Ob Mirror der Name der Jolle oder der Bootsart war, wusste ich nicht und hatte auch nicht fragen wollen. Ich war vom Geräusch des Wassers und dem Knattern der blutroten Segel im Wind fasziniert gewesen, wenn wir durch die Wellen schnitten. Ich hatte mich an die wenigen Geräusche um mich herum gewöhnt, daran, nicht zu reden, außer Evie niemanden zu berühren und nicht berührt zu werden, und jetzt war Rupert hier. Die nächsten beiden Wochen würden wir lachen, uns lieben und streiten. Die Gläser würden klingen. Ein Lichtrechteck würde über dem Garten liegen, bis wir immer später zu Bett gingen. Ich würde die Hälfte von etwas werden, oder eher ein Drittel. Das beunruhigte mich. Die bitteren Auseinandersetzungen, die wir wegen des Babys gehabt hatten, darüber, dass wir möglicherweise ein zweites Kind haben würden, die

Dinge, die gesagt worden waren und nicht zurückgenommen werden konnten, all das lag zwischen uns wie eine unsichere Seilbrücke, der ich mich nicht anzuvertrauen wagte.

Der Gedanke, dass unser Baby jetzt in meinen Armen liegen sollte, überfiel mich wieder und ließ mich nicht mehr los.

Auf der Treppe hockend, mit Rupert, der hinter mir schlief, Bronwen und Evie im Cottage, fühlte ich mich einsamer, als wenn ich allein gewesen wäre.

Im Schäferkarren war ein Flachmann mit Zwetschgenlikör. Ich nahm einen Schluck von der klaren granatroten Flüssigkeit, in der Stückchen blauschwarzer Schale von den Früchten schwammen, die mich wie Teeblätter am Gaumen kitzelten. Ich hatte den Likör mit meinem Bruder John vor drei Jahren an meinem Geburtstag gemacht. Wir hatten die Zwetschgen von einem Baum in seinem Garten gepflückt. Der Baum war nicht mehr da.

Auf Zehenspitzen ging ich ins Cottage, hörte eine Bewegung.

»Bronwen, bist du wach?«

Von der anderen Seite der Holzwand, die das Schlafzimmer vom Wohnzimmer trennte, kam ihre Stimme: »Ja.«

»Sollen wir eine Runde schwimmen? In einer knappen Stunde ist Flut.«

»Ja, wunderbar.«

Wir schrieben einen Zettel und gingen zur Lifeboat Bay, einem abgelegenen Strand an der Spitze der die Buchten trennenden Landzunge. Die Sonne ging hinter uns auf und der Nebel über dem Garn Fadryn wurde ganz zart. Das Meer und der Himmel vor uns waren eine einzige Fläche. Blau wie Rauch, glatt wie Seide. Die Lifeboat Bay war, wie der Name sagt, der Standort der Seenotrettungsstation. Das Wasser lag still da, aber Warnschilder ermutigten nicht gerade zum Schwimmen, man sollte sich von der Betonrampe fernhalten, vor der Spitze der Landzunge gab es starke Strömungen. Wir ignorierten die Schilder und sprangen von der Rampe ins Meer, das weich wie Öl und kühl wie das

Licht war. Von jenseits der Strömung schaute uns der ohrlose Nasser-Hund-Kopf eines Seehunds an.

Ein Radio spielte. Am Strand lag Abfall. Es war erst fünf Uhr. Ich wollte gerade etwas sagen, als Bronwen auf etwas zeigte. Leuchtendhelles Wasser tropfte von ihrem ausgestreckten Arm. Ein zauseliger Kopf zeichnete sich am nassen Strand ab, und ein junger Mann starrte uns ungläubig an und versuchte, damit zurechtzukommen, dass in sein Abenteuer in der Wildnis plötzlich andere Lebewesen eingedrungen waren: Zwei Frauen und ein Seehund beäugten ihn von der Mitte der Bucht aus. Er begann, Bierdosen und herumliegende Kleidung aufzusammeln, und behielt uns im Auge, als seien wir die Polizei. Ich fühlte mit ihm; meine Erfahrung am Spurn Point war noch frisch und verwirrend.

Als die Sonne höher stieg, sahen wir durch das Wasser sandfarbene Krabben, die sich durch ihren Schatten verrieten, und tintenfischähnlichen, hin und her treibenden Seetang. Ein eigentlich vor dem Sand getarnter Schwarm kleiner Fische schoss vorbei und wurde sichtbar, als er die Richtung wechselte. Die Oberfläche des Wassers hatte sauber gewirkt, als wir hineingesprungen waren – aber jetzt sah ich, dass sie mit im Halbkreis treibenden Fliegen, Blättern und Staubpartikeln gesprenkelt war.

Am Abend vor Ruperts Rückreise besuchten wir unsere Freunde Peter und Jackie in ihrem Cottage am Strand. Wir aßen Hummer, den der Fischer Ken gefangen hatte. Die üblichen hitzigen Debatten, wie man am besten Hummer tötet, waren am Strand aufgeflammt. Die meisten von uns waren von der »Tiefkühl-Methode« überzeugt: Man legt die Hummer ins Tiefkühlfach, bis sie dösig werden, und wirft sie in kochendes Wasser. Das hielten wir für »human«. Meine Freundin Lucy, die in Frankreich eine Ausbildung zur Köchin absolviert hatte, sprach sich dafür aus, ihnen mit einem Messer in den Hinterkopf zu stechen. Aber Peter hatte es ausprobiert und die richtige Stelle nicht getroffen oder vielleicht doch. Jedenfalls war der Hummer auf den Boden gepoltert, in einem irren Tanz losgekrabbelt, und das Messer hatte wie das Pendel eines Metronoms hin- und hergeschwankt, die Kinder in Angst und Schrecken versetzt und die Szenerie den Gästen den Appetit verdorben. Jetzt freilich waren die blassblauen Panzer scharlachrot und ebenso leer wie etliche Flaschen Wein. Evie war eingeschlafen und lag mit ihrer Cousine Lauren eingemummelt in einem Stockbett. Nachdem Peter und Rupert dermaßen in Hochstimmung geraten waren, dass ein Stuhl unter ihnen zu Brennholz zusammenkrachte, brachen wir drei in Peters Spant auf, um von der Mitte der Nefyn Bay aus das Meeresleuchten zu betrachten. Jackie sah man als hellen Punkt auf dem Sandstrand, der Strahl ihrer Taschenlampe verwies auf den Strand. Ich schaute immer wieder dorthin zurück. Jackie lief offenbar auf und ab, denn der schmale Strahl bewegte sich erst in die eine Richtung, dann in die andere, immer ein wenig ruckartig, ihren Schritten entsprechend. Wir waren alle so betrunken, dass ich über ihre Voraussicht staunte, uns zu leuchten. Das Gewässer jenseits der Bucht gehörte zu den tückischsten der Britischen Inseln. Himmel und Meer waren schwarz. Doch in der Bucht war alles ruhig. Rupert und ich ließen die Arme durch das tintige Wasser treiben, die Kälte war uns gerade recht. Unsere Arme und Finger schimmerten grün: Meeresleuchten. Selbst Peters Gesicht schimmerte über dem Ruder, und hinter der Schiffsschraube schäumten gespenstische Cheerleader-Pompons auf. Von außerhalb des kleinen Bootes drängte sich sternenlose Finsternis heran.

Am nächsten Tag verabschiedeten Evie und ich Rupert auf dem Flughafen Liverpool. Als er durch die Sicherheitskontrollen ging, verschwand sein Lächeln, hinterließ eine Spur in der Luft, einen hellen Augenblick, einen Hauch von verblassendem Licht. Dann war er weg. Um uns herum wimmelte es von Menschen, durchsichtige Plastikbeutelchen und Gepäck in der Hand. Auf dem Rückweg zum Auto bahnten wir uns den Weg durch die Urlauber. Sie kamen in Wellen, die Ankommenden braungebrannt und müde, die Abfliegenden blass und nervös. Auf der Zweistundenfahrt zurück zum Cottage musste ich an den kanadischen Pianisten Glenn Gould denken, dessen Aufnahme von Bachs Präludium und Fuge C-Dur aus dem Wohltemperierten Klavier mit einer Raumsonde zum Ende der Galaxie unterwegs ist. Gould fand, dass die Zeit in Gesellschaft anderer und die, die man danach zur Erholung braucht, in einem Verhältnis stehen muss. Unsere Tage auf der Llŷn waren normalerweise eine Zeit des Rückzugs. In den vergangenen Wochen hingegen waren wir immer in Gesellschaft gewesen. Das war auch gut, wir waren von Freunden umgeben – doch plötzlich sehnte ich mich danach zu reisen, fortzugehen, woanders zu sein. Das Gefühl kannte ich gut. Es war das gleiche Verlangen nach Abgeschiedenheit, das mich überhaupt zur Halbinsel Llŷn gebracht hatte.

Caherdaniel

Kurz darauf reisten Evie und ich tatsächlich ab. Knapp eine Woche, nachdem Rupert nach Barcelona zurückgekehrt war, bekam ich einen Anruf. Ich lief gerade mit Evie über den Sand, sie suchte flache Steine zum Werfen, da summte das Telefon, und ich erkannte eine irische Vorwahl, wenn auch nicht die Nummer. Es war mein Freund Sean.

»Es geht um Pamela.«

»Was ist?« Pamela war es schon oft schlecht gegangen, sie war mehrere Male operiert worden. Evie hatte einen Stein gefunden. Sie hielt ihn hoch, zeigte ihn mir, dann ließ sie ihn in munteren Bögen über die Wellen springen.

»Es ist ernst, Kate. Sie ist an lebenserhaltende Maschinen angeschlossen, die morgen abgeschaltet werden.« Ich blickte auf das Telefon in meiner Hand – hielt es wieder ans Ohr.

»Bist du in Belfast?«

»Nein, ich bin in Tralee. Kannst du hierher kommen?« Ich sah nach Evie; das Meer breitete sich hinter ihr aus wie eine Plane. Ein schwarz-weißer Collie tanzte neben ihr her, überzeugt, sie werfe die Steine für ihn.

»Ja«, sagte ich. »Ich hoffe … Ich komme, sobald ich kann.«

Wie ich Evie vom Strand lockte, weiß ich nicht mehr, aber wenig später befanden wir uns auf dem Weg zu meiner Mutter, zwei hastig gepackte Reisetaschen hinten im Wagen. Ich versuchte einen Flug von Liverpool oder Manchester zu buchen, aber weder meine Mutter noch ich hatten einen Computer, und telefonisch war es so gut wie unmöglich. Sean rief wieder an, und ich sah, dass ich es nicht nach Tralee schaffen würde. Ich konzentrierte mich nun auf die Beerdigung, die in Limavady im County Derry stattfinden sollte. Meine Mutter brachte Evie zu ihren Cousinen und Cousins, und ich buchte einen Morgenflug nach Belfast.

Pamela hatte ich kennengelernt, als ich dreißig wurde. Ich hatte zu einer Geburtstagsparty eingeladen, und mehr als hundert Gäste hatten sich in einem sonnenhellen Festsaal am Earls Court Square eingefunden. In ein paar Wochen sollte ich mit einem neuen Job in Belfast anfangen. Senator Mitchell's Friedensverhandlungen in Nordirland liefen gerade an, und ich sollte als Dramaturgin bei der BBC Nordirland bei der Entwicklung von Fernsehspielen mitwirken, die sich mit dem Leben in einer gespaltenen Gesellschaft beschäftigten. Das Fest war Abschieds- und Geburtstagsfeier in einem. Auf einem riesigen Tisch verbanden Teelichterreihen die Vasen mit Wiesenkerbel, den Rupert und ich nachmittags auf dem Brompton Cemetery gepflückt hatten. Eine Armada halbvoller Gläser schwebte vorbei, Hände gestikulierten, der Sekt perlte. Einmal erhoben sich die Stimmen, breiteten sich aus, verschmolzen miteinander, und im ganzen Raum war es plötzlich überwältigend laut. Ich hatte noch nie solch ein großes Fest gegeben und beobachtete staunend, dass sich die Teelichter wie Glühwürmchen vor dem langsamen Sonnenuntergang behaupteten. Es gab ein paar unbekannte Gesichter, Freunde von Freunden, nahm ich an. Besonders eine Frau fiel mir ins Auge, das heißt, ins Ohr; als sie lachte, drehte ich mich zu ihr um.

In den 1990er Jahren trugen die Leute in London durchweg Schwarz, gelegentlich Weiß, in einer Saison auch mal Braun, und obwohl es die Farbpalette zweifellos erweiterte, hinterließ es keinen großartigen Eindruck. Pamela trug ein aquamarinblaues Etuikleid aus Leinen, ihr rotes Haar lag glatt an wie ein Helm. Sie schien aus der Antike zu stammen, klassisch, außergewöhnlich, und als sich unsere Blicke trafen, zog sie ihren Begleiter am Arm quer durch den Raum auf mich zu.

»Ich weiß, ich weiß –« Ich hörte ihre Stimme, den singenden, kippenden, bald schon geliebten Limavady-Tonfall. »Ich hoffe, du bist nicht böse, aber ich musste einfach kommen, ich hab mit Jackie hier geredet, und es klang alles … so schön.«

An meinem ersten Donnerstag in Belfast rief Pamela mich an: »Pack deine Tasche, nimm sie morgen mit und komm nach der Arbeit zum Haus.« Zögernd fuhr ich aus der unbekannten Stadt hinaus. Die britischen Flaggen und die dreifarbigen Bordsteine der verschiedenen Gruppen verwirrten mich, und die festungsähnliche Polizeiwache in Dundalk mit dem Panzerglas und dem Zaun aus Nato-Draht hatten mich schon auf der Fahrt von England nach Belfast stark verunsichert. Als ich nun über den Glenshane Pass fuhr, staunte ich, wie die Heide auf dem dunklen Torfboden zu leuchten begann. Von Limavady aus folgte ich Pamelas Anweisungen: »Über die niedrige Brücke und dann weiter die schmale Straße hinauf. Das Haus kannst du gar nicht verfehlen.«

Nein, konnte ich nicht. Ich bog in eine Auffahrt zwischen zinnenbewehrten Türmen ein und schaute am Ende eines langgestreckten Rasens in Reihen von Fenstern, in denen sich der Abend spiegelte. Walworth war ein großes, wehrhaftes *plantation house.* Ich hatte von der gezielten Ansiedlung von Engländern und Schotten in Irland ab dem siebzehnten Jahrhundert natürlich gehört, aber nie genauer darüber nachgedacht. Die Fassade war hochherrschaftlich und offenbar georgianisch, doch als ich um die Ecke auf einen Hof fuhr, entdeckte ich eine Gruppe anderer Gebäude, darunter ein L-förmiges Cottage. Diejenigen, für die das Haus erbaut worden war, die hierher »verpflanzt« worden waren, um das Land »zu bestellen«, hatten sich offenbar nicht sehr weit aus seinem Schutz herausgewagt. Trotz der zweifellos protestantischen Schlichtheit des Anwesens wehte eine Flagge der historischen irischen Provinz Ulster an einer Stange auf dem Rasen.

Als ich in die Küche ging, zündete dort eine kleine, drahtige Frau in einem riesigen Herd das Feuer an. Ich hielt sie für Pamelas Mutter und streckte ihr die Blumen entgegen, die ich mitgebracht hatte. Die Frau stellte sie in eine Vase und rief: »Mrs Brown, hier ist jemand für Sie!« Eine elegante Dame unbestimmten Alters erschien in der Küche und streckte beide Hände zur Begrüßung aus. »Hallo, ich bin Noreen, Sie müssen Kate sein. Pamela hat Sie angekündigt.« Wir aßen in einem langen holzgetäfelten Speisesaal, wo ich außer Pamela acht erwachsene Kinder zählte, manche mit Partnern und eigenen Kindern. Noreen merkte, wie ich versuchte herauszufinden, wer wer war.

»Brian ist mein zweiter Mann«, sagte sie. »Wir haben beide vier Kinder, beziehungsweise Brian hat ein fünftes, Felicity, aber sie ist heute Abend nicht hier. Sie ist übrigens in England aufgewachsen.« Noreen nickte. »Sie hat kleine Kinder.« Während der Wein in Strömen floss und die Nacht länger wurde, puzzelte ich mir die Geschichte zusammen. Noreen und Brian hatten lange ein Verhältnis miteinander gehabt. Beide hatten Familien mit kleinen Kindern, beide gaben ihrer Ehe keine Chance mehr. Eines Abends war Noreens Mann Arthur an Brians Haustür aufgetaucht und mit einem Spazierstock auf ihn losgegangen. Er hatte ihn ordentlich vermöbelt und ihm zwei Rippen gebrochen.

»Eins muss man ihm lassen«, sagte Brian. »Sie war eine Frau, um die zu kämpfen sich lohnte. Und ja, ich hatte es verdient.«

Noreen trug einen großen Smaragdring, und auf meine Nachfrage erzählte sie mir, dass sie einmal mit ihrer Familie im Fernen Osten Urlaub gemacht habe und Brian – der nicht von ihr getrennt sein konnte – ihnen gefolgt und sogar im selben Hotel abgestiegen sei. Er hatte den Stein gekauft und ihn Noreen geschenkt, als Arthur nicht hinsah. Da sie den Smaragd natürlich nicht tragen und auch nicht beim Zoll deklarieren konnte, hatte sie ihn bei der Einreise versteckt. Bei der Erinnerung daran lächelte sie und betrachtete den Ring. Er war eingefasst von Diamanten, tiefgrün und versprühte dunkles Licht.

Letztendlich hatten Noreen und Brian sich, als Noreens jüngstes Kind achtzehn wurde, scheiden lassen und einander geheiratet.

Mit der Zeit verbrachte ich die meisten Wochenenden in Noreens und Brians Haus. Sogar meine Eltern und eine Tante begleiteten mich einmal. Besonders Brian schien sich für mich zu interessieren. Unsere Gemeinsamkeit hatte er schnell herausgefunden: Ich war ein Adoptivkind; er hatte seine Erstgeborene weggegeben, wenn auch die Entscheidung gegen seinen Willen getroffen worden war. Vor ein paar Jahren hatte er einen Privatdetektiv damit beauftragt, seine Tochter zu finden. Seine erste Frau hatte sie vor ihrer Heirat zur Welt gebracht, und wegen der Konvention oder auch des drohenden Skandals hatten sie sie nicht behalten. Das Baby war von einem englischen Pfarrer und seiner Frau adoptiert worden, die es Felicity nannten. Wie der Zufall es wollte, tauchte Brian gerade zur rechten Zeit auf, denn der Pfarrer war kurz zuvor gestorben. Brian brachte Felicity mit Ehemann und kleiner Tochter nach Walworth, und sie lernte die verrückte Familie kennen, mit der sie verwandt war.

Das war der Traum, den ich mir nie eingestanden hatte. Für Felicity war er wahr geworden. In Pamelas Familie lebte ich auf wie ein herrenloser Hund am Feuer. Ich fand sie alle wunderschön, wild, großzügig, hochamüsant, glamourös und gut.

Eines Abends erzählte mir Noreen von einem Amateurfilm, der auf dem Höhepunkt der Unruhen in Nordirland verloren gegangen war. Da war Brian ungeachtet seiner katholischen Geschäftsinteressen ein führender Strafverteidiger für verschiedene protestantische Paramilitärs gewesen. In dem Film hatte die Familie Cowboys und Indianer gespielt. Brian mit Streifen auf den

Wangen und Häuptlingsfederschmuck, Noreen als Squaw und die Kinder alles Mögliche dazwischen. Brians ältester Sohn war auf einem Bügelbrett die Küchentreppe hinuntergerutscht und hatte dabei beides zuschanden geritten. Bei der Vorstellung, wie sich die Herren und Damen beim MI6, der IRA, der britischen Armee oder wer immer den Film geklaut hatte, angesichts dieser Albereien am Kopf gekratzt haben mussten, hatte Brian vor Lachen gebrüllt.

Ich verzehrte mich danach, zu ihnen zu gehören! In gewisser Weise tat ich das natürlich, aber ich sehnte mich auch nach einer eigenen solchen Geschichte. Diese Sehnsucht führte zum Teil dazu, dass ich das Haus nicht mehr besuchte, als ich den Job in Irland aufgab. Am Morgen nach den Parlamentswahlen von 1997 fuhr ich – zum letzten Mal, wie sich herausstellen sollte – von Walworth weg. Die Labour Partei war nach einem Erdrutschsieg mit einer Mehrheit von über zweihundert Sitzen wieder an die Regierung gekommen. Brian hatte eine Rollover-Wette abgeschlossen. Er interessierte sich besonders für das Verhältniswahlrecht, und in der Nacht gewann er fünfzigtausend Pfund. Im ersten grauen Licht fuhr ich an ihm vorbei. Ich musste um neun Uhr in Belfast sein. Brian schlief. Er saß sehr aufrecht auf einer Holzbank unter einem Baum, und ein sanfter Regen fiel. Seine Brillengläser waren beschlagen, die beiden Irischen Wolfshunde lagen ihm zu Füßen, und weil die winzigen Tropfen in seinem Haar und ihrem Fell hingen, funkelten alle drei im frühen Morgenlicht. In den Jahren danach war ich mit anderen Dingen beschäftigt: Evie wurde geboren, mein Adoptivvater erkrankte und starb, und ich fuhr erst wieder zu Pamelas Hochzeit nach Irland, als Evie schon fast zwei Jahre alt war. Und jetzt, sieben Jahre später, kam ich erneut, und dieses Mal, weil Pamela gestorben war.

Sie war mit ein paar Freunden im Meer vor Caherdaniel in Kerry geschwommen. Und wo war es geschehen? In einer Flussmündung, wo die Brecher aus dem Atlantik gegen die Flussströmung anbranden und man bei Flut durch einen Kanal in das flache Wasser des Flusses bodysurfen kann. Pamela bekam plötzlich Kopfschmerzen, stieg aus dem Wasser und ging zu dem Haus über dem Strand, in dem sie bei dem Freund, der uns vor all den Jahren miteinander bekannt gemacht hatte, zu Besuch war. Sie wollte Lunch machen, konnte aber schon bald vor Kopfschmerzen nicht mehr sprechen. Ihr Mann John war bei ihr, und sie verlor das Bewusstsein, während sie ihm in die Augen schaute. Ein Rettungswagen brachte sie nach Tralee. Noreen nahm ein Taxi von Limavady. Alle Freunde von Pamela, die rechtzeitig hatten kommen können, versammelten sich an ihrem Bett, und dann wurden die lebenserhaltenden Geräte abgestellt. Todesursache war ein Aneurisma. So jedenfalls hatte ich mir die Geschichte zusammengereimt, als ich schließlich in Walworth ankam.

Ich verpasste die Beerdigung. Ich verpasste den Flug von Liverpool, weil ich in der Badewanne einschlief und der nächste Flug erst mittags ging. Bei meiner Ankunft kehrten die Trauernden schon zurück. Die Familie und Pamelas engste Freundinnen und Freunde waren im Haus versammelt. Ich kam an Arthur vorbei, der im Hof hinter dem Haus stand, ein halbleeres Glas in der Hand. Er redete mit jemandem, der in der Küche war, machte aber keine Anstalten hineinzugehen. Im Wohnzimmer des Cottage, wo Pamela gewohnt hatte, waren zwei Holzböcke, auf denen sie im offenen Sarg aufgebahrt worden war. Der Raum war voller Blumen, viele aus dem Garten. Pamela hatte inmitten von Hortensien, Rosen, Margeriten und Lilien gelegen. Ihr Mann John schlief, und die Leute im Cottage sprachen gedämpft. Als gegen Abend jemand bemerkte, allmählich werde es kalt im Haus, meinten alle, es sei schon in Ordnung, den Kamin anzumachen, aber man solle doch besser warten, bis John aufwachte. Ich ging ins große Haus, wo Noreen freundlich und äußerlich gelassen die Trauergäste umsorgte. Der Smaragd funkelte an ihrem Finger, auch um den Hals und das Handgelenk trug sie Smaragde. Sie hielt ein schweres, geschliffenes Glas mit einer dunklen Flüssigkeit in der Hand. Kognak, nahm ich an. Bei dem Gedanken, Brian zu begegnen, wurde ich ein wenig nervös. Ich hatte ihn immer noch nicht getroffen und war unsicher, wie er mich begrüßen würde. Aber er lächelte mich wie immer in seiner herzlichen und offenen Art an und sagte:

»Hast du deinen Vater gefunden?«

»Nein«, und dann war es an mir zu lächeln. Mehr als zehn Jahre waren vergangen, seit Brian mir diese Frage zum ersten Mal gestellt hatte, aber ich hatte den Namen meines leiblichen Vaters oder, wie Brian es sah, meinen eigenen Namen nicht in Erfahrung gebracht.

»Es tut mir so leid«, sagte ich.

»Was?«, fragte Brian.

»Dass Pamela –«

»Ach, der Tod berührt mich nicht«, sagte er. »Ich habe in meinem Leben schon zu viele Menschen sterben sehen. Was hast du so getrieben?« Ich erzählte ihm von meinem Plan, im Sommer an einem schottischen Fluss vom Meer zur Quelle entlangzugehen, aber dass ich es bisher noch nicht einmal geschafft hätte, von einem Strand in Wales loszugehen. Bis jetzt nicht.

»Fünfter Gesang!«, dröhnte er.

»Wie bitte?«, sagte ich.

»Der *Odyssee.* ›Aber nicht Odysseus den Herrlichen fand er zu Hause / Weinend saß er am Ufer des Meers. Dort saß er gewöhnlich / Und zerquälte sein Herz mit Weinen und Seufzen und Jammern / Und durchschaute mit Tränen die große Wüste des Meeres.‹ Odysseus hat neun Jahre weinend am Strand verbracht, bis die Götter sich erinnerten, wo sie ihn gelassen hatten. Erst dann konnte er seine Geschicke wieder selbst in die Hand nehmen.«

»Und wie, Brian?«, fragte eine vorübergehende Frau aus der Trauergesellschaft, in beiden Händen ein Glas Wein.

»Indem er nach Hause ging, zu seiner Familie, zu seinen Schafen und seinen Schweinen.« Brian legte die Hand auf den Arm der Frau, die Asche aus seiner Zigarette fiel herunter. »Wohin sonst?« Diese Frage betrachtete die junge Frau offenbar als rhetorisch, und sie ging lächelnd weiter. »Kate, wo übernachtest du?«

»Ach, ich habe einen frühen Flug von Belfast«, begann ich, aber Brian tätschelte mir die Schulter.

»Du musst natürlich hierbleiben.«

Als später statt Wein und Whiskey Tee getrunken und Gedichte und Lieder statt trauriger Geschichten vorgetragen wurden, schlief ich auf einer großen Ledercouch in Brians Arbeitszimmer. Die Haushälterin meinte, sie könne mir doch ein richtiges Bett besorgen, wenn ich eins wolle. Aber ich war, wo ich sein wollte: hinter dem Schild an der Tür, auf dem stand: »Verpisst euch, ich hab zu tun.« Ich sah zu, wie das Feuer vollkommen herunterbrannte, während die Dunkelheit von der Sonne vertrieben wurde, und ich spürte, wie etwas, ein Geist, durchs Haus schwebte und uns alle miteinander verband und zusammenhielt.

Zurück in Wales war ich tieftraurig. Evie war noch bei ihren Cousinen und Cousins, man hatte sie eingeladen, die ganze Woche zu bleiben. Ich war allein im Cottage und erinnerte mich an ein Gespräch mit meiner Freundin Liz, die unweit von Berwick-upon-Tweed lebte.

»Wenn Evie in Chester ist, warum kommst du dann nicht her? Ich meine, da unten bist du ja doch nur allein.«

Folgte ich Liz' Vorschlag, wäre ich in Schottland. Die Idee, zur Quelle des Dunbeath Water zu gehen, kam mir wieder in den Sinn, schemenhaft, aber durchaus konkret. Ich ging zum Strand hinunter. Der Wind war wie eine massive kühle Wand, und ich drückte mich schutzsuchend mit dem Rücken an die Hafenmauer. Ein Mann lehnte auch an der Mauer, aber ich bemerkte ihn erst, als er mich ansprach.

»Sie mögen es hier sehr, was?« Ich erkannte in ihm einen der Fischer, doch ich hatte ihn noch nie sprechen hören.

»Ja«, erwiderte ich und merkte, wie ich versuchte, das Gefühl zu beschreiben, das mich schon beim bloßen Hiersein überfiel, und die seltsame Atemlosigkeit, einen Schmerz im Brustkorb, sobald ich an diesen Ort dachte.

»Es ist Liebe«, sagte der Fischer. »Ich spüre sie auch.« Ich war erstaunt. Zum einen, weil ich nicht gedacht hatte, man könne so etwas für einen Ort empfinden, und zum anderen, weil ich die Symptome nicht erkannt hatte. Das fand ich schlimm. Als ich über den Strand zurückging, ging mir das unerwartete Gespräch noch einmal durch den Kopf.

Liebe. Da war ich mir nicht sicher. Aber über das Gefühl des Sehnens, des Verlangens nach etwas nicht recht Erkennbarem, das auch die Sehnsucht nach etwas Vergangenem sein mochte. Ein Gefühl, so zwingend wie Hunger oder Heimweh, aber nicht notwendigerweise nach einem Ort, den man kannte. Etwas schwer Fassbares, nicht messbar und doch – gerade in seiner Intensität und Schärfe – zwingend wie Begehren.

Zurück im Cottage rief ich Rupert an, der meinte, dass es im Englischen kein Wort dafür gebe. Aber Rupert kann Deutsch.

»Versuch es mit ›Sehnsucht‹«, sagte er.

»Aber was bedeutet es?«, frage ich, und Rupert hatte Schwierigkeiten, darauf zu antworten. Es komme von ›Sehnen‹, sagte er, und ›Sucht‹, aber Sehn-Sucht besage mehr als nur ein süchtiges Sehnen. Ich wartete am Telefon, während er nach einer besseren Erklärung suchte. »C. S. Lewis beschreibt es als ›jenes namenlose Etwas, nach dem wir so sehr verlangen, dass es uns durchbohrt wie ein Degen beim Geruch eines Lagerfeuers, beim Ruf der Wildenten, die über unsere Köpfe ziehen, beim Titel des Buches *Der Quell am Ende der Welt* ...‹«

»Du machst Witze«, sagte ich. »Hat er wirklich gesagt *Der Quell am Ende der Welt*?«

»Ja. Das ist ein Buch.«

»Das weiß ich … Hör zu, ich muss los.«

Ich rief Liz sofort an. Schnappte mir eine Reisetasche, eine Thermoskanne und für den Fall der Fälle einen Flachmann und brachte alles zum Auto. Dann wendete ich das Auto so, dass es bergab zeigte. Bevor die Sonne am nächsten Morgen um den Garn herumgekommen war und die Nebeldecke aufgelöst hatte, sperrte ich das Cottage ab. Liz wohnte gleich hinter der schottischen Grenze; am späten Nachmittag konnte ich bei ihr sein.

Skell

Ich fuhr die gleiche Strecke über die Pennines, die ich am Anfang der Ferien gefahren war – dieses Mal bei Tageslicht und in der warmen Augustsonne. Die Hochmoore lagen im Dunst, die Heide war kurz vorm Aufblühen und verhieß lilafarbenes Feuer. Von Yorkshire aus fuhr ich nach Norden. Am Tag zuvor hatte Liz, die auch unterwegs war und der ich jetzt hinterherfuhr, mir eine SMS geschickt: »Fahre gerade am Angel of the North vorbei. Was ist er groß und stark!« Und das war er. Es verschlug mir den Atem, als ich ihn sah, einen weiteren Metallmann von Antony Gormley, halb Titan, halb Spitfire, dunkel wie Mahagoni. Er stand auf einem grasbewachsenen Hügel zwischen der A1 und der Durham Road. Ich hielt nicht weit von ihm auf einem kleinen Parkplatz direkt an der Straße. Komischerweise blickte er, wie die Antonys an der Crosby Beach bei Liverpool, in die meiner Reise entgegengesetzte Richtung. Zu seinen Füßen wuselten Kinder, hockten darauf, aßen Sandwiches oder ließen sich fotografieren.

Der Hügel erinnerte mich an den Silbury Hill, den jungsteinzeitlichen »Grabhügel«, in dem nie eine Grabkammer gefunden wurde. An seinem Fuß lässt – zu bestimmten Zeiten – eine Quelle, die Swallowhead Spring, den Fluss Kennet über seine Ufer treten, der dann um den Hügel herumfließt und dabei die Umrisse einer schwangeren Frau annimmt. Daraus hat man viel gemacht, nicht zuletzt ich. Zur Wintersonnenwende, bevor ich mit Evie schwanger wurde, wanderte ich über die eintönigen Ebenen von Wiltshire. Ich missachtete den Stacheldraht und die Warnungen »Zutritt verboten« und stieg durch ein Loch im Zaun. Als ich oben war, stemmte ich mich gegen den an mir zerrenden Wind, und gegen einen Himmel, der mir keinen Schutz bot, und als die weiße Sonne in die Wolken tauchte, rief ich voller Inbrunst:

»Gib mir ein Kind!«

An diesem nördlichen Hügel stand ein Engel zwischen den beiden Straßen wie der Wächter an den Toren zum Paradies – jetzt ein Ort schlimmster Verwüstung –, der die zerstörten Reste des Baums des Lebens vor neugierigen Blicken schützt. Der Garten, jetzt eine Wildnis, ist Schottland.

Die irischen *Metrical Dindshenchas* beschreiben unsere Beziehung zum Land, erzählen, wie bestimmte Merkmale der Landschaft entstanden oder erschaffen wurden und wie sie zu ihrem Namen kamen.

Es war einmal ein irischer Hochkönig, der Gott Dagda. Er war ein starker, großer Krieger und Jäger, ein guter Musiker, ein Geschichtenerzähler, ein Liebhaber.

Im *Quell am Ende der Welt* erzählt Neil M. Gunn von einer Göttin, die sich aufmachte, um eine Quelle jenseits unseres Landes zu finden, die Quelle von Elcmar hieß, nach ihrem Hüter, einem Wassergott. Boand, die Göttin, war Elcmars Frau. Der Quelle durfte sich niemand nähern, nur wer mit ihrer Pflege betraut war. Es hieß, man käme nicht unverletzt am Wasser vorbei, und jedem, der versuchte hineinzusehen, würden die Augen bersten. Was also machte Boand dort, laut den *Metrical Dindshenchas* »schön und weißgliedrig, sanft blühend, mit makellosen Augen«?

Herzu kam eines Tags die weiße Boand
(geschwellt vom Stolz der Edlen),
zur Quelle, ohne Durst zu spüren,
um deren Macht zu erproben.

In einer anderen Version von Boands Geschichte hoffte sie von dem Quell zu erfahren, wie sie ihre Untreue vertuschen könne. Denn der überaus mächtige Gott Dagda war ihr Liebhaber, und sie wollte wissen, wie sie ihre Liebe und das Kind dieser Liebe vor ihrem Gemahl verbergen konnte.

Der Dagda hatte alles getan, was in seiner Macht stand. Als er und Boand sich zu lieben begannen, vor dem Morgengrauen des ersten wunderschönen Tages, hielt er die Sonne am Himmel volle neun Monate lang fest. Boand empfing das Kind, es wuchs in dieser Zeit heran und wurde vor Sonnenuntergang geboren. Und während dieses langen meisterlichen Liebemachens, dieses einzigen langen Tages, wurde Elcmar auf eine aberwitzige Mission zu Nuada geschickt. Aengus, das Kind der Liebe, wurde – natürlich – prächtig und der Gott der Liebe selbst. So leicht war die Affäre nicht zu verheimlichen.

Oder vielleicht war Boand auch nur neugierig. Schließlich war es die Quelle der Erkenntnis. Doch als sie dreimal um das Wasser herumlief, »unbedacht« sagt die Legende, »brausten drei Wellen daraus hervor«, eine für jede Runde. Man kann darauf wetten, dass sie entgegen dem Uhrzeigersinn lief wie die Hexen. Die erste Welle »brach ihr den Fuß ab«, die zweite »riss ihr ein Auge aus«, und die dritte »zerschmetterte ihr die Hand«. Boand floh zum Meer, niemand sollte sehen, wie verstümmelt sie war. Doch die Wellen folgten ihr und ertränkten sie. Das Wasser floss natürlich weiter aus der Quelle, wurde zum Fluss und nach ihr benannt; heute kennen wir ihn als den Boyne. Aber während er Boands Namen bewahrt, sind, als sie die Quelle entweihte, angeblich vierzehn andere Flüsse entstanden – darunter Euphrat und Jordan, Tiber und Severn. Sogar der Fluss Tigris, der durch das Paradies selbst fließt.

Allerwärts die Frau auch ging
Folgte ihr das kalte weiße Wasser
Vom Síd zum Meer (nicht schwach war es),
Und hinfort Boand man es nannt'.
Boand vom Busen unseres mächt'gen Flussufers
War die Mutter des großen, göttlichen Aengus.
Der Sohn, den sie gebar dem Dagda – hohe Ehre!
Verachtend den Manne dieses Hügels.

Während mir der Dagda und die arme ertrunkene Boand gar nicht aus dem Sinn gehen wollten, stieg ich wieder ins Auto.

Ich fuhr weiter, der Angel verschwand langsam im Rückspiegel. Ich fand ihn wunderschön und nahm ihn als gutes Omen. Ich hatte das Gefühl, dies sei das Tor zu meiner Reise, und musste an *Another Place* denken. Der Angel hier war aus Eisen, wie die Antonys in Liverpool auch. In den alten Sagen und Märchen heißt es, dass die Elfen, die Wesen »dieses Hügels« – »aes sidhe« heißt »Hügelbewohner« –, Eisen verabscheuten, weil die Nägel am Kreuz aus Eisen waren. Nüchterner betrachtet, brachten die Kelten das Eisen mit, beziehungsweise die Kunst, es zu verarbeiten. Pflug, Schwert und Hufeisen verdrängten die bestehende Lebensweise.

Die Kelten glaubten, dass die Anderswelt neben unserer eigenen existierte und dass man zu bestimmten Zeiten hineintreten oder hindurchgehen konnte. Nur gewisse Dinge, wie ein halb belaubter Baum oder eine Wiese voller schwarz-weißer Schafe, zeigten überhaupt an, dass man da war. Man musste nach den Zeichen Ausschau halten, musste sie kennen.

Die Parkbucht hatte an einer Zubringerstraße gelegen, und ich kam nicht wieder zurück auf die A1. Aus irgendeinem Grunde hatte ich einen Fehler gemacht und fuhr jetzt parallel zu meiner

Strecke. Während ich noch überlegte, wie ich das ändern könnte, sah ich ein Schild für die Fountains Abbey. Vor vielen Jahren hatte ich an einem Film mitgearbeitet, in dem man die Abtei als Drehort benutzt hatte, und war im Schneideraum in London völlig fasziniert von dem Bildmaterial gewesen. Ich hielt den 16-mm-Film ans Fenster, sah das grüne Gras, einen goldenen Fluss und die filigrane Ruine der Kirche selbst; die einzelnen sonnenhellen Rechtecke waren durch den Rahmen voneinander getrennt wie Dutzende geschliffener Smaragde.

Ich folgte dem Schild und fuhr in Richtung Ripon, weil ich annahm, das Kloster sei in der Nähe. War es aber nicht. Nach einer halben Stunde Fahrt durch wogende Felder hatte ich immer noch den Eindruck, gar nicht vorwärtszukommen. Der dicht bewölkte, silberne Himmel zeigte Kontraste wie ein Schwarzweißdruck. Handkoloriert. Verwischt. Die senffarbenen Stoppeln der Felder sahen spröde aus. Die langweilige Straße schien den Himmel eher aufzusaugen als zu reflektieren, die Oberfläche eben und grau. Vor mir sah ich nichts als vereinzelte Wäldchen und riesige Strohballen auf den abgeernteten Feldern. Ich wollte wenden, aber die Straße war nicht breit genug.

Und als ich dann glaubte, abermals falsch abgebogen zu sein, kam ich nach Ripon. Nachdem ich noch ein paar Meilen herum gekurvt war, sah ich ein Schild zum Kloster. Eine hohe Mauer umschloss ein Anwesen, und Schilder verwiesen auch auf die Studley Royal Water Gardens. Kloster und Park waren offenbar untrennbar miteinander verbunden. Ich folgte den Wegweisern zu einem Parkplatz des National Trust, versuchte mir zu merken, wo ich geparkt hatte, und folgte dann den weiteren Schildern zum Kloster. Ich hatte Hunger. Seit dem Frühstück hatte ich nichts gegessen, und jetzt war früher Nachmittag. Ich hatte zwar einen Apfel und Schokolade in der Tasche, wollte aber nicht stehen bleiben und alles herausholen. Vom Fahren tat mir alles weh, ich war steif geworden und musste mich bewegen, hatte aber Liz versprochen, am Nachmittag bei ihr zu sein. Ich vermisste Evie. Wir waren wahrscheinlich dreihundertfünfundfünfzig Tage im Jahr zusammen, und diese Woche ohne sie fühlte sich an wie eine Ewigkeit. Doch den dritten Tag hatte ich nun schon zur Hälfte hinter mich gebracht.

Am Abend vor unserer Abfahrt aus dem Cottage hatte Evie in ihrem Bett unterm Dach gelesen, war dann aber die Leiter heruntergekommen. Ihr Blick war, als habe ein Sturm darin getobt. Es musste etwas Schlimmes geschehen sein.

»Ponyclub?«, fragte ich, und sie nickte. In ihrem Buch war eines der Ponys krank. Ich legte mein Buch beiseite, Evie kletterte zu mir ins Bett. Ich löschte das Licht, und Evie schmiegte ihr Gesicht in meine Hand. So lagen wir da, meine Hand wurde langsam nass von ihren Tränen, dann atmete Evie gleichmäßiger und schlief ein.

Etwas zog durch den Raum. Die Schatten wurden dichter, im Kamin zersplitterte etwas. Ich musste lange, lange leben und gesund und stark bleiben, bis dieses leidenschaftliche Wesen festen Halt gefunden hatte. Vielleicht glich auch etwas von Ruperts unnachgiebiger Härte – seine Intelligenz, seine Disziplin, seine Fähigkeit, sich voll auf seine Arbeit zu konzentrieren – die Gezeitennatur aus, die ich ihr mitgegeben hatte.

Leuchtturm. Sturm. Liebe.

Ich fand den Eingang. Er war in einem Öko-Raumschiff-Empfangszentrum voller Bleistifte mit Radiergummis, Ansichtskarten, Fudges und CDs mit Vogelstimmen. Für Mitglieder des National Trust war ein Schnellweg auf den Boden gemalt – wie bei Ikea. Ich folgte den Pfeilen, doch die Türhüterin, eine sauertöpfische Dame in Barbourjacke und Gummistiefeln, hielt mich auf. Sie war die Verkörperung dessen, was Wilkie Collins »diese höchst respektvolle Mürrischkeit« nannte, »die englischen Dienern eigen ist«.

»Eintritt nur für Mitglieder«, sagte sie.

»Ja, natürlich.« Ich zeigte ihr meine grüne Karte. Sie beäugte sie mit Argusaugen.

Als sie nichts an der Karte bemäkeln konnte, gab sie sie mir zurück, zog die Wangen ein und deutete Richtung Tor. Sie schien enttäuscht zu sein, mich nicht ans Ende der langen Schlange am Kartenschalter zurückschicken zu können.

Ich verbrachte den größten Teil des Jahres in Barcelona, wo ich mit meinen wenigen Brocken Spanisch zurechtkam. Sonst lebte ich auf der Halbinsel Llŷn, wo fünfundsiebzig Prozent der Bevölkerung Walisisch sprechen, das ich aber – noch – nicht verstand. Meine mangelnde Sprachkenntnis schützte mich vor der alltäglichen Grantigkeit. Es war, als lebte ich in einer Ordensgemeinschaft, die ein Schweigegelübde abgelegt hat. Ich war abgeschirmt. Intellektuell anspruchsvoller sprach ich eigentlich nur mit Freunden oder Familie. Alle anderen menschlichen Interaktionen waren auf ein Minimum beschränkt. Ockhams Rasiermesser, sein Sparsamkeitsprinzip, war zum Lebensstil geworden. Der Nachteil lag darin, dass ich mich in Gesellschaft meiner zunehmend aggressiven Landsleute schutzlos fühlte, weil ich jedes Wort verstand.

»Danke schön«, sagte ich lächelnd und steckte die Karte ein.

Ich lief durch offenes Gelände, folgte dem Ikea-Fußweg und fühlte mich regelrecht genötigt und eingeschränkt in meiner Freiheit. Es gab noch mehr Schilder, ja, sie waren allgegenwärtig und aufdringlich, wie Hinweispfeile zum »Banqueting House«, das jetzt »geöffnet« war. Mein Telefon klingelte: Liz rief aus Newcastle an – wo ich stecke. Sie werde noch ein paar Stunden dort sein. Da hatte ich plötzlich alle Zeit der Welt. Doch seit ich aus dem Auto gestiegen war, hatte mich ein Gefühl der Beklemmung nicht mehr verlassen. Ich hatte es schon empfunden, während ich durch die gelben Stoppelfelder fuhr und dachte, ich hätte mich verirrt. Außerdem war ich sauer wegen der National-Trust-Frau, die die Erste gewesen war, mit der ich auf dieser Fahrt geredet hatte. Die Begegnung war bar jeder Freundlichkeit gewesen, alles andere als ein schöner »Empfang«. Ich war zum dritten Mal seit der Fehlgeburt vollkommen allein. Wie auf den Reisen zum Spurn Point und zu Pamelas Beerdigung. Ich fühlte mich leer, meine Arme kamen mir lang vor und wie aus Gummi. Ich hatte niemanden, um den ich mich kümmern konnte, keinen Halt.

Ich folgte dem Fußweg durch einen Wald. Über mir berührten sich die Wipfel der Bäume und hüllten mich in grün schimmerndes Licht. Die Luft war kühl. Der Ort war seltsam still. In einem Wald knackt und knarzt es üblicherweise, dauernd bewegt sich etwas: Sanft wiegen sich die Bäume, Blätter rascheln, man hört die dürren Stimmchen der Zweige murmeln und knistern. Das Geschrei von Vögeln hätte aufsteigen müssen, die Saatkrähen hätten krächzen sollen wie alte Autohupen, Eichhörnchen durchs Baumkronendach huschen und knacksen – etwas hätte die Anwesenheit der zahllosen Wesen anzeigen müssen, von denen ich wusste, sie waren da. Aber man hörte nichts. Ich hatte das Gefühl, durch eine leere Halle zu laufen. Die Blätter lagen aufeinander wie Papiere auf einem Schreibtisch, als lägen sie schon seit Jahren so da.

Der Fußweg lenkte meine Schritte hinab in ein Tal auf einen riesigen gepflegten Rasen, durch den sich an einer Wassermühle vorbei der Fluss Skell wand. Die Stille wich Stimmengemurmel, einem lebhaften Summen wie in einem Suq. Vor mir lag die Ruine der Fountains Abbey, riesig im Verhältnis zu den Bäumen ringsherum. Sie war wie eine ausgemergelte Kreatur, die versucht zu stehen, aber zu schwach ist, sich auf den Beinen zu halten. Das leere Fenster am Ende des Kirchenschiffs ragte aus dem Talboden hoch. Zerstörte Mauern waren vom Himmel bedeckt. Die Abbey war aus einer anderen Zeit – einer anderen Vorstellung –, sie hätte ebenso gut aus der Zukunft wie aus der Vergangenheit kommen können. Ich stellte mir vor, wie das Kloster in die Höhe gewachsen war. Um die ursprüngliche Kirche, wahrscheinlich aus Holz, müssen mithilfe eines Holzgerüsts handbehauene Steinblöcke gelegt worden sein. Ich fragte mich, wer das Gebäude geträumt hatte. Wie vieler Generationen wie vieler Familien Lebenswerk war diese Kirche?

Vor ein paar Jahren waren Rupert, Evie und ich von Las Vegas nach Denver gefahren und in Montana in eine 1862 gegründete Geisterstadt namens Bannack geraten. In den verlassenen Klassenzimmern standen noch die Pulte mit gusseisernen Gestellen, eine Tafel hing noch an der Wand. Wir spielten auf dem Spielplatz mit dem wackligen Drehkreisel aus Holz und Metall. Es gab ein Grandhotel im französischen Stil mit Holzöfen und einem Ofen zum Brotbacken sowie einen Westernsaloon mit Schwingtüren. Doch durch die Spalten der Bohlenwege wuchs Gras, auf der Hauptstraße kniehoch. Man hörte nur den Wind, der die Grashalme triezte und die Fruchtstände zauste. Das Gefängnis war eine grob gezimmerte Blockhütte. Die Einzigen, die man hier hingerichtet hatte, waren der Sheriff – ein berüchtigter Outlaw, der den Leuten Lügen erzählte, damit sie ihn wählten – und seine Hilfssheriffs. Ohne Prozess wurden sie am eigens für diesen Zweck errichteten Galgen gehängt. Stücke vom Pfahl fanden wir halb versteckt im hohen Gras. Ich hatte angenommen, es sei ein Telegrafenmast. In den ersten fünf Monaten nach seiner Gründung wurde in Bannack angeblich zu fünfundneunzig Prozent reines Gold im Wert von 500 000 Dollar gefunden – das wären heute mehr als zehn Millionen –, und die Einwohnerzahl schnellte sofort von vierhundert auf dreitausend. Doch als das Gold abgebaut war, wurde die Stadt fast über Nacht verlassen, in Bordell und Saloon zog Stille ein.

Fountains Abbey wurde verlassen, als Heinrich der Achte die

Klöster auflöste. Der Abt, der Prior und dreißig Mönche wurden mit stattlichen Pensionen abgefunden. Heute ist die Abtei Teil eines eigenartig geleckten Themenparks mit Cafés und Toiletten und dem übertrieben beschilderten Fußweg. Es wimmelte von Menschen. Ein Händchen haltendes Paar starrte hoch zum Kirchengerippe. Dann, ganz plötzlich, fielen sie einander in die Arme und weinten, ihre rauen Schluchzer verloren sich in der Stille der Bäume. Ich setzte meine Sonnenbrille auf, als ich merkte, dass ich das Pärchen beobachtete, und überlegte, ob die beiden die Nachfahren eines der Steinmetze waren, die die Kirche erbaut hatten. Vielleicht wollten sie heiraten. Vielleicht war jemand gestorben.

In einem Kinderfilm rettet eine Mülltonne den Planeten, nachdem die Erdbewohner wegen der Umweltverschmutzung in den Weltraum flüchten mussten. Im Raumschiff werden die Leute dick und fett, bekommen vom Junkfood Diabetes und Osteoporose. Aber die Mülltonne findet eine Pflanze, bringt die Menschen zurück auf den Planeten, und sie können hingehen und sich vermehren und den Planeten noch einmal bevölkern. Dieses Mal offenbar ein bisschen umweltbewusster.

Fountains Abbey wirkte auf mich wie ein Sprungbrett in eine solche Zukunft. Der gepflegte Weg war rollstuhlgerecht und auch für Kinderwagen leicht zu befahren. Sein Hauptzweck schien, Sicherheit und Wohlbefinden der Fußgänger zu garantieren und das Risiko kleinzuhalten, für eventuelle Schäden haftbar gemacht zu werden. So viele dicke Menschen hatte ich noch nie gesehen. Ein junges Mädchen kam auf mich zu, mit strahlendem Engelsgesicht, die Stirn ein einziger Fettwulst, das Lächeln verschwand in Grübchen. Ich stellte mir vor, wie groß ihr Herz war. Die Besucher sollten brav den Weg entlangtrotten und zwischendurch auf einen Kaffee oder ein Eis einkehren. Niemand von uns wurde ermutigt – oder hatte überhaupt die Möglichkeit –, frei umherzuwandern, irgendwo herumzustromern oder herumzuklettern, über Nacht zu bleiben, das Abenteuer zu suchen, zwischen den kalten alten Steinen zu campen.

Gerade sollte eine Führung beginnen. Um einen Mann, der einen Hirtenstab über dem Kopf hielt, sammelte sich eine Gruppe. Verwirrt sah ich zu, weder dazugehörig noch außen vor; der Führer warf seine Worte aus wie ein Netz.

»Die Ordensgemeinschaft in Fountains wurde 1132 gegründet. Erzbischof Thurston von York nahm dreizehn aufsässige Mönche, die ein einfaches Leben führen wollten, unter seinen Schutz. Er schenkte ihnen dieses Tal, das nicht bewohnt und dicht bewachsen und, wie Reverend A. W. Oxford es ausdrückte, ›eher als Höhle für wilde Tiere denn als Heimstatt für Menschen geeignet war‹. Abgeschieden und einsam, war der Ort perfekt für eine Gemeinschaft; in dem bewaldeten Tal waren die Brüder vor den Winden der North Yorkshire Dales geschützt. Es hieß früher Skelldale, aus dem Sächsischen *skel* für Quelle und dem Altenglischen *dael* für Tal, und der Name bezieht sich auf die vielen Quellen, die in dem Wald entspringen. Der Wald und die steilen Sandsteinfelsen lieferten das Baumaterial für das Kloster. Die Quellen des Skelldale gaben ihm wahrscheinlich auch seinen Namen: St Mary of Fountains. Mary, Maria, leitet sich vom hebräischen Myriam ab, was wiederum starkes Wasser bedeutet. Vielleicht ist es auch eine Anspielung auf den ›Brunnen des lebendigen Wassers‹, den Jesus der Frau aus Samaria verspricht. 1135, drei Jahre nach ihrer Ankunft im Skelldale, wurden die Mönche aus Yorkshire vom Zisterzienserorden aufgenommen. Der damalige Abt des großen Klosters von Clairvaux hieß Bernard de Fontaines. Fountains Abbey ist vielleicht nach ihm benannt, denn zweifellos haben die Mönche viel Hilfe aus Clairvaux erhalten. Der grobe weiße Habit der Zisterzienser ist aus ungefärbter Schafswolle, und im Laufe der Zeit und mit der Hilfe einer Gemeinschaft von Laienbrüdern wurden die Mönche Wollhändler und sagenhaft reich, was bei asketischen Orden offenbar häufiger passiert. Auch die Franziskaner haben zwar das Armutsgelübde abgelegt, sind aber zugleich ein Beispiel für wirtschaftlichen Erfolg. Die Ländereien der Mönche in Fountains erstreckten sich auf der einen Seite bis zum Lake District und auf der anderen bis Teesside …«

Ich hoffte, vielleicht noch etwas über das Wesen heiliger Quellen zu erfahren, und fand es interessant, dass Myriam starkes Wasser bedeutete. Mary, Maria, Marie kam vielleicht auch vom lateinischen *mare*, Meer. Die Linien in meinen Handflächen bildeten ein M, und als Kind hatte ich mich bei seinem Anblick immer gefragt, welches Geheimnis in dem Buchstaben lag. Die verborgene Erinnerung an meinen Namen vor meiner Adoption: Marie Therese, bleibend wie ein Tattoo.

Aber ich konnte weder stillstehen noch die Nähe so vieler Menschen ertragen. Ich ging allein durch die Kirchenruine. Hoch oben im Scheitelpunkt eines Fensters war ein Engel auf der äußeren Fassade, sozusagen am Rücken, war ein in Stein gemeißelter Grüner Mann. Er sah aus, als sei er überrascht, dass ihm Grünzeug aus dem Mund und um seine gefurchte Stirn spross, als wolle er etwas sagen, was die munter wuchernden Ranken aber verhinderten. Oberflächlich betrachtet war die Botschaft sonnenklar. Der christliche Engel war in der Kirche, und die heidnische Gottheit stand draußen im Regen. Erstaunlich, dass der Grüne Mann überlebt hatte. Aber die alten Götter sind ja selten weit von den neuen entfernt. Der Dagda war angeblich der Vater von St Brigid von Kildare. Die Figuren wechseln die Namen und ändern ihre Geschichten, doch die Archetypen bleiben, gelebte Erfahrung. Goldkörner im Treibsand.

Der Führer und seine Gruppe waren wieder in Hörweite.

»Eines der ersten Gedichte, die auf Englisch geschrieben wurden – in ein angelsächsisches Kreuz geschnitzt – heißt ›The Dream of the *Rood*‹, und *rood* bedeutet Pfahl oder aufrechter Mast. In dem Gedicht erzählt der *rood*, wie es kam, dass er gefällt wurde, von seinen Baumbrüdern getrennt und gezwungen, seine Rolle bei der Kreuzigung zu spielen. Er ist allerdings ein Gegenstand der Verehrung, denn ohne ihn gäbe es die Passionsgeschichte nicht. Der Baum sang: ›Dunkle Nägel trieben sie durch mich, / Sichtbar sind auf mir die tiefen Wunden, / klaffende Kerben des Hasses.‹«

Eisen in Holz. Ein Baum, der sang. Ich versuchte, mir die Beziehung des frühen Christentums zu Bäumen vorzustellen. Es gibt ein frühmittelalterliches irisch-walisisches Alphabet, die Ogham-Schrift, in der jeder Buchstabe einem Baum entspricht. Der Heilige Joseph war ein Zimmermann. Und der *rood*, ja, gut, das war ein Baum. Bücher werden aus Papier gemacht. Mit dieser Assoziation war ich ein bisschen weit gegangen, wenn auch die Vorstellung eines wechselseitigen Nutzens zwischen Wald und Menschen als Ausgangspunkt sicher gar nicht verkehrt war. Ein sehr frommer Priester, den ich einmal kannte, Pater Tony Storey, pflanzte während seines Lebens mehr als viertausend Bäume – Ebereschen, Haselsträucher, Eichen und Birken –, in England heimische Bäume. »Die beiden wichtigsten Dinge im Leben sind, zu lieben und Bäume zu pflanzen«, behauptete er.

Ich lief unter dem Grünen Mann her, dann auf den Rasen zurück, der, so weit das Auge reichte, gestutzt war wie ein frisch geschorenes Schaf. Der Fluss war in diesem Abschnitt des Tals begradigt worden, der Fußweg verlief an seinen Ufern. Neben der Ruine eines Gebäudes war eine Brücke. Dahinter fasste, wie eine Webkante, der genau abgezirkelte Wald das Tal ein. Ich überquerte den Fluss und ging am anderen Ufer zurück.

Und dann sah ich es.

Der überkorrekte Pfad, über den ich mich so geärgert hatte, war in Wirklichkeit der Weg durch eine Gartenanlage. Das Gras war gestutzt, weil es tatsächlich ein Rasen war, und die bröckelnde Abtei ein riesiges *folly*, reine Staffage in einem Park. Das ganze Tal war in eine surreale Gartenlandschaft verwandelt worden: den Studley Royal Water Garden.

Der Fluss bildete die fließende Allee durch die Mitte eines formalen Gartens im klassizistischen Stil. Am Ausgang des Tals war er zu einem bohnenförmigen Teich gestaut. Ich fühlte mich wie eine Figur im Kindertheater, der das Publikum zuschreit: Hinter dir! Hinter dir! Die Kuppel eines Tempels war hinter den Bäumen zu sehen. Ich verließ Kirche und Klostergebäude und folgte dem Fluss – oder eher dem Kanal – stromabwärts. Er war angeschwollen und braun, gefleckt wie ein Seehund. An beiden Ufern bezeichnete eine Gezeitenmarke aus Bonbonpapieren, Flaschen, Dosen, Blättern und abgemähtem Gras den Bereich, wo der Fluss über seine Ufer getreten war – eine Hänsel-und-Gretel-Spur parallel zum Wasserrand. Die Grasnarbe war unter dem Wasser verschwunden. Der langsam treibende Schaum erinnerte mich an heiße Schokolade von Maxpax, ein in den 1980ern beliebtes Pulvergetränk, das immer wässrig geriet, weil die Trockenmilch sich nie vollständig auflöste und in pappigen Bläschen obenauf schwamm. Der Weg bog vom Fluss ab und führte in einen Baumhain. Auf dem gegenüberliegenden Ufer wimmelte es von Menschen. Ich überlegte, einfach mitten durch den Wald zu laufen bis zum äußersten Rand des Parks, wo ich den Fluss vielleicht wieder überqueren und auf der anderen Seite, im Rücken der Menschenmassen, zurücklaufen konnte. Aber ich konnte mich nicht vom Skell losreißen, hielt mich dicht an seinem Ufer, als folgte ich achtsam einem Kranken, der stolpern mochte. Zwei blonde Kinder warfen auf der anderen Seite Stöckchen ins Wasser. Eins verschwand in einem schaumigen Strudel. Besorgt verfolgte ich, wie es einer Stockente gleich untertauchte und, immer noch kaum sichtbar, weiter unten im Fluss wieder auftauchte.

Am Übergang zu dem bohnenförmigen Teich merkte ich, dass ich mich hier besser nicht aufhalten sollte. Das Ufer war nass und glitschig. Als ich um das Wasser herumging, hinterließ ich schlammige Fußabdrücke. Der weiche Modder unter dem Gras war tückisch wie Eis, und im Versuch, mich aufrecht zu halten, ruderte ich heftig mit den Armen. Nach einer Weile kam ich an eine Brücke, die zu dem richtigen Weg führte. Der Kanal verließ den Teich schnurgerade wie ein Lineal. Eine rechtwinklige Biegung gab den Blick auf weitere Teiche frei, doch der Fußweg verließ das Ufer wieder und führte in das Wäldchen, und diesmal folgte ich ihm. Ein Vogel, groß wie ein Fasan, aber kahl, kreuzte meinen Weg. Dann zwei weitere – die ersten Wildtiere, die ich hier sah –, aber ich wusste nicht, welche. Ein Baum erhob sich hoch über mir, eine Kiefer. Ich dachte an Puh den Bären und Christopher Robin und die Bienen.

Im Sommer hatte ich am Strand von Porthdinllaen einen Mann kennengelernt, der mir erzählte, aus einer Affäre seines Vaters sei ein Kind hervorgegangen, das adoptiert worden sei. Der Mann und seine Geschwister kannten ihn immer nur als Christopher Robin, seinen richtigen Namen hatten sie nie erfahren. Die Schwester des Mannes hatte beim Adoption Contact Register, der Adoptionskontaktstelle, die Nachricht »Wir suchen Christopher Robin« hinterlassen. Wenn er aber gar nicht so hieß, woher sollte er wissen, dass er gemeint war?

In Irland hatte Brian mich gefragt, ob ich meinen leiblichen Vater, den Gedankenstrich auf meiner Geburtsurkunde, je gesucht hätte. Um seinen Namen zu erfahren, musste ich zuerst meine Mutter ausfindig machen. Meine jahrelange Suche hatte außer Ort und Datum ihrer Eheschließung nach stundenlangem Durchforsten der Eheregister im St Catherine's House in London nichts erbracht. Nach diesem ersten Sieg war die Spur erkaltet, und ich forschte nur noch sporadisch nach. Die meiste Zeit dachte ich einfach nicht daran, aber ab und zu ertappte ich mich beim Suchen. In den 1980ern ging ich Telefonbücher durch, später überprüfte ich Wählerverzeichnisse. Während meiner Arbeit als Rechercheurin hatte ich Zugang zu einigen Datenbanken. Aber nie war ich auf eine für mich hinterlassene Nachricht oder die Mitteilung eines Privatdetektivs gestoßen, hatte umgekehrt allerdings an allen naheliegenden Stellen wie dem Adoption Contact Register Nachrichten für meine biologische Mutter hinterlegt. Auch die derzeitigen Besitzer der Farm, deren Adresse auf der Heiratsurkunde angegeben war, hatte ich angeschrieben.

Im Jahr 1792 wurde Georgiana, die Duchess of Devonshire, von den Standesgesetzen – um die sie sich ansonsten nicht sonderlich scherte – und ihrem Ehemann gezwungen, die Tochter wegzugeben, die sie dem späteren Premierminister Charles Grey geboren hatte. Ihr Gatte drohte, er werde dafür sorgen, dass sie ihre ehelichen Kinder nie wieder sähe, wenn sie nicht kooperiere. Das Kind, Eliza, wurde von Charles Greys Familie großgezogen. Georgiana besuchte ihre Tochter heimlich, wann immer sie konnte, und brachte ihr kleine Geschenke mit. Aber sie offenbarte sich ihr gegenüber nie und konnte ihr auch kein Geld geben. Die Familie Cavendish (der Grafen von Devonshire) vernichtete später viele von Georgianas Briefen, diese peinlichen Beweise des Skandals. Aber ein Gedicht geriet in Elizas Besitz. Es schloss mit den Worten:

> … und ob dich auch tadelt die herzlose Welt
> ob meines Vergehens und dem deines Vaters,
> eine namenlose Mutter dich hoffentlich hält,
> eine unsichtbare Hand dich dennoch beschützt.

Ich streckte die Hand nach der Kiefer aus und spürte einen Schmerz zwischen den Brauen und eine quälende Hitze hinter den Augen. Ein Gewicht, flach und hart wie eine Münze, drückte auf mein Brustbein. Ein wiederkehrendes Motiv in den Geschichten über weggegebene Kinder ist, dass ihre abwesenden Eltern, Vater oder Mutter, an sie denken, sich weiterhin um sie sorgen und über die Jahre der Trennung hinweg eine innere Flamme nähren. Die griechischen Mythen handeln oft von Göttern, die ihren halbgöttlichen Kindern den Weg zum Heldentum ebnen: Theseus, Perseus, Achilles, Helena. Als ich klein war, erzählte meine Mutter mir, dass meine biologische Mutter mich nicht hatte behalten können, mich aber liebte und das Bestmögliche für mich getan hatte. Warum hatte sie mich dann nie kontaktiert?

Ich bemühte mich mit aller Kraft, wieder gleichmäßig zu atmen, mein Gesicht zu entspannen, aber ich schaffte es nicht. Ich setzte mich auf eine niedrige Mauer am Rand des gepflegten Pfades und weinte um all dessen willen, was Christopher Robin bedeutete.

Auf der anderen Seite des Waldes führte der Weg wieder an den Kanal. Vor mir war eine Art Wasser-Ha-ha, über den einst ein Wasserfall geflossen sein musste. Doch knapp zehn Meter davor hatte man den Fluss umgeleitet. Die Maschinerie des menschengemachten Wasserlaufs lag bloß, das befestigte, schleimige Flussbett, die Schleusentore und das eiserne Rad, das sie bewegte. Einen Augenblick lang dachte ich an eine Autowerkstatt, an ein aufgebocktes Fahrzeug und sein unerwartet entblößtes Innenleben, und dann war ich bestürzt angesichts des Risses in der Fassade, der Erkenntnis, wie vergänglich Menschenwerk ist.

Wo der Wasserfall gewesen war, ging ich nun durch das leere Flussbett. Zu meiner Linken war ein See, bevölkert von schlafenden Schwänen. Ich sah ein Café, wollte aber nichts und folgte dem Flussufer, ging unter einer gelb und indigoblau changierenden Geißblatthecke entlang, wie Finger gebogen die Blütenblätter, sie sahen aus wie kleine Fallen, wunde, glänzende Staubgefäße. Es waren die ersten Blumen, die ich hier im Garten sah, dennoch blieb ich nicht stehen, bedauerte es allerdings sofort und ging zurück. Der Duft der sterbenden Blumen war kaum wahrnehmbar, doch der herbe Fäulnisgeruch eines frühen Herbstes verströmte etwas unerwartet Feines. Sofort erstanden Farbe und Helligkeit vor mir.

Und plötzlich sah ich Schönheit. Ein kleiner Junge schüttelte seine Tüte mit Süßigkeiten, weil er am Rasseln Vergnügen fand, ein Beweis, dass die Bonbons noch da waren und ihm gehörten. Ich selbst verspürte mittlerweile auch einen mörderischen Hunger. Der Fußweg führte zu einem runden Teich, der durch einen weiteren erbsengrünen Weg von anderen, halbmondförmigen Teichen getrennt war. Das Wasser war teefarben. Ein rosa Tempel mit dorischen Säulen kniete über seinem eigenen makellosen Spiegelbild in der goldenen Augustsonne. Vor dem Tempel erhob sich sie Statue eines Neptun, den Dreizack in der Hand, das Gesicht abgewandt, schaute er schräg nach unten. Es war, als sei ich in eine intime Situation gestolpert, als habe meine Anwesenheit den Gott aus irgendeinem Grund gestört. Ich stellte mir die Menschen vor, die vor mir hier gewesen und nun schon lange tot waren. Es war ein Ort für Liebende und heimliche Treffen, wo man lachte und flüsterte.

In den Bäumen bewegte sich etwas, Wärme wehte herbei, weich wie ein Kuss. Ich blieb reglos stehen und schaute mich um, unsicher, was ich zu sehen erwartete. Die Oberfläche des Sees kräuselte sich; das makellose Spiegelbild wurde zerrissen. Doch so schnell der kleine Wärmehauch gekommen war, so schnell verschwand er. Das Wasser wurde wieder ruhig. Das Spiegelbild setzte sich wieder zusammen. Über den Wald senkte sich Stille.

Tummel

Der zehnjährige Dexter saß auf dem Boden vor dem Badezimmer, in dem ich in der altmodischen freistehenden Wanne lag. Um meinen großen Zeh, den ich in den Wasserhahn geschoben hatte, strömte das heiße Wasser. Zwischen Zeigefinger und Daumen drehte ich ein Sektglas und sah zu, wie es beschlug und wieder klar wurde. Dampf stieg die holzgetäfelten Wände hoch, das Holz schützte vor dem kalten Stein dahinter.

»Kate?« Die Stimme kam von der anderen Seite der Badezimmertür, knapp unter dem Türgriff.

»Ja, Dexter.«

»Alles in Ordnung bei dir?«

»Ja, bestens, Schatz. Und bei dir?«

»Soll ich dir was bringen?«

»Nein, dank dir. Du musst aber nicht draußen warten, Dex. Ich komme gleich runter.«

»Wenn es für dich in Ordnung ist … Ich sitz gern hier.«

Später quetschten mich die drei Jungs aus, während ihr Vater Chris Abendbrot machte. Liz und ich saßen uns am Küchentisch gegenüber und tranken die Flasche Sekt leer.

»Wo willst du hin?«, fragte Angus.

»Ich will an einem Fluss entlanggehen.«

»An was für einem Fluss?«, fragte Elliot.

»Er heißt Dunbeath Water.«

»Kommst du wieder?«, fragte Dexter.

»Ja, auf dem Rückweg.«

Obwohl sie in Schottland lebten, war keiner der Jungs je im Inneren des Landes gewesen. Es sei voller Berge, Wälder und

Seen, die in Schottland natürlich *lochs* hießen, und Golfplätzen, erzählten sie mir. Und es regnete – die ganze Zeit.

»Wo schläfst du denn?«

Am nächsten Morgen überhäuften mich Liz und die Jungs mit Geschenken. Auf ihrem Grundstück war eine Quelle, und Elliot, der Älteste, brachte mir achtzehn Liter Quellwasser. Dexter und Angus machten mir belegte Brote. Chris sah ich nicht. Er war bei der Ernte. Als ich ins Auto stieg, reichte mir Liz die halbvolle Flasche Rioja vom Vorabend.

»Für deinen Flachmann«, sagte sie. Am Ende der Auffahrt schaute ich zum Haus zurück. Die drei Jungs winkten mir aus den oberen Fenstern zu. Ihre bloßen Füße baumelten von hellgelben Sandstein-Fensterbänken.

Die Brücke über den Forth war aufregend. Die Wiesen und Hügel Schottlands zogen sich wie ein Band seidener Taschentücher aus dem Ärmel eines Zauberers. Ich hatte die A9 erreicht, die von Perth nach Wick verläuft. Wenn ich ihr folgte, würde ich zwangsläufig Dunbeath erreichen. Nach ein paar Stunden führte mich die Straße, die eng an einem Fluss entlang verlaufen war, durch eine Stadt, deren Straßen von Blumenkörben an Laternenpfählen gesäumt waren. Auf meiner Karte war eine Fischtreppe verzeichnet, bizarre Bilder vor Augen – »Fisch«-»Treppe«? – parkte ich das Auto und ging zum Flussufer.

Das Wasser war nicht tief, floss aber schnell über die Kieselsteine. Von beiden Ufern beugten sich dunkle Bäume darüber, als versuchten sie einander zu berühren. Die Luft roch nach nassen Blättern. Ich schmeckte Malz. Auf der anderen Seite des Flusses lag eine Whiskybrennerei. Von dem Sekt und dem Rioja hatte ich noch einen leichten Kater, und die Gerüche aus der Destillerie lösten Wellen von Übelkeit in mir aus. Ich lief in Richtung der Fischtreppe und stellte mir zweckmäßig glatte Industrietanks vor, in regelmäßigen Abständen über- und gegeneinander versetzt angeordnet, voller glitzernder Lachse, die, hell wie Aluminium, in perfekten Wasserfällen neben einem glänzenden Damm hochsprangen.

In Wirklichkeit sah alles anders aus. Die Fischtreppe bestand aus vierunddreißig in gleichen Abständen nach oben versetzten Betontanks, schwarz von Moos und Flussschlamm. Das Wasser zischte und brodelte. Schilder warnten: »Starke Unterströmungen, Ertrinkungsgefahr! Wasserspiegel kann jederzeit erheblich ansteigen.« Manche Tanks waren größer als andere, Ruheplätze für die Fische. An einem befand sich eine Besichtigungskammer. Der Raum war schmuddelig und kalt, es tropfte darin. Ich musste an U-Boote denken. Überall das Geräusch von Wasser. Die dicke Glaswand vor dem Tank war verschmutzt und das Innere schwer zu erkennen. Eine etwa fassbreite Rinne leitete Wasser aus dem Tank darüber, durch eine zweite floss es auf der anderen Seite ab. Ein hineingefallener Ast drehte sich und kreiselte, von der Strömung immer wieder angestoßen, bis er zerbrechen würde. Mir war schlecht. In der Kammer waren keine Fische.

Mein Vater war Ingenieur. Wenn er jetzt hier gewesen wäre, hätte er mir die Strömungsmechanik in den Tanks erklärt und mir meine hartnäckige leise Furcht genommen. Er hätte die Besichtigungskammer wunderbar gefunden, auch den Damm dahinter. Ich stellte mir vor, wie ihn zum Beispiel schon die Idee begeisterte, Tausenden von Haushalten Strom zu liefern, indem man einfach eine Mauer durch einen Fluss baut. Als würfe man einem Pferd ein Halfter über den Kopf. Aber was war mit den Fischen, die man vertrieben hatte, als das elektrische Licht in die Highlands kam? Natürlich musste man ihnen helfen. Die Fischtreppe war der Traum eines jeden Ingenieurs.

Ich verließ die Besichtigungskammer. Das Wasserkraftwerk lag zwischen der Fischtreppe und dem Damm. Ein Bereich des Flusses vor mir war abgezäunt, damit kein Müll in die Turbinen gesogen wurde. Ein Mann mit eisgrauem Haar und blauem Wollpullover schaute über das Metallgeländer und deutete aufs Wasser. Offenbar hatte er etwas zu mir gesagt.

»Wie bitte?«, rief ich.

»Hier schwimmen sie nicht gegen die Strömung. Wenn sie durch dieses Geländer rutschen, kommen sie nämlich nicht mehr raus.« Es waren zumeist junge Fische, erzählte er, die nach nur einem Winter im Meer zurückkamen. Oder männliche Fische, schlanker als die laichbepackten Weibchen.

Ich schaute nach unten. Sah einen Lachs. Er sprang immer wieder hoch. In dem schiefergrauen Wasser war sein Kopf schwarz, sein graues Auge kalt wie eine Perle.

»Warum ist er schwarz?«, fragte ich den Mann.

»Je länger die Lachse im Süßwasser sind, desto dunkler werden sie. Die silberne Farbe der Fische im Supermarkt kommt vom Guanin, das sich in Kristallen unter ihren Schuppen ablagert. Es schützt sie, wenn sie im Meer sind.« Der Lachs habe auch eine Livree für die Laichzeit, rostrot und golden. Die wenigen, die überlebten und ins Meer zurückkehrten, nenne man Schwarze Lachse oder Kelte, aber kaum verließen sie die Brutgewässer, änderten sie ihre Farbe und bauten auch schnell wieder den Schutz vor Verätzung durch das Salz auf. Es überlebten eher die Weibchen. Sobald sie gelaicht hätten, machten sie sich völlig ausgehungert auf den Rückweg, denn auf ihrer Wanderung flussaufwärts fräßen Lachse kaum etwas. Nur einer von fünfen kehre ins Meer zurück. Die Männchen blieben in den Teichen oben, kämpften gegeneinander, suchten neue Weibchen, bis sie vor Erschöpfung starben.

Der Mann wollte heute die im Turbinenteich gefangenen Fische befreien, indem er die Tore in dem Metallgitter öffnete und sie hinausspülte. Der dünne schwarze Lachs sprang wieder. Eine Weile lang sah ich ihm zu.

Die Kelten glaubten, alle Lachse kämen aus der Quelle, die Boand erzürnt hatte, als sie entgegen dem Uhrzeigersinn darum herumgelaufen war. In den Früchten der neun Haselsträucher um die Quelle war alles Wissen enthalten. Fraßen die darin lebenden Lachse die reifen, ins Wasser gefallenen Nüsse, verleibten sie sich alle Weisheit der Welt ein.

Als die Quelle anschwoll und Boand ertrank, wurden die Lachse ausnahmslos ins Meer gespült. Bis zum heutigen Tage versuchen sie zurückzukehren. Die Flecken auf dem Rücken eines Lachses geben die Anzahl der Nüsse an, die er gefressen hat. Nicht alle Lachse sind weise. Aber wenn man einen fängt und brät, wird mit den ersten drei Tropfen des spritzenden Fetts alles Wissen des Lachses auf einen übertragen. Der Rest ist leider giftig. Eine bekannte Version der Geschichte ist die des irischen Helden Fionn mac Cumhaill, die in vielen Punkten der schon erwähnten von Gwion ähnelt.

Fionn, »der Helle«, wanderte als junger Mann hungrig durch die Wälder in der Nähe des Flusses Boyne. Ein Druide mit Namen Finnegas, genannt Finn der Seher, hatte sieben Jahre darauf gewartet, einen Lachs zu fangen. An einem Nachmittag war er schließlich erfolgreich und briet einen am Spieß. Da sah er Fionn und bat ihn, den Fisch im Blick zu behalten, aber ganz gewiss nicht davon zu essen. Er habe etwas zu erledigen. Drei Tropfen Fett spritzten aus der krossen Haut auf Fionns Daumen. Der Jüngling steckte den verbrannten Finger in den Mund und erwarb so alles Wissen der Welt. Als er Finnegas den Lachs brachte, bemerkte dieser die Veränderung sogleich: Der Junge hatte etwas Aufgewecktes, Strahlendes an sich, das er vorher nicht gehabt hatte.

»Hast du von dem Fisch gegessen?«, fragte ihn der Druide.

»Nein«, erwiderte Fionn. »Aber ich habe mir den Daumen verbrannt und ihn sofort in den Mund gesteckt.«

»Dann,« sagte der Druide, »ist das Wissen dein.« Er gab Fionn den Fisch zurück und erzählte ihm, er müsse hinfort nur an seinem Daumen lutschen, wenn er vor einem Problem stehe, und dann werde ihm die richtige Antwort sofort zuteil. Das Wissen finde seinen Weg immer zu demjenigen, der es am meisten verdiene. Er selbst werde weitere sieben Jahre warten und erneut versuchen, es zu erwerben.

Ich ging zum Kraftwerk. In einem Museum dort wurde die Geschichte der Fischtreppen erklärt; in einem kühlen Raum summten die Turbinen. Die erste Fischtreppe war 1837 in New Brunswick von einem Müller namens Richard McFarlan entworfen worden, der sie auch hatte patentieren lassen. Er wollte mit seiner Erfindung den Damm an seiner Wassermühle umgehen. Im Museum erfuhr man auch etwas über die Geschichte der Elektrifizierung der Highlands. Ich versuchte mir die Arbeiter vorzustellen, die in den Wirren der Zeit nach dem Zweiten Weltkrieg aus ganz Europa gekommen waren, um den Fluss Tummel zu stauen. Ich stellte es mir vor, die angenehme Berührung der rauen Baumwollhemden, den schweißstarren Stoff, die engen Nagelschuhe und Blasen an den Füßen. Kratzige Hosen, Läuse und Wolle, Dreck und Eis, die Kreuzhacke, die wie eine kaputte Glocke klingt.

Auf der gekachelten Außenwand befand sich ein Bronzerelief zum Andenken an einen freundlichen, melancholisch dreinblickenden Herrn. Der Künstler hatte gnadenlos sowohl das schlaffe Doppelkinn als auch die mönchische Strenge des Hauptes im Profil abgebildet. Darunter ohne Punkt und Komma:

SIR EDWARD MACCOLL 1882 – 1951
INGENIEUR UND PIONIER
STROM DURCH WASSERKRAFT SCHOTTLAND

Die Widmung war eher verhalten, zehn Worte, zwei Jahreszahlen, kein Schnickschnack. Aber der Damm sprach für sich, die neun Dämme der Wasserkraftwerksanlagen im Tummel-Tal. Kurz bevor die Anlage bei Pitlochry in Betrieb genommen wurde, war Maccoll offenbar gestorben, und anstelle einer Feier mit Wimpeln, Musikkapelle, Tee und Kuchen war feierlich diese Tafel enthüllt worden.

Ich musste weiterfahren. Zwischen raschelnden Bäumen ging ich zum Auto zurück. Nach wenigen Meilen sah ich ein Schild zum Dorf Killecrankie.

Meine Eltern fuhren mit meinem Bruder und mir jeden Sommer für zwei Wochen nach Schottland, wo wir uns mit meinen Großeltern, Tanten, Onkeln, Cousins und Cousinen trafen. Einmal besuchten wir das Grab eines Doktoranden meines Vaters, ich meinte mich nun zu erinnern, in Killecrankie. Aber der Friedhof im Dorf war mir fremd. Im örtlichen Heimatmuseum wollte ich nach einem zweiten fragen, doch die Angestellten dort kamen alle aus Osteuropa und kannten im Dorf nur die Bushaltestelle auf dem Weg zur Arbeit. Ich ging in die Cafeteria. Ein Gespräch in der Küche erregte meine Aufmerksamkeit. Zwei Mittfünfzigerinnen diskutierten laut und angeregt mit einem jungen Mann, dem sie kaum bis zur Schulter reichten. Er war groß, schlank, hatte schwarzes Haar und strahlende Augen sowie einen Spiralblock vor der Brust, dessen Stift durch die Drahtspirale geschoben war. Seine Hände bewegten sich anmutig und präzise und erschufen Bilder in der Luft. Ich begriff, dass er nicht hören, aber Lippen lesen konnte; die Frauen beherrschten offenbar die Gebärdensprache nicht. Verstanden sie seine Gesten nicht, schrieb er etwas auf, und sie, jeweils eine an seinen Ellenbogen, lasen es von dem Block ab. Als er merkte, dass ich zuschaute, fühlte ich mich ertappt. Aber er grinste, tat so, als umfasse er eine Tasse und hebe sie kurz zum Mund. Ich nickte.

Als er mit dem Tee zu meinem Tisch kam, beschrieb ich ihm

den Friedhof anhand der Bruchstücke meiner Erinnerung: Er befinde sich am Ende eines langen, geraden Fahrweges, bilde ein perfektes Quadrat und sei umgeben von Bäumen. Ob auch eine Kirche dort sei, wisse ich nicht mehr. Der junge Mann nickte, schlug den Notizblock auf und legte ihn vor mich auf den Tisch. Er zeichnete ein Quadrat, füllte es mit Kreuzen, zeichnete dann zwei riesige Bäume hinein und eine gerade Straße, die durch die Mitte verlief. »Ja, das ist er.«

»Blair Atholl«, schrieb er auf.

In weniger als einer halben Stunde hatte ich ihn gefunden.

Ich ging über den Fahrweg, der zwischen zwei Wiesen mit weidenden Ochsen verlief, dann unter den schützenden, mittlerweile riesigen Bäumen her. In meiner Erinnerung war der Fahrweg mit Gras bewachsen, jetzt aber geteert. An einer Mauer plätscherte ein Bach. Hinten säumte ein Wald das Gräberfeld. Ich hatte vergessen, dass es so dicht an der Straße lag.

Iain MacMartin starb eines frühen Morgens bei einem Motorradunfall, als er nach den Osterferien zurück zur Universität fahren wollte. Er stand kurz vor Abschluss seiner Doktorarbeit. Obwohl das mehr als dreißig Jahre zurücklag, schrieb seine Schwester Miss MacMartin meiner Mutter jedes Jahr zu Weihnachten.

Es war der richtige Ort. Ich erinnerte mich, wie uns Miss MacMartin erzählt hatte, dass man den Sarg auf dem Karren eines Lebensmittelhändlers befördert hatte. Dieses Detail war damals offenbar wichtig gewesen, als sei der junge Mann feierlich auf einer Lafette zu seiner letzten Ruhestätte gebracht worden. Ein Dudelsackspieler war auch dabeigewesen. Ich begann, systematisch die Grabsteine abzulaufen. Aber sosehr ich auch suchte, ich fand den Namen nicht.

Ich spürte einen leicht und leise nieselnden Regen und erinnerte mich, wie man mir als Kind das Gesicht gewaschen hatte, an den weichen Waschlappen, den zarten Druck der Hände. Der Regen nun fiel weder freundlich noch unfreundlich; seine Liebkosung war ohne Gefühl oder Absicht. Ein Mäusebussard beäugte mich von der angrenzenden Wiese aus. Er stürzte sich von einem Pfosten ins Gras und flog dann missgelaunt davon.

Iain MacMartin. Ich schaute überall nach, las alle Inschriften, las alle ein zweites Mal. Es gab Robertse, Robertson, McFarlanes, Macfarlanes, Shantos. Mir fiel die Verbundenheit vieler Namen untereinander auf. Ich musste an Robert Macfarlane denken und sein Buch *Karte der Wildnis*. Robert hatte mir als Erster vom *Quell am Ende der Welt* erzählt und mich mit dem Werk Neil M. Gunns bekanntgemacht. Ich dachte an den Müller Richard McFarlan und sein Patent für die Fischtreppe. Mich faszinierte die Idee, dass man womöglich von irgendwoher kam. Oder eher, dass man wissen konnte, wo dieses Woher lag. Seite an Seite, ringsumher, lagen Verwandte. Ein ganzes Feld von ihnen.

Rupert und ich waren bereits zwölf Jahre zusammen, als Evie geboren wurde. Ein chirurgischer Eingriff ergab, dass ich zwar auf natürlichem Wege schwanger werden konnte, dies aber nicht sehr wahrscheinlich war. Wir gingen zu einem Kinderwunschspezialisten. Durch eine künstliche Befruchtung würden wir vielleicht ein Kind bekommen, aber es bedeutete zugleich eine hohe finanzielle und auch emotionale Belastung, vermutlich über mehrere Jahre hinweg. Für Frauen, die die Behandlung auf sich nahmen, gab es im Vergleich zu Frauen, die das nicht taten, ein signifikant höheres Krebsrisiko. Ob dies durch die Ursachen der Unfruchtbarkeit oder die Behandlung selbst stieg, war unklar. Im Verlauf des Gesprächs fragte uns der Arzt, ob wir auch über Adoption nachgedacht hätten. Ja, Adoption sei durchaus eine Möglichkeit, sagte ich.

Aber ich war ja selbst adoptiert. Wann immer ein Baby geboren, und über eine familiäre Eigenheit diskutiert oder ein altes Foto hervorgekramt wurde, war ich seit meiner frühesten Kindheit beiseitegetreten – buchstäblich aufgestanden und woanders hingegangen – und hatte mit Absicht respektvoll Abstand zu dem gewahrt, was ich das »Summen der Gene im Raum« nannte. War ich nicht schnell genug, bestand immer Gefahr – und es passierte normalerweise auch –, dass jemand darauf hinwies, das Baby oder die Großtante oder wer auch immer könne mir ja unmöglich ähnlich sehen oder ich ihnen. Was für andere ein Augenblick gemeinsamer Geschichte war, erinnerte mich unentwegt an meinen Status als Objekt der Nächstenliebe.

Meine Großmutter schlug mich mit Geschichten über die Vorfahren meines Vaters immer in Bann. Faithful Norbury, ein Stallbursche aus dem achtzehnten Jahrhundert, war »über seinen Stand hinaus bis ins Bett seiner Herrin aufgestiegen«, was ein völlig neues Licht auf das Familienmotto »Regi Et Patriae Fidelis« warf. William Norbury zog, von John Wesley höchstpersönlich vom Schnaps zum Methodismus bekehrt, die nächsten vierzig Jahre durch die Lande mit einem Koffer voller Predigten in winzig kleiner Schreibschrift, den ein »zurückgebliebener Junge« trug, der ihm, soweit man wusste, nie von der Seite gewichen war. Roger de Bulkeley hatte seinen Namen in den seines Landes Shropshire geändert: Norbury bedeutet »Stadt oder Festung im Norden«. Mithilfe der Ahnenforschung können wir unsere Identität aus den eigenen Mythen und Legenden konstruieren und erfahren, wer wir sind und woher wir kommen. Oder wir können die Geschichten als Ausgangspunkt dafür nehmen, wo wir hinwollen, als Vermächtnis, auf dem wir aufbauen oder gegen das wir rebellieren.

Sara Maitland beschreibt die Tradition des Geschichtenerzählens »als so wesentlich für das Menschsein, dass man in der Psychiatrie mittlerweile oft ›narrativen Verlust‹ behandelt, wenn die Geschichte des eigenen Lebens nicht konstruiert werden kann und das als Verlust von Identität oder des Menschseins« erlebt wird. Die Geschichten, die ich erbte, waren faszinierend, aber es waren nicht meine. Ich hatte noch nie jemanden getroffen, mit dem ich blutsverwandt war oder der mir ähnlich sah. Es gab keinen genetischen Ausgangspunkt, von dem aus ich mein Narrativ konstruieren konnte. Ich wusste nicht mal, welche Nationalität ich besaß.

Auf die Frage des Arztes antwortete ich also, dass ich nicht in erster Linie eventuell deshalb ein Kind adoptieren wolle, weil ich einsam sei und es mir an Freunden oder liebenden Angehörigen fehle. Ich sei kosmisch einsam, hätte immer das schwindelerregende Gefühl zu schweben. Es sei mir bewusst, dass man dies für eine poetische Einbildung oder schlicht eitel halten könne, aber es sei zufällig auch wahr.

Da erzählte uns der Arzt, dass sein Vater – ein praktischer Arzt – seine Mutter und ihn sehr früh verlassen habe. Das Wort »Scheidung« sei nie gefallen, zumindest erinnere er sich nicht daran. Seine Mutter habe nie wieder geheiratet. Jedes Jahr zu seinem Geburtstag und zu Weihnachten habe es ein Geschenk gegeben, angeblich von seinem Vater, doch er habe die Schrift seiner Mutter auf dem Päckchen erkannt. Selbst als Erwachsener habe er es nicht übers Herz gebracht, ihr gegenüber das Thema anzusprechen. Kurz nach ihrem Tod habe eine Tante ihm erzählt, dass sein Vater auf dem Friedhof der St Mary's Priory Church in Abergavenny in Wales begraben liege. Der Arzt war unfähig, seine Gefühle an dem Ort zu beschreiben. Er hatte dort endlich begriffen, dass er in die Fußstapfen seines Vaters getreten war und sich an das Wenige geklammert hatte, das er von ihm wusste – seinen Beruf. Als Arzt hatte er Hunderten von Kindern zum Leben verholfen – Fotos bedeckten die Wand hinter ihm. Er selbst hatte vier Töchter und mehrere Enkelkinder. »Ich kenne die Einsamkeit, von der Sie sprechen, aus eigener Erfahrung. Diese Leere zu füllen habe ich auf meine Weise versucht.« Ihm war aufgefallen, dass sich im Vergleich unverhältnismäßig viele adoptierte Menschen wegen Unfruchtbarkeit behandeln ließen. Entweder hatten sie einen drängenderen Wunsch, ein eigenes Kind zu bekommen, als Nichtadoptierte unter den gleichen Bedingungen, oder sie hatten größere Schwierigkeiten zu empfangen als Nichtadoptierte. Der Arzt hatte sogar einen Artikel über die Beziehung zwischen unerklärlicher Unfruchtbarkeit und Scham geschrieben, wobei er Scham als das Gefühl definierte, anders als andere Menschen zu sein und daher auf einer bestimmten Ebene »nicht richtig« und nicht wert zu sein, die eigene Linie tatsächlich fortzuführen. Die Empfindung, anders zu sein, reichte seinem Dafürhalten nach schon aus, unfruchtbar zu werden.

Die amerikanische Psychologin Nancy Verrier hat die Unterschiede der Gehirne von Kindern mit einem Trennungstrauma zu denen von Kindern ohne ein solches beschrieben. Andere reden von »Bindungsstörungen«, und beide Male ist vielleicht von dem die Rede, was auch der Arzt beobachtet hat: Adoptierte tragen ein kompliziertes Erbe.

Um auf den Friedhof zurückzukommen und auf diesen nassen Nachmittag – es passte wie die Faust aufs Auge oder entbehrte zumindest nicht einer gewissen Ironie, dass ich, die bis zu dem Besuch im Kloster absolut nicht gewusst hatte, woher sie kam, ausgerechnet diesen einen bereits verstorbenen Menschen nicht finden konnte, den ich außerdem zu Lebzeiten gar nicht gekannt hatte. Ich überlegte, ob ich mich in seinem Namen irrte – Iain MacMartin – und ob es eine Anglisierung aus dem Gälischen war. Oder ob der Name sich vielleicht auf den kleinen blauen Vogel bezog, die Hausschwalbe – im Englischen martin –, die solch langen Zugweg hat.

Where trouble melts like lemon drops
High above the chimney tops
That's where you'll find me …

Auf einmal gingen mir die Worte von »Over the Rainbow« im Kopf herum, und das Tröpfeln und Knistern des Regens begleiteten sie wie das Rauschen einer alten 45er Platte.

And the dreams that you dare to …
Why, oh why, can't I?

Auf einem der Gräber lag ein Granitstein. Ohne Namen. Zu beiden Seiten standen zwei Marmeladengläser mit frisch gepflückter Heide, dichte Trauben violetter Glöckchen. Eine wilde Stelle, die gezähmt worden war. Ich hockte mich davor hin und versammelte meine Toten um mich, meine Herzallerliebsten, deren Arme mich umfangen hatten und die so klein waren, dass ich sie in meiner Hand halten konnte – meinen Vater, Pamela, das Baby, das ich verloren hatte. Weder mein Vater noch mein gestorbenes Baby hatten ein Grab, das ich besuchen konnte. Pamela war begraben worden, aber ich war zu spät gekommen, um mit zum Friedhof zu gehen. Als ich am nächsten Morgen in einem heftigen Regenguss weggefahren und dort vorbeigekommen war, wo Pamela lag, hatte ich vor lauter Angst nicht angehalten. Ich wollte die Blumen und den Schlamm nicht sehen und nicht wissen, dass sie darunter lag.

Auch der Regen auf diesem Friedhof in den Highlands wurde heftiger. Er floss mir in den Kragen, in den Ärmeln entlang, klatschte mir das Haar an den Kopf und in nassen Locken an den Nacken. Ich trug meine Toten in einem Netz, ein Fang rasselnder Knochen, von Verheißung, was hätte sein können. Ich wusste, dass ich sie ruhen lassen musste, freilassen, mich selbst befreien. Aber etwas verhinderte, dass ich meinen Kummer hinter mir ließ, machte es kompliziert. Mein Vater war seit fast acht Jahren tot. Es war wie an dem Tag, als ich zufällig in das Kloster geraten war, in dem ich geboren wurde, als läge hier eine Wahrheit, ganz nahe. Ich musste sie nur erkennen. Aber das Anfängerglück von damals fehlte mir jetzt. Sicher, ich sah diese Wahrheit, wie sie hinter dem Regenschleier flackerte und leuchtete. Doch entweder schaute ich zu genau hin oder nicht genau genug. Ich war auch nicht ganz ehrlich gewesen. Ich unternahm diese Reise nicht wegen Sofia, der Freundin, der ich meinen *Quell am Ende der Welt* geschenkt hatte. Ich war hier, weil *ich* es wollte. Aus keinem anderen Grund. Was mich allerdings antrieb auf meinem nicht ganz willkürlichen, aber doch nur vage zielgerichteten Weg, verstand ich nicht. Ich wandte mich von dem unbeschrifteten Granit ab, und dabei fiel mein Blick auf vier in den Nachbarstein gemeißelte Worte: Froh habe ich gelebt. Die Kürze, das Direkte der Aussage verblüfften mich. Die Inschrift wirkte wie ein Fehdehandschuh, eine Aufforderung, als wolle sie etwas von mir.

Früh am Morgen des letzten Tages, an dem mein Vater lebte, war ich in sein Zimmer gegangen. Draußen flappte ein zerzauster Fächerahorn im Wind. Ich hatte die scharlachroten Blätter, die nicht fallen wollten, betrachtet und hätte sie meinem Vater gern gezeigt. Dann begriff ich, dass es zu spät war. Es würde keine Bäume mehr geben. Ich legte den Kopf auf seine Brust. Es schien, als sei er nicht bei Bewusstsein, doch ich spürte seine Unruhe unter seiner Haut, unter seinen Rippen, in seinem tiefsten Inneren.

»Dad?« Ich strich mit den Fingern über seine, ging mit dem Mund dicht an sein Ohr. »Erinnerst du dich … Das erste Gesetz der Thermodynamik besagt, dass Energie nicht vernichtet werden kann. Auch nicht erzeugt. Energie kann nur die Form wechseln.« Ich betrachtete sein Gesicht: Es war opak, wie Alabaster in dem dämmrigen Raum, schon trennte uns eine tiefe Kälte, zog uns weiter auseinander. Mein Vater lag im Koma. Und trotzdem lächelte er.

»Froh habe ich gelebt.«

Das erste Newton'sche Gesetz, das mein Vater auch sehr mochte, besagt: »Ein Körper verharrt im Zustand der Ruhe oder

der gleichförmig geradlinigen Translation, sofern er nicht durch einwirkende Kräfte zur Änderung seines Zustands gezwungen wird.«

Wenn ich zurück auf mein Leben blicken und erkennen wollte, dass der Satz von Robert Louis Stevenson auf dem Grabstein wahr war, musste ich einen anderen Kurs einschlagen.

Garry

Den restlichen Nachmittag fuhr ich vor dem Wetter her, über die A9, begleitet vom Fluss Garry. Die dunklen Schwellen der Bahngleise adrett wie liegende Zaunlatten. Alle drei Wege – die Straße, die Schienen, der Fluss – verliefen parallel über die Ebene, die die Grauen Berge, die Am Monadh Liath, von den Am Mondah Ruadh, den Roten Bergen, trennt: die Cairngorms.

Am Abend zuvor in Liz' Haus hatte ich mit der Idee gespielt, die Reise nach Dunbeath ganz zu unterlassen. Es lag immer noch eine Tagesreise entfernt. Ich hatte lange auf der Karte einen Fluss gesucht, der mir Dunbeath Water ersetzen konnte. Der Fluss Garry war ein Nebenfluss des Tummel, der wiederum in den Tay mündete. Er entsprang im Loch Garry, der hauptsächlich von drei anderen Flüssen gespeist wurde. Streng genommen verlief der Garry nicht vom Meer zu einer Quelle, sondern bildete den Teil einer solchen Strecke. Der Fluss Spey floss auch durch diese Ebene, vom Meer zu seiner Quelle, im Loch Spey im Corrieyairack Forest. Die Idee, an ihm entlangzulaufen, war verführerisch. Zumal ich eine Verbindung zum Spey hatte. Unseren Schottlandurlaub hatten wir nämlich immer in seiner Nähe verbracht. Ich hatte sogar meinen ersten Fisch im Spey gefangen. Aber jetzt war ich schon viele Meilen landeinwärts gefahren, der Spey verlief zum großen Teil entlang einer Straße, und ich wollte von einer Flussmündung aus loslaufen. Außerdem wurde die Vorstellung, Dunbeath wirklich zu erreichen, allmählich doch konkret. Ich mochte die umliegenden Berge nicht einmal mehr anschauen, damit mich nicht ein zufälliger Blick von meinem Vorhaben abbrachte. Ich wusste ja, welch glückliche Stunden, wenn nicht

Tage, ich in den Cairngorms verbringen konnte. Also starrte ich stur auf die Straße und warf nur ab und zu einen Blick auf den Fluss. Aber an der Abfahrt zum Dorf Dalwhinnie sah ich ein paar streichholzschachtelgroße Gebäude. Hinter ihnen erhob sich das Gebirge mit seinen violetten Hängen.

Ich hielt und stieg aus. An den Kofferraum gelehnt, lauschte ich dem anhaltenden Gekreisch einer Elster und beobachtete, wie sie aufflog und hinter jedem vorbeifahrenden Auto wieder auf dem Boden landete. Sie pickte an etwas Rotem, Felligem, das auf dem Straßenasphalt zerquetscht lag. Über mir wurden die Wolken ausgekämmt wie nasses Haar. Der Regen strömte auf der westlichen Seite auf die Ebene herunter und schnitt den Blick in die Richtung, aus der ich gekommen war, ab. Die Wetterfront, in der ich schon in Blair Atholl gestanden hatte, rückte näher. Für meine Wanderung besaß ich keine Karte und keinen Schutz vor den Naturgewalten.

Außer praktischen Überlegungen hatte ich einen weiteren Grund, meine Reise fortzusetzen. Ich wollte endlich einmal etwas zu Ende bringen. Mein Leben war eine Aneinanderreihung abgebrochener Projekte: Studiengänge, Filmskripte, Häuser, Reisen. In meinem Kopf lärmten unbeantwortete oder nur halb formulierte Fragen.

Ich hatte in einem Hotel in Grantown-on-Spey ein Zimmer reserviert. Von dort waren es nur ein paar Stunden Autofahrt bis zum Dunbeath. Ich stieg wieder ein.

Spey

Auf dem »Willkommen«-Schild in der kleinen Highland-Stadt Grantown-on-Spey hockte ein Bussard, den Kopf schräg nach unten geneigt. Unsere Blicke begegneten sich, ein kurzer unmittelbarer Kontakt, als ich vorbeifuhr. Ich hatte in dem Hotel ein Zimmer gebucht, das wir jeden Sommer während der Ferien bewohnt hatten. Bei unserem ersten Aufenthalt hatte mein damals fünfzehnjähriger Bruder ein Golfturnier gewonnen, und da mein Vater meinte, er solle seinen Titel verteidigen, fuhren wir ein weiteres Mal hin. Danach kamen wir immer wieder, weil es uns gefiel. Nachdem ich die Seitenstraßen, die parallel zur Hauptstraße verliefen, mehrfach auf und ab gefahren war, fand ich schließlich das Springfield Lodge Hotel.

Die breite Kiesauffahrt war einem Parkplatz mit weißen Linien auf löchrigem Asphalt gewichen, der Krocketrasen mit den verrosteten U-förmig gebogenen Drahtbügeln hinter dem Hotel einer Reihe von Eigenheimen der gehobenen Preisklasse. Gestutzte Eibenhecken und Rhododendren hatten früher dort für eine unheimliche Atmosphäre gesorgt, ein bisschen wie im *Geheimen Garten.* Trotz der jetzt spießigen Vorortumgebung war mir das Hotel großenteils vertraut. Als ich durch die Doppeltür auf einen Schreibtisch aus Walnussholz zuging, erkannte ich die viktorianische Glasvitrine wieder, die immer noch eine – jetzt vermutlich dezimierte – Sammlung handgebundener Fliegen fürs Fliegenfischen beherbergte. Durch die offenen Türen angrenzender Räume fiel bleiches Sonnenlicht ins Foyer, und die schwach beleuchteten borstigen Anglerfliegen auf den Angelhaken schimmerten bunt.

Ich hatte oft überlegt, wie das mit den Fliegen beim Fliegenfischen funktioniert. Der Mann vom Kraftwerk in Pitlochry hatte mir erzählt, dass die zu ihrem Geburtsort zurückkehrenden Lachse nichts fressen und nur von dem Fett aus den Jahren im Meer zehren. Warum sollte eine Fliege sie reizen? Vielleicht schnappten sie reflexartig nach der Bewegung auf der Wasseroberfläche? Oder vielleicht zählten Fliegen, die ins Wasser fielen, gar nicht als Futter und waren zu klein und zu selten, als dass sie eine Mahlzeit hätten ausmachen können. Vielleicht war die künstliche Fliege die letzte Versuchung für den Lachs, ein hübscher gefiederter Dämon mit gebogenem Stahlschwanz und scheußlichem Stachel, dessen einziger Sinn und Zweck darin bestand, die Lachse auf ihrer Reise stromaufwärts in den Tod zu locken. Als Kind beobachtete ich, wie die Goldfische in unserem Gartenteich ihre Mäuler wie Hände benutzten, um alles, was sie interessant fanden, zu untersuchen. Vielleicht schnappten die Lachse nach der Fliege, weil sie wissen wollten, was es war.

Ich hatte die Hände auf die Glasvitrine gelegt und nahm sie, als mich eine Frau anschaute und mir plötzlich bewusst wurde, dass ich Fingerabdrücke hinterließ, schnell wieder hoch.

»Kann ich Ihnen helfen?«

»Ja, bitte, ich habe ein Zimmer gebucht.« Ich nannte meinen Namen, die Frau schaute auf ihren Computerbildschirm. Sie wirkte ein wenig verwirrt.

»Alles in Ordnung?«

»Ich weiß nicht«, sagte sie. »Ich habe Sie für heute und für übermorgen notiert. Aber nicht für morgen. Ist das richtig?«

»Ja, ich verbringe morgen Nacht im Freien.« Ich erzählte ihr von meinem Plan, am Dunbeath Water bis zur Quelle entlangzulaufen.

»Ach du liebe Güte! Soll ich Ihnen das Zimmer nicht doch freihalten? Es ist Regen vorhergesagt.«

»Nein, vielen Dank.« Ich müsse morgen sehr früh aufbrechen,

sagte ich. Ob ich um sieben Frühstück haben könne? Die Frau lächelte und hielt mir einen Schlüssel entgegen.

»Ja, natürlich. Viel Glück für den Fall, dass ich Sie morgen früh nicht sehe. Callum bringt Ihnen Ihre Tasche aufs Zimmer.«

Da ich niemanden sah, der Callum hätte sein können, nahm ich meine Reisetasche und ging zur Treppe. Ich überlegte kurz, die Frau nach dem Fliegenhersteller zu fragen, aber sie war vollkommen auf ihren Computer konzentriert. Ihre Brillengläser reflektierten das milchige Licht.

In meiner Erinnerung war das Hotel riesengroß. In Wirklichkeit bestand es aus nicht mehr als zwei Stockwerken mit eher noblen und im Dachgeschoss bescheideneren Zimmern. Mit unserer Großfamilie – Großeltern, Eltern, Tanten, Onkeln, Cousinen und Cousins sowie meinem Bruder und mir – musste es voll gewesen sein. Der einzige andere Gast, an den ich mich erinnerte, war Mr Kenneth Yields, ein Angler, der immer in denselben zwei Wochen Ferien machte wie wir. Mr Yields hatte mir, als ich acht war, zu meiner ersten selbstgefangenen Forelle verholfen, und die Leute in der Küche hatten sie mir zum Frühstück gebraten. Mein Bruder hatte sie verspeist, während ich zugeschaut und lieber die bröckligen, dünnen Toastscheiben und die handgemachten Butterröllchen aus dem Hotel gegessen hatte.

Die Treppe mit einem stark abgetretenen Läufer führte über Absätze aus blankem Holz zu den beiden ersten Stockwerken. Dort sah man eine Reihe schwerer, weiß gestrichener Türen, auf die Nummern mit Schablone in schwarzem Lack aufgetragen waren. Mein Zimmer war ganz oben. Ich stellte mein Gepäck gleich hinter die Tür und ging wieder nach unten. Ich besaß immer noch keine Flurkarte für die morgige Wanderung, außerdem brauchte ich einen Biwaksack, eine wasserdichte Hülle für meinen Schlafsack. In einer knappen Stunde würden die Läden schließen.

Da ich in Grantown nirgendwo fand, was ich brauchte, fuhr

ich eine Viertelstunde zurück nach Aviemore. Bei Blacks hatten sie noch nie von einem Biwaksack gehört. Einen was? Da war ich schon überrascht und besorgt zugleich, denn ein Zelt hatte ich nicht mit. In den letzten Laden schob ich mich am Inhaber vorbei, als der gerade das »Offen – Geschlossen«-Schild im Schaufenster umdrehte. Zum Glück scherte sich der Mann nicht groß um Zeit.

»Ach, bitte, haben Sie Landkarten?«, fragte ich.

»Ja, wofür suchen Sie eine?«

»Für Dunbeath in Caithness. Ich will den Fluss dort bis zu seiner Quelle entlanggehen. Deshalb brauche ich eine sehr detaillierte Karte.« Er fand die entsprechende, und wir falteten sie auseinander, um zu sehen, ob der Fluss darauf verzeichnet war. Ich war den ganzen Tag Auto gefahren und brauchte meine Brille. Meinem ersten Eindruck nach war das Blatt eigentlich fast leer. Vielleicht sind manche Farben nicht herausgekommen, dachte ich.

»Können wir näher zum Fenster gehen?«, fragte ich, und der Ladenbesitzer trug die Karte wie ein Origami-Schwanennest in ein Rechteck aus Sonnenlicht. Das machte das Papier zunächst noch weißer, aber dann gewöhnten sich meine Augen daran, und ich erkannte, dass es die richtige Karte war.

In einer Ecke des Blattes war ein blauer Keil: das Meer. An der Küste entlang verlief die A9, hübsch lang und pinkfarben. Ich sah den Fischerort Dunbeath und einen blauen, verknoteten Schnörkel, den Fluss. Zu beiden Seiten des breiten flachen Flusstals lagen Wälder, ein paar Gebäude, Ruinen – Old Sheilings, Burnt Mound, Standing Stone. Mehr nicht. Viel weiter nördlich waren ein großer Forst in Grün und ein paar terracottafarbene netzartige Linien verzeichnet. Die weißen Flächen mussten Moorland sein, und ja, es gab kleine blaue Strichbüschel, schwer erkennbar und unauffällig wie falsche Wimpern: Sumpfgebiet. Wo die Linien sich verbanden, das heißt, wo das Land anstieg, waren blaue

Flecken, willkürlich verteilt wie verspritzte Tinte. Daneben standen die Worte *dubh lochs*.

»Was sind ›*dubh lochs*‹?«

»Schwarze Seen«, sagte der Ladenbesitzer. Ich hatte keine Ahnung, wovon er redete. »Manchmal sind sie nur wenige Meter breit, aber das Gelände ringsherum ist löchrig wie ein Schwamm. Halten Sie sich von den *dubh lochs* fern und benutzen Sie einen Stock, um abzumessen, wie tief das Wasser ist, selbst wenn es nur wie ein Tümpel aussieht.«

Eine jähe Angst überfiel mich, als entwiche auf einmal alle Energie aus meinem Körper.

»Ah gut«, sagte ich. »Aber ich will ja nur dem Fluss folgen.«

Ich fuhr mit dem Finger an der blauen Linie entlang, über die Knickfalten der Karte hinweg durch die sacht ansteigende Landschaft. Auch der Fluss wand sich höher, Nebenflüsse mündeten hinein. Dann wurde sein Verlauf diffus, labyrinthisch, die Wasserlinien waren so harmonisch verteilt wie Finger an einer Hand, sodass man nicht erkennen konnte, welcher Bach zur Quelle führte. Es war kein *loch* dort, kein daumennagelgroßes Oval, die verstreuten Teiche wurden in einer erschreckenden Leere und Einsamkeit stetig weniger. Hätte ich die Karte vor zwei Monaten gesehen, vor meinem Aufbruch nach Norden, wäre ich nie bis hierher gefahren. Ich war unsicher, ob dieses neue Wissen von Vorteil war oder ob ich mich besser ohne Karte nach Dunbeath hätte begeben und einfach nur dem Wasserlauf folgen sollen. Ich hoffte, dass der richtige Weg sich mir an einer der Stellen erschließen würde, wo sich die Nebenflüsse in den Fluss ergossen.

Der Ladenbesitzer war nett, wollte aber nun doch nach Hause. Ich dankte ihm und fuhr mit der Karte und dem Biwaksack zurück nach Grantown-on-Spey.

Der Wald drängte fast bis ins Zentrum der kleinen Stadt. Jenseits der Wälder war der Fluss. Da bis zum Abendessen immer noch ein wenig Zeit blieb, beschloss ich, zum Spey hinunterzugehen. Ich folgte dem Schild zu einem Fußweg, der, zu beiden Seiten von einem grünschwarzen Vorhang aus Tannen gesäumt, wie ein Korridor wirkte. Die Abstände zwischen den Bäumen wurden größer, und an den lichteren Stellen wuchs Leben aus dem weniger dick mit Nadeln bedeckten Boden. Die Sommerblaubeeren waren schon abgeerntet und die Brombeeren noch nicht reif. Goldfarbene Flechten wuchsen in Tuffs auf kupferfarbenen Quarzsteinen, von der torfigen Erde gefärbt. Fliegenpilze schoben sich durchs Moos. Ein kräftiger Geruch nach Wald und süßlichem Harz, der mich an Kirchen erinnerte, darunter Pilze und ganz unten Mulch. Blätter schwebten wie Konfetti durch die Bäume, die ersten Anzeichen für eine Änderung im Luftdruck, die Wetterfront, vor der ich den ganzen Tag hergefahren war.

In meiner Erinnerung floss das Wasser des Spey glatt und schwarz zwischen grünen Ufern, und aus den untiefen Stellen unter der Brücke sprangen Fische. In den sandigen Buchten, Stränden in Kindergröße, hatte ich damals Dämme gebaut und Glasaale gefangen, die ich als Köder für Forellen benutzte. Meine Aalfalle war eine Weinflasche, in deren Boden ein Loch und über deren Hals ein Nylonstrumpf meiner Mutter gespannt war. Ich legte die Flasche zwischen die Kieselsteine im flachen Wasser, wo die Glasaale entlangschwammen. Ein Stückchen Bauchspeck lockte sie durch das Loch im Boden, und weil sie nur in eine Richtung schwammen, versperrte ihnen der Strumpf am anderen Ende den weiteren Weg. Das Herz, sie auf einen Haken aufzuspießen, hatte ich nie. Alle wurden wieder in den Fluss gesetzt, wenn ich sie eine kleine Ewigkeit beobachtet hatte. Die stumpfe Flasche mit den wellenförmig wedelnden Aalen war so faszinierend und geheimnisvoll wie Aladins Wunderlampe.

Doch als ich an diesem Augustnachmittag aus dem Wald trat, empfing mich ein angeschwollener, trüber, erstickender Fluss, dicht von einer Pflanzendecke mit unzähligen Blüten bedeckt, die wie Gänseblümchen aussahen. Ein Ophelia-Fluss, der sich an schweren, schlammigen Ufern entlangwälzte. Ich musste an den Abfall denken, der die überspülten Ufer des Skell verdreckt hatte, und das Wasser, dass durch die Tanks der Fischtreppe in Pitlochry sprudelte. Schließlich begriff ich, dass ich auf das Werk wochenlanger Regenfälle blickte. Nach dem sonnenreichen Sommer auf der Halbinsel Llŷn, die in ihrem eigenen Mikroklima geschützt lag, war das umso befremdlicher. Geschichten von landesweiten Überschwemmungen und Zeitungsbilder von unter Liegestühlen schwimmenden Enten hatten unsere walisischen Gestade zwar erreicht, erschienen uns aber so unwahrscheinlich und wunderlich wie Märchen.

Ich versuchte die Stelle zu finden, an der ich meine erste Forelle gefangen hatte. Ich war sieben Jahre jünger als mein Bruder und durfte oft nicht mit, wenn er und unsere gleichaltrigen Cousins und Cousinen auf Entdeckungstour gingen. Aber manchmal nahm mich Mr Yields mit zum Angeln. Ich erinnerte mich nun, wie meine Tante Marge einmal in einem cremefarbenen Kunststoffregenmantel ans Flussufer gestakst kam, vorsichtig, aber kess und mit völlig ungeeigneten Absätzen, ihr Lächeln ein zinnoberroter Strich, die unnötige Sonnenbrille schimmerte im blassen Licht.

Meine Mutter und ihre Schwester Marge waren beide schottisch-walisischer Herkunft. Meine Mutter war mit ihrem hellbraunen Haar und den sanften blauen Augen ihrer Großmutter die Schottin. Sie hatte feine Züge, war liebenswürdig und zartgliedrig und fühlte sich auf den Mooren zu Hause, in den Bergen, draußen im Freien. Meine Tante dagegen, groß und üppig, mit rabenschwarzem Haar, kam nach ihrem Urgroßvater, einem Waliser namens Ifan Evans. Ich bin sicher, dass ich mal ein Foto von Marge als jungem Mädchen gesehen habe, auf dem sie einen hohen walisischen Hut trug und ein Wolltuch fest um die Schultern gewickelt. Aber in den 1970ern fühlte sie sich am wohlsten mit einem Cocktail im Highball-Glas zwischen den Fingern mit quietschroten Nägeln. Zum ersten Mal kam mir jetzt der Gedanke, wie eigenartig es gewesen war, dass Tante Marge hier am Fluss auftauchte und mit Mr Yields davonschlenderte. Ich sollte dort bleiben und die Angelschnüre im Auge behalten. »So, du passt auf die Schnüre auf … Lass den Schwimmer nicht aus dem Blick …« Nach einer Weile kamen sie zurück. Ich erinnerte mich, dass ich in der Holzhütte eines Anglers Schutz vor dem Regen gesucht hatte. Allein! Ein paar Tage vor dem Angelausflug mit Mr Yields hatte mein Großvater, der immer ein mit Perlen besetztes Taschenmesser dabeihatte, angeblich zum Apfelzerteilen, unsere Initialen mit einem Herzen darum in einen der Hüttenpfosten geschnitzt. Beim Warten auf Tante Marges und Mr Yields Rückkehr vertrieb ich mir die Zeit damit, die Buchstaben mit einem Filzstift auszumalen. Regentropfen hatten auf der Wasseroberfläche Kreise gemacht, groß wie mein Kopf. Jeder Kreis war mit dem nächsten verschmolzen, und zusammen hatten sie Muster gebildet, dicht wie Chrysanthemenblüten. Damals fand ich den Fluss, anders als jetzt, kein bisschen gefährlich. Aber ich wäre auch nie auf die Idee verfallen, hineinzuwaten oder den Erwachsenen nachzulaufen. Ich hatte einen gegabelten Zweig als Stütze genutzt, meine Angel darauf gelegt und mich meiner Kunst hingegeben, meinem persönlichen Akt von Vandalismus.

An einer Biegung des Flusses kam ich zu einem Holzunterstand. Er war überall ausgebessert und repariert worden. Von einem Herzen oder einem Pfeil war nichts zu sehen. Ich drehte und wendete die Erinnerung und zweifelte nun daran, denn eigentlich konnte es so nicht gewesen sein. Aber mir wurde kalt, schon folgte der Regen dem auffrischenden Wind, und ich verließ den Fluss und eilte durch den knackenden Wald zum Hotel zurück.

Als ich dort ankam, war ich bis auf die Haut durchnässt. Ich ging die gebohnerte Treppe hinauf, spürte die Maserung des dunkel karamellfarbenen Eichengeländers, meine nasse Hand klebte ein wenig daran, und dann kam mir an einer rechtwinkligen Biegung plötzlich noch ein Erinnerungssplitter, hell und durchscheinend. Ich hatte deutlich vor Augen, wie ich auf dem Treppenabsatz im ersten Stock kauerte, das Haar ungekämmt, die Schnürsenkel meiner feuchten Turnschuhe wie schmutzige Würmer, und durch die Holzstreben sehr aufmerksam beobachtete, wie mein Onkel, der Jazzmusiker mit Haarmähne und kantigen Wangenknochen wie Chet Baker, warnend seine Hand erhob und sich über die Treppe hinweg vehement mit Mr Yields, in Weste und Tweed, stritt – vermutlich konnten es alle hören, denn der Treppenflur verstärkte den Lärm. Mr Yields blinzelte und rieb seine Brillengläser, hielt aber dagegen.

»Sie müssen meiner Frau nicht das Angeln beibringen!«

Als wir zum ersten Mal hier gewesen waren, war auch Mrs Yields dabei, aber in den folgenden Jahren kam Mr Yields immer allein. Beim ersten Mal hatte ich angenommen, sie sei seine Mutter, weil sie keine Kinder mithatten. Vermutlich hatten sie keine. Mrs Yields lila getöntes Haar bauschte sich als flaumige Wolke über einem apricotfarbenen Twinset und rosa Perlen, deren Farbe genau den Plastikbügeln ihrer Brille entsprach. Meine einzige Erinnerung an sie ist, wie sie einmal abends im Gesellschaftszimmer gelesen hatte, gerade ein weiches ledernes Lesezeichen zwischen die Seiten ihres Romans steckte und sich die Brille auf der Nase zurechtrückte, als mein Onkel und mein Cousin lachend vor sie traten, ihrer Meinung nach prächtig ausstaffiert in … Wathosen! Sie wollten zum Angeln gehen, nachts, unter der Brücke. Mrs Yields fand es offenbar wenig amüsant, dass ein Mann und ein Junge in einem Gesellschaftszimmer Wathosen trugen, und da mussten sie noch mehr lachen.

In den Jahren danach erzählte uns Mr Yields, seine Frau besuche jetzt immer ihre Schwester, weil sie meinte, die Highlands bekämen ihr nicht. Ich entwickelte die fixe Idee, Mrs Yields sei chronisch krank. Ich wusste zwar nicht, was das Wort bedeutete, aber es klang exotisch, wenn auch nur mäßig interessant. Ich glaubte, dass man im Bett frühstückte, und zwar jeden Tag. Ich hatte Alfred Hitchcocks *Das Fenster zum Hof* gesehen, in dem die bettlägerige Gattin zerhackt in einen großen Koffer gepackt wird. Die chronische Krankheit habe ich aber wahrscheinlich erfunden, denn warum sollte jemand zu Hause bleiben, wenn er Ferien in Schottland hätte machen können? Mit uns.

Im Bemühen, meine Erinnerungen zu ordnen, suchte ich an den durchnummerierten Türen nach Hinweisen. Da öffnete sich eine, und eine Frau trat heraus. Bevor sie die Tür wieder schloss, erhaschte ich einen kurzen Blick auf ein Doppelbett und ein Flügelfenster dahinter. Auf dem Bett saß ein Mann und zog sich Socken an. Das Bett und das Fenster waren mir vertraut. Und ich meinte, auch Mr Yields habe einmal auf der Kante des Betts meiner Tante gesessen, vor ebendiesem Flügelfenster oder einem sehr ähnlichen. Tante Marge hatte oft Probleme mit der Lunge, aber warum saß Mr Yields auf ihrem Bett? Ich hatte in der Tür gestanden und beide angeschaut; meine Tante unter einem goldfarbenen Federbett schlummerte, vom Fieber erschöpft, aber mit Lippenstift, immer wieder ein. Mr Yields, die Pfeife im Mundwinkel, vertieft in das Kreuzworträtsel der Zeitung, regte sich nicht. Als er mich dastehen sah, hob er zur Begrüßung die Augenbrauen, und die Pfeife rutschte ihm ein bisschen herunter.

Warum wir so viel über die Kelten wissen, liegt unter anderem daran, dass die Römer über sie geschrieben haben, als sie nach Britannien kamen. Cassius Dio, ein römischer Chronist, notierte die Antwort einer britischen Frau auf eine bissige Bemerkung der Kaiserin Julia Augusta: »Wir erfüllen die Anforderungen der Natur viel besser als ihr römischen Weiber, denn wir verkehren offen mit den besten Männern, während ihr euch heimlich von den übelsten zu Ausschweifungen verführen lasst.« Meine Tante, für die ich bis zum Mond geflogen wäre, war in ihren besten Zeiten bestimmt ein Paradebeispiel für ihre Abstammung. Obwohl sie und mein Onkel jetzt weit über achtzig sind, ist er ihr immer noch liebevoll zugetan, so wie sie ihm – und das nach einem leicht überspannten Jahrzehnt, in dem sie geschiedene Leute waren und nie richtig klar wurde, wer nun eigentlich wem Unrecht getan hatte. Sie heirateten nie wieder, wuchsen aber langsam wieder zusammen, so wie die Rinde um eingeritzte Initialen wieder heilt. Ein Schlaganfall vor ein paar Jahren zwang Marge, alles langsamer angehen zu lassen, machte sie aber auch weicher. Sie sieht freilich immer noch keinen Grund, die Geheimnisse zu lüften, die mit ihr gewachsen sind und sie wie Brombeergesträuch umranken. Kürzlich sagte ich etwas zum Kinderfoto ihres jüngsten Sohnes. Mir waren plötzlich die leuchtend blauen Augen und sein wikingerhaftes Aussehen aufgefallen, ein solcher Gegensatz zu dem schwarzen Haar seiner Geschwister.

»Wo um alles in der Welt hat er denn das Haar her?«, fragte ich und merkte erst in dem Augenblick, was ich da gesagt hatte. Um ihre Augen zeigten sich verschmitzte Fältchen.

»Meinst du, es ist Zeit für die Wahrheit?«

Ich betrachtete das Foto noch einmal genauer, erkannte die Chet-Baker-Wangenknochen und die wilde Haarmähne. Die Farbe war anders, aber mein Cousin blieb das Ebenbild meines Onkels. »Wirklich?«, fragte ich, und sie brach in perlendes Gelächter aus: »Also, trinken wir noch einen Gin-Tonic oder machst du eine Flasche Wein auf?«

Als ich den Schlüssel in der Tür zu meinem Zimmer rumdrehte, zitterte ich. Ich legte den Biwaksack und die Karte von Caithness auf das Bett. Wie harmlos sie doch im orange-silberfarbenen Umschlag mit dem Foto eines einsamen Radfahrers wirkte. Doch irgendwo in ihren Falten lag der Ort, an dem ich in der nächsten Nacht schlafen würde. Kalt wie mir jetzt schon war, schien das Vorhaben bestenfalls unrealistisch, schlimmstenfalls närrisch. Ich beschloss, ein Bad zu nehmen. Zurück auf dem Flur fand ich unterm Dachvorsprung ein Badezimmer mit rissigem, uraltem Linoleumboden. Ich holte Handtücher aus meinem Zimmer und legte sie auf einen Wäschekorb. Ich ließ nur Heißwasser einlaufen, denn obwohl August war, durchdrang alles eine granitene Kälte. Zu beiden Seiten eines schnell beschlagenen Jugendstilspiegels über dem Waschbecken hingen Stiche von stilisierten Meeresgeschöpfen. An der abblätternden Holztäfelung tropfte das Kondenswasser herunter. Das Wasser in der Wanne kühlte so schnell ab, wie es eingeflossen war. Das Gusseisen stahl die Hitze. Ich ließ das heiße Wasser die ganze Zeit laufen, es gurgelte in den Überlaufabfluss. Kaum hatte ich es abgedreht, weil mir warm genug war, brach in den Leitungen ein Proteststurm los. Außerdem hatte es sich eingeregnet, und der Regen rauschte an den Fenstern herunter, strömte über die Dachschiefer. Ich fühlte, wie mir die Zeit hier unterm Dach entglitt, als verwebe das alte Haus Erinnerungen und Träume miteinander.

Eine Stunde später zog ich Jeans und Pullover an und versuchte, Rupert anzurufen und Evie bei den Verwandten, aber mein Handy hatte keinen Empfang, und auf dem Zimmer gab es kein Telefon mehr. Ich nahm Neil M. Gunns *Highland River* aus meiner Reisetasche. In dem Roman wurde meine morgige Wanderung beschrieben.

Im Esszimmer – Vorlegeservice, knisternde weiße Damasttücher – war für mich gedeckt, aber ich war den ganzen Tag allein gewesen und sehnte mich plötzlich nach der Intimität der Bar. Ein niedriges Knole-Sofa stand neben einem Eichencouchtisch vor dem Kamin. Dorthin setzte ich mich und bestellte einen Salat mit Fleisch vom Rotwild, danach Lachs. Der junge Barmann sprach mit einem deutschen Paar über Whisky. Er war hochgewachsen, blond und blauäugig und strahlte eine große Autorität aus. Ich fragte mich, ob er der abwesende Callum war, den die Empfangsdame erwähnt hatte. Der meine Tasche nicht geholt hatte. Das deutsche Paar wollte wissen, ob ein Single-Malt-

Whisky besser als ein Blend und das Alter ein Hinweis auf Qualität sei. Er antwortete sachkundig, ruhig und äußerte keine persönlichen Vorlieben. Er qualifizierte auch keinen Whisky ab oder urteilte sonstwie, sodass das Paar zwar gut über Whisky informiert wurde, aber immer noch nicht wusste, wie es sich entscheiden sollte. Seine Miene war so undurchdringlich wie die eines Pokerspielers.

Ich schlug den *Highland River* auf. Ich hatte das Buch schon vor Monaten lesen, aber den Fluss nicht durch Lektüre, sondern direkt erleben wollen und war über die ersten Kapitel nicht hinausgekommen. Beim Betrachten der Flurkarte hatte mich allerdings schiere Angst überfallen und nicht mehr verlassen, und der Regen, der weiterhin kübelweise und jetzt hart wie Hagel gegen das Fenster klatschte, ließ mein Unbehagen wachsen.

In Gunns Buch wird erzählt, wie ein Junge eines frühen Morgens von seiner Mutter ausgeschickt wird, Wasser aus einem tiefen Teich im Fluss zu holen. Der Teich ist nicht weit von der Flussmündung, und der Junge stört einen riesigen silbernen Lachs mit blauem Rücken auf. Er ringt mit ihm und bringt ihn an Land.

> »Eine seltsam fatalistische Stimmung überkommt einen Lachs, der sein Leben einem Teich anvertraut hat. Dann schwimmt er wohl auf und ab, um diesen Stein herum, an jenem vorbei, dreht hier um, macht dort wieder kehrt, unternimmt aber nie den Versuch, die bekannte Umgebung zu verlassen. Kein Bombardement von Steinen vertreibt ihn von dort, so gut der Zeitpunkt auch gewählt sein mag. Die Gefahren der Untiefen sind die Gefahren des Unbekannten, des Todes. Wenn der Teich tief genug ist, gleitet der Lachs eher zwischen schwimmenden Menschenbeinen durch, als dass er sich vertreiben lässt, und so rastlos, wie er das macht, ermüdet er schließlich seine Feinde.«

So spannend ich die Handlung auch fand, war ich doch seltsam abgelenkt. Als versuchte ich angestrengt, eine Radiostimme im Nachbarzimmer zu verstehen. Beim Aufschauen bemerkte ich, dass der Barmann meinen Teller wegnahm. Ob ich noch etwas wünsche? Er stand zwischen mir und dem Couchtisch. Unsere Füße berührten sich fast. Er warf einen Blick hinter sich und hinunter auf den klobigen Tisch, der ihm gegen die Waden drückte, und zuckte mit den Schultern, offenbar gleichgültig, ob er zudringlich wirkte. Eigentlich hätte er ja wohl den Tisch von der Seite abdecken sollen. Ich legte das Buch beiseite.

»Ich hätte gern einen Whisky«, sagte ich, »aber ich komme mit und schaue, was Sie haben.« Ich ging an ihm vorbei zum Tresen. Er war aufmerksam, professionell. Wie zuvor hielt er sich mit seinem Urteil völlig zurück. Ich wählte einen Glenfarclas, einen großen ohne Eis, aber er hatte mehrere verschieden alte Flaschen, und ich ließ mich von ihm durch eine weitere Auswahlprozedur leiten. Ein junger Mann kam hinzu. Die beiden wechselten ein paar Worte. Der zweite erbot sich, meine Bestellung aufzunehmen, und ich begriff, es war Schichtwechsel. Mein Barmann stellte das schwere Whiskyglas auf ein Tablett, dazu eine Karaffe Wasser. Ich glitt von dem Barhocker und wollte zu meinem Platz am Kamin zurückgehen, als ein Paar aus dem Speisesaal kam. Der Barmann und ich wurden Zeuge, wie sie sich auf das Sofa setzten, es *be*setzten. Das Tablett schwebte zwischen uns. Er schaute von dem Tablett zu mir, einen kurzen Moment lang wurde sein Blick dunkel, die Pupillen weiteten sich: »Soll ich Ihnen das aufs Zimmer bringen?«

Unsicher, ob ich richtig gehört hatte, konzentrierte ich mich auf den obersten Knopf seines weißen Hemdes, der nicht geschlossen war. Seine Kehle war blass, und zusammen mit dem weißen Baumwollstoff und dem blonden Haar sah er eher wie ein Intellektueller aus. Aber er verströmte eine karamellige Wärme. Das Hemd saß ihm eng an den breiten Schultern, angespannt und rund wie ein Bogen. Schmale Taille, wahrscheinlich kletterte er oder ruderte, seine Schultermuskeln zogen eine Falte über sein glattes Hemd, denn er hielt das Tablett in seiner kräftigen Hand. Die Distanz zwischen uns schien sich erst auszudehnen und dann sehr schnell zu nichts zu schrumpfen. Ich spürte seinen Körper mir gegenüber, ja, spürte in dem Raum zwischen uns ein lautloses, ruckartiges, ganz feines Flirren.

Unsere Blicke trafen sich. Übergang zu einem unbekannten Land. Aber der Moment war endlich.

»Ich trinke den Whisky hier«, sagte ich, »danke.« Die Steine meines Eherings glitzerten unter der Halogenlampe des Tresens. Sein Blick hielt mich fest, und ich spürte die Verheißung darin, sinnliche Freuden, flüchtig wie der Duft heißen Brotes. Ich senkte den Kopf, und als ich wieder hinschaute, war er weg.

Dunbeath

Die A9 erinnerte an einen Bumerang, sie machte einen Bogen über dem Dorf Dunbeath und um es herum, von oben wirkte der Fischereihafen klein. Ich verpasste die Abfahrt, musste umkehren und noch einmal probieren, den kurvenreichen Weg ins Dorf zu finden. Ich hielt vor dem Heritage Centre, holte mir zur Ergänzung meiner Flurkarte eine Touristenkarte und parkte das Auto nah am Fluss. Über mir brummte der Verkehr – leise, laut, leise – an der Küste die östlichen Highlands entlang. Seit der Abfahrt von Liz' Haus war die A9 meine Route gewesen, doch plötzlich schwenkte sie von mir weg. Am Rand einer tiefen Falte im Land stand ich nun unter ihr, vor mir das Meer.

Ich ging zum Hafen. Das Meer war blau und silbern, gestreift wie eine Makrele, und das Moorland, das über Sandsteinklippen hineinrutschte, hatte Farbe und Aussehen eines Hirschfells. Purpurfarbene Heide schimmerte auf dem windgepeitschten Moor, Eisenoxid unter Blattgold, natürliche Mineralpigmente. Blaugraue Wolken zogen vor der Sonne her. Hier und da konnte ich Städtchen ausmachen, wie Liebesbotschaften in den Spalten der Küste. Der Ort hatte eine fast mythische Reinheit, wie eine Bühne, als solle vor diesen Kulissen das Drama nun beginnen.

Auf der südlichen Seite wurde die Flussmündung durch eine Schottermauer offengehalten. Gegenüber lag die Anlegemauer, beide streckten sich ins Meer. Ein Sammelsurium an Müll – ein Schwimmbrett aus Polyester, Möwenfedern, alte Taufetzen, ein Vier-Liter-Plastikbehälter – lag auf dem Strand, ein einsames Fischerboot schaukelte im Wasser. Ich ging zur Spitze der Anlegestelle und blickte ins Wasser hinunter. Es war fast schwarz. Die

Flut schob sich in den Fluss; in den wechselnden Mustern des Wassers Entfernung oder Tiefe abzuschätzen war unmöglich. Dies war der Ort, der Anfang oder das Ende – je nachdem, wie man es betrachtete –, wo der Fluss seine Identität verlor oder wo ich sie entdeckte. Ich blieb reglos stehen, überließ mich der Bewegung des Wassers, meinem Atmen; der Klang meines Herzens und des Bluts in meinen Ohren übertönte das Rauschen des Wassers. Und dann verging der Moment, und der Himmel wurde wieder ein undurchdringliches Dach; das Meer war vor mir, der Fluss hinter mir, das Gefühl des Sichverlierens vorbei.

Ich wandte mich um, schaute flussaufwärts.

Auf dem Strand gegenüber band ein Mann in Wathose, begleitet von einem schwarz-weißen Hund, eine Fliege aus Federn an seine Angelschnur. Auf meiner Seite des Flusses stand eine Bronzestatue des jungen Kenn, des Protagonisten aus *Highland River*, willensstark und entschlossen, die Finger in den Kiemen seines Fischs, fast so groß wie er. Eine kühle Brise zerrte an mir und erinnerte mich daran, dass die Zeit gekommen war – ich musste mich für meinen Weg entscheiden. Der Angler und der Collie waren am südlichen Ufer, zu dem man über einen Steg kam, die Bronzestatue des Jungen mit dem Fisch auf dem anderen. Ich entschied mich für die Statue, würde auf der Nordseite bleiben.

In dem Roman *Griechische Passion* des kretischen Schriftstellers Nikos Kazantzakis probt eine Gruppe Dorfbewohner das Passionsspiel. Über viele Wochen hinweg machen sich die Laienschauspieler die uralten Zeilen zu eigen und entwickeln allmählich die Eigenschaften der Figuren, die sie spielen. Als ich an der Statue und an ordentlich gestapelten Hummerkörben vorbeikam, hatte auch ich das Gefühl, als nähme ich an etwas teil, als spielte ich eine Rolle.

Ich ging unter dem Viadukt entlang. Auf der Touristenkarte aus dem Heritage Centre war am Ufer des Flusses ein schwarzer

Punkt, der Teich, in dem Kenn im *Highland River* seinen Lachs gefangen hat. Ich sah einen Zufluss mit ein paar Trittsteinen, wusste aber nicht, ob es der richtige war. War er wegen der jüngsten Überschwemmungen nicht zu erkennen? Ein gut ausgeschilderter Fußweg verlief unter einer zweiten, älteren Brücke, die beide Teile des Dorfes miteinander verband. Der Weg wurde offensichtlich regelmäßig benutzt; die ersten paar hundert Meter am Ufer entlang waren übersät mit alten und frischen Hundehaufen, als läge dieser Abschnitt in einem Stadtpark. Die Liebe zu den Hinweisschildern zeigte sich in Dunbeath so deutlich wie am Mersey, an der Fountains Abbey und schon in Pitlochry. Während die englischen Schilder aber Richtungen wiesen, sogar Verhaltensanweisungen gaben, konzentrierten sich die schottischen auf zu vermeidende Missgeschicke: »Lebensgefährlich: Betreten verboten«, »Achtung! – Überirdische Stromleitungen – Angeln verboten.« »Benutzung dieser Brücke auf eigene Gefahr.« »Werfen Sie die Angel umsichtig aus!« Strichmännchen in verschiedenen Notsituationen – vom Blitz getroffen, ins Wasser purzelnd – illustrierten die Tücken.

Nach ein paar hundert Metern kam eine Mauer, die sich fast bis zum Ufer erstreckte. Sie erhob sich aus einer Ruine auf einer aufgeschütteten Erhebung über dem Ufer. Laut Karte war das die Stätte eines alten Klosters, das Haus des Friedens. Die Steine waren grün, moosbedeckt, nahebei fand sich ein Farmhaus mit dem Namen Ballachly, Friedhof. In der Touristenkarte hieß es, dass ein Nebenfluss des Dunbeath Water einmal über die Ufer getreten sei und die Toten angehoben und an anderer Stelle wieder niedergelegt habe. Der Farmer, der die verstreuten Überreste in diesem Feld untergepflügt habe, sei von dem Tage an vom Unheil verfolgt worden.

Ein Holzsteg führte über den Nebenfluss und ein Pfad zum Dun Beath Broch, den Resten eines eisenzeitlichen runden Steinturms, der auf beiden Karten verzeichnet war. Ich ging weiter, wollte mich nicht ablenken lassen, doch das Flussufer knisterte vor Erinnerungen an menschliche Wohnstätten. Nach wenigen Metern gelangte ich zu einem Hüttenkreis, das alte Feldsystem war weiter oben noch sichtbar, und meine Flurkarte war übersät mit Angaben wie »Hügelgrab mit Kammern«, »Steinbruch (außer Betrieb)«, »Siedlung«, »Menhir«, »Broch«.

Nah am Ufer bog im rechten Winkel eine Mauer ab. Hinter ihr lag ein vollkommen rechteckiger Buchenhain. Die Bäume waren riesig, und ihre trockenen Blätter zwitscherten und plapperten durch die zischenden Ebereschen und raschelnden Birken auf meiner Seite der Mauer. Eine andere Ecke bezeichnete das Ende des umschlossenen Buchenhains, und kleine Bäume drängten sich bis dicht an beide Ufer des Flusses. Das Sonnenlicht sickerte durch die runden Seidenpapierblätter der Haselsträucher. Gespenstisch bleiche Flechten blühten in Form von Eichenblättern und zierten und versilberten die Haselnussbüsche. Ich riss ein Reis mit grünen Nüssen von einem Ast und zerbiss die noch weichen Schalen. Der milchige Saft aus dem weichen Kern schmeckte nach Gras, als sauge man am Holz eines Eises am Stiel, ohne dass man vorher das süße Eis geleckt hatte. Ich riss mir noch ein Zweiglein ab und steckte es in die Tasche. Die grünen Nüsse machten mich hungriger, als ich ohnehin war.

Der Weg stieg schon die ganze Zeit sanft an, der breite, niedrige Fluss schmatzte. Jetzt aber öffnete sich vor mir eine Schlucht, mit Sandsteinwänden hoch wie eine Kirche. Der Fluss verbreiterte sich zu einem torffarbenen Teich, in seiner Mitte eine Insel aus aufgehäuften Kieseln. Die steil abfallenden Ufer zu beiden Seiten waren grasbewachsen, doch die Schlucht hinter dem Teich schien unpassierbar zu sein. Der rote Stein erhob sich senkrecht über dem Fluss. Ein Stück weit würde ich wahrscheinlich das Ufer verlassen und oben auf der Felswand entlanggehen müssen. Ich setzte mich und nahm einen Apfel aus der Tasche. Die warme, grüne Stelle war wie ein Kreuzgang. Die flachen Ufer und der stille Teich luden zum Schlafen ein. Wenn eine vereinzelte Windbö das Wasser in kleinen spitzen Wellen aufpeitschte, schoss der Fluss kurz hellblitzend hoch, floss dann glatt und wie straffgespannt weiter.

Eine dunkle Flosse durchschnitt die Wasseroberfläche, ein schwarzer Rücken glitt durchs Sonnenlicht. Ein Lachs! Wie gern hätte ich ihn jetzt im Wasser an meinem Arm entlangstreichen gespürt. Ich war fasziniert von seiner vermeintlichen Trägheit und empfand beinahe Ehrfurcht vor seiner explosiven Kraft. Unfähig, mich zu bewegen, dachte ich an Finan Cam of Kinitty, einen irischen Heiligen aus dem sechsten Jahrhundert, der der Legende nach gezeugt wurde, als seine Mutter nächtens in einem Lachsteich schwimmen ging. Sowohl Finan Cams Scharfsinn als auch seine große Weisheit wurden seinem im Wasser lebenden Elternteil zugeschrieben. Der Lachs, den ich nun sah, durchbrach immer wieder die Wasseroberfläche, schnappte sich eine Fliege und hinterließ tellergroße Wellen.

Im *Life of St Kentigern* von Jocelyn of Furness wird die Geschichte einer Highland-Königin erzählt,

> die ein Auge auf einen jungen Soldaten warf,
> der ihr wie der Frühling erschien und bildschön anzusehen war …
> Und als Mann, nur allzu bereit und offen für eine solche Wertschätzung,
> konnte er leicht dazu verführt werden, mit ihr zu schlafen.

Sie gab dem bildschönen Soldaten einen wertvollen Ring, den sie von ihrem Gemahl geschenkt bekommen hatte. Der junge Mann trug das Schmuckstück völlig ungeniert. Der König erfuhr von den Liebenden und lud den Soldaten zu einem Jagdausflug ein. Nach dem Essen schlug er ihm vor, am Ufer des Flusses auszuruhen, und die beiden legten sich hin. Der ahnungslose Soldat schlief sofort ein. Als der König den Ring an seiner nackten Hand sah, war er zwar stark versucht, den jungen Mann an Ort und Stelle zu töten, nahm ihm aber nur den Ring ab und warf ihn ins Wasser.

Als der König nach Hause kam, fragte er seine Gemahlin, wo der Ring sei, den er ihr zur Hochzeit geschenkt habe. Sie erwiderte, der sei in einer bestimmten Truhe, und ging los und tat, als suche sie ihn. Heimlich schickte sie einen Boten zu dem Soldaten, der ihr wiederum ausrichten ließ, er habe den Ring verloren, und sich sofort versteckte. Von Eifersucht verzehrt, beschuldigte der König seine Frau des Ehebruchs, stellte sie unter Bewachung und verkündete, er werde sie töten, wenn sie den Ring nicht binnen drei Tagen herbeibrächte.

Die Königin bat St Kentigern, der am Ufer des Flusses Clyde lebte, um Hilfe. Dieser befahl seinem Diener, mit einer Angel zum Fluss zu gehen und ihm den ersten Fisch zu bringen, den er fangen werde. Den Lachs, den ihm der Diener wenig später überreichte, schnitt der Heilige auf, fand den Ring in dessen Magen und schickte seinen Diener sofort mit dem Juwel zur Königin. Durch den Beweis der Unschuld seiner Gemahlin und der Ungerechtigkeit seiner Anschuldigung wurde der König demütig. Er kniete vor der Königin nieder, bat sie öffentlich um Vergebung und schwor, er werde ihren Verleumder hinrichten lassen. Doch die Königin widersprach wohlweislich: Es sei ihr innigster Wunsch, dass der König sein Herz nicht gegen diesen Menschen verhärte, sondern ihm vergebe. Dann suchte sie den Heiligen auf und legte die Beichte ab. Von nun an führte sie nach seiner Weisung ein geläutertes Leben »und hielt ihre Füße davon ab, noch einmal einen solchen Fehltritt zu tun«. Solange der König lebte, entdeckte ihm die Königin niemals, auf welche Weise ihr Gnade erwiesen worden war. Doch nach seinem Tode erzählte sie die Geschichte allen, die sie hören wollten.

Es war nur natürlich, dass St Kentigern der Königin wohlgesonnen war. Seine eigene Mutter, auch Tochter einer Königin, hatte man von einem Felsen gestürzt, weil sie ein uneheliches Kind empfangen hatte. Als sie das überlebte, setzte ihr Vater sie dort, wo der Ozean am tiefsten war, weit jenseits des Firth of Forth, in einem Coracle ohne Ruder aus und überließ sie der Willkür des Meeres. Sie wurde an einen Strand in der Nähe von Culross gespült, schaffte es bis zur Glut eines verlöschenden Feuers, auf das sie Treibholz schichtete, und gebar ihren Sohn. Das Licht des Feuers zog Hirten an, sie holten Essen für die Mutter und Kleidung für sie und das Kind und brachten beide zum Haus des St Servanus, der ihnen einen Namen gab und für sie sorgte, als seien sie die Seinen. Wie es der Zufall will, lebten die Heiligen Servanus und Kentigern mit einem Abstand von hundert Jahren und hätten einander gar nicht treffen können.

Hinsichtlich der ungeklärten Vaterschaft des Heiligen sagte sein Biograf Jocelyn of Furness lediglich:

> »Wir sind der aufrichtigen Überzeugung, dass es töricht ist, weitere Erkundigungen danach einzuziehen, wer der Sämann war und wie er pflügte oder die Erde bepflanzte, da doch durch die Güte des Herrn diese Erde gute und reichlich Frucht trug.«

Kentigern lebte vor über fünfzehnhundert Jahren. Er wurde auch zärtlich Mungo genannt, was »Lieber« oder »Liebling« bedeutet. Als Eremit versammelte er eine große Gemeinde um sich, und der Ort wurde als »glas cu« bekannt, als »teurer, grüner Ort«. Seine Gemeinde lebt und wächst weiterhin an den Ufern des Clyde.

Glas cu.

Glasgow.

»Gute und reichlich Frucht.«

Der Lachs tauchte in dem Teich neben mir ab. Mein Blick fiel auf seinen gewölbten Rücken, als er die Oberfläche zerteilte, und ich hörte ein »Glgg«, als er wegglitt.

Ich kletterte ein steiles, mit Haselsträuchern überwuchertes Ufer hoch. Unter mir lag der einsame Teich in seiner Kapelle. Am Ufer war es windgeschützt gewesen, aber jetzt spürte ich eine kühle feuchte Brise auf dem Gesicht. Nach Regen fühlte es sich jedoch nicht an. Zwei Moorschneehühner flatterten vor mir auf, mit einem »quääck-quääck-quääck« wie quietschende Torangeln.

Ich hatte eine flache, weite Welt betreten. Die Sonne konnte ich nicht sehen. Der Fluss lag verborgen in der Schlucht. Am nördlichen und südlichen Rand der Ebene waren niedrige zerfurchte Hügel zu sehen. Auf einer Kuppe stemmte sich ein Monolith dem Wind entgegen, als versuche er zu laufen. Dahinter und ein Stück nach Norden drehten sich die Rotoren eines Windparks. Das goldene, graugelbe Hochmoor stieg sacht vor mir an. Zwei dünne schwarze Linien, eine Land-Rover-Spur, verliefen parallel zum nicht sichtbaren Fluss. Gelegentlich trennten niedrige Mauern das Land in Abschnitte. Wie Linien auf einem Spielbrett schufen sie die Illusion von Leere, die intensiver war, als wenn nichts dort gestanden hätte.

Ich näherte mich einem Gatter mit fünf Stangen. Dem Schild nach war das Land dahinter privat, aber »Fußgänger, die den Friedhof besuchen wollen«, waren willkommen. Trotzdem hatte das Schild etwas Abweisendes, vielleicht *wegen* des Wortes »Friedhof«? Hinter mir erblickte ich eine große niedrige Jagdhütte auf einem der Hügel über Dunbeath und fragte mich, ob ich um Erlaubnis hätte fragen sollen, bevor ich hierherkam. Aber »Fußgänger« waren ja willkommen. Ich kletterte über das Gatter und holte die Flurkarte heraus.

Ich stand auf der Schwelle zum vollkommen weißen Bereich, der riesigen leeren Seite, die mich auf der Karte im Campingladen in Aviemore so verunsichert hatte. Drei Orte, Dunbeath, Latheron und Latheronwheel, wurden durch den Bonbonstreifen der A9 miteinander verbunden. In Grün eingefasste Flüsse schlängelten sich durch die Orte und unter der Straße her zum Meer. Verschachtelte, zusammengestoppelte Felder säumten den weißen Bereich entlang der Küste, auf der Karte eine filigrane Bordüre. Landeinwärts waren die Informationen eher spärlich. Bei Tageslicht besehen sogar noch spärlicher, und die vereinzelten Konturen, blauen Linien, Punkte und Grasbüschel blieben so kryptisch wie bei meinem ersten Blick darauf. Es gab keinen Wald oder etwas, das man für einen Berg hätte halten können, und außer den morastigen Ansammlungen der *dubh lochs* auch keinen See.

Die Karte wies als das Naheliegendste den Friedhof aus, auf den das Holzschild hingewiesen hatte. Sehen konnte ich ihn noch nicht. Dahinter lag eine Farm, und diese beiden Dinge waren die letzten Zeichen menschlicher Behausungen diesseits des Flusses – wenn man denn einen Friedhof als Behausung bezeichnen kann. Auf dem gegenüberliegenden Ufer, etwa acht Meilen entfernt, war ein weiteres Gebäude, »Poll Roy«, verzeichnet, aber kein Weg dorthin. Auf meiner Seite des Flusses, hinter der Farm, führte ein Steg über einen Nebenfluss, und dort, nahm ich an, kam ich auch wieder zum Fluss.

Ich erreichte einen sumpfigen Tümpel, mitten darin ein Torfmoorkissen und in dessen Mitte wiederum ein Kaninchen. Es zuckte, als es meine Schritte hörte, bewegte sich ansonsten aber nicht. Sein mir zugewandtes Auge quoll hervor. Es war blind. Ich dachte an den stattlichen, seidigen Hasen am Spurn Point, der mit funkelndem Blick von der Küste weggesprungen war, mein weiser Glücksmeerhase. Warum sehen wir gute Vorzeichen in schönen Dingen, tun aber hässliche rasch als Spinnerei ab? Ich versuchte krampfhaft, das Kaninchen zu ignorieren und die Idee gar nicht erst aufkommen zu lassen, mein Geistführer habe mich verlassen.

Ich wollte das umschlossene Land unbedingt hinter mich bringen und allein sein. Natürlich *war* ich allein. Den ganzen Tag über schon, doch die Spur des Land Rovers, der Friedhof und das Farmhaus vor mir verwiesen alle auf regelmäßigen menschlichen Besuch. Ich fühlte mich verletzlich und ausgeliefert wie am Spurn Point. Vor mir versperrte eine Mauer den Pfad, rechts davon war ein steinerner Grabhügel, den ich schon auf der Karte gesehen hatte. Die Land-Rover-Spur verlief hinter dem Gatter weiter, zwischen dessen Stangen ein Tier seinen Kopf drückte. Aus der Entfernung sah es aus wie eine Ziege – Teufelshörner und Schlitzaugen –, doch als ich näherkam, war es ein Schaf. Weitere Schafe kamen zum Gatter. Weil ich mich näherte oder sie einen Besuch des Schäfers erwarteten? Sie drängten sich dicht an dicht vor dem Gatter und machten keinerlei Anstalten, sich fortzubewegen. Also kletterte ich darüber und streifte mit den Beinen ihre klebrige Wolle und ihre unerwartet knochigen Körper, als ich mich zwischen ihnen durchzwängte. Dann erblickte ich den Friedhof. Er lag nicht weit vom Rand der Schlucht, mit Blick auf den Fluss darunter; seine weißgetünchten Mauern umschlossen lauter elegante schwarze und ockerfarbene Grabsteine. In der Wegbiegung verschob sich beim Näherkommen mein Blickwinkel, und die Grabmäler schienen sich zu bewegen und anders anzuordnen. Das eiserne Pförtchen war mit Kette und Vorhängeschloss abgesperrt. Unten in der Schlucht glitzerte der Fluss. Ich freute mich, ihn wiederzusehen, wie einen alten Freund.

Die Schafe, die sich an die Mauern drückten, sahen vor dem makellosen Weiß schmuddelig aus. Für die Ikonenmaler aus dem sechsten Jahrhundert waren Schafe Gedanken. Ein guter Hirte herrschte über Gedanken, hielt sie im Pferch und konnte sie am Weglaufen hindern. Orpheus war Schäfer. Die Ersten, die das göttliche Licht sahen, das die Geburt Christi verkündete, waren Schäfer. Evies Lieblingsfigur in katalanischen Weihnachtskrippen ist der Caganet, »der Scheißer«. Neben den Hirten, den drei Königen, den Engeln und der Heiligen Familie, den Tieren im Stall und den Weidelämmern hockt der Caganet, mit festem Blick auf die Krippe, die Kleider bis zur Taille hochgerafft, da und verrichtet seine Notdurft.

Nach der Legende war der Caganet einer der Hirten, denen der Engel die frohe Botschaft verkündete, da er aber leider gerade musste und dennoch nichts verpassen wollte, hockte er sich in angemessener Entfernung von der Heiligen Familie hin und erleichterte sich, in staunende Betrachtung versunken. Das Feld wurde von dem Tag an fruchtbar, und der Caganet verkörpert daher, wie wichtig die wechselseitige Beziehung zwischen Mensch und Erde ist – denn während er empfängt, gibt er zurück –, und obendrein erleichtert er sich körperlich und findet geistige Erleuchtung.

Die Farmgebäude wirkten in der Entfernung klein wie Legohäuser, wuchsen aber im Näherkommen; der Spur folgend gelangte ich auf den Hof. Das Moor stieg auf allen Seiten sanft an. Das Haus und die Nebengebäude waren in gutem Zustand. In der Hoffnung, einen Becher und einen Wasserkocher, vielleicht ein Päckchen Kekse oder einen Stuhl zu finden, lugte ich durch ein Küchenfenster. Vergebens. Das Haus war nicht eingerichtet, obwohl in der Scheune frisches Heu und Tierfutter waren.

Ich ging hastig über den Hof, und nachdem ich über einen Durchtritt in der gegenüberliegenden Mauer geklettert war, war ich endlich auf dem offenen Moor. Die Land-Rover-Spur ging hinter dem letzten Feld noch ein bisschen weiter, dann machte sie eine akkurate Kehrtwende. Es gab hier und dort weitere Reste früherer Behausungen, eine alte Zisterne voller Ackergerät, einen Steg. Ich war wieder am Fluss, hier war er glatter, ein sich windendes Band, von einem einzigen Zufluss gespeist. Ich überquerte den Zufluss in Hochstimmung, überrascht, wie warm ums Herz mir beim Anblick des Wassers wurde. Der Fluss verlief sanft und sichtbar immer höher, sein Tal ein abgerundetes V. Meine Angst wie beim ersten Blick auf die Karte war verflogen. Solange ich dem Fluss folgte, konnte ich mich nicht verirren. Er war so beständig und zuverlässig wie ein Ariadnefaden. Die zusammengefaltete Karte packte ich unten in meine Tasche.

Wasser folgt immer dem einfachsten Weg. Rotwild ebenfalls, wenn es sich auch nicht gern die Füße nass macht. Deutliche Spuren am Flussufer, Moos und Schlamm wurden offenbar gemieden. Lächelnd bemerkte ich, dass auch Hirsche und Rehe lieber am nördlichen Ufer entlangliefen. Aus dem Augenwinkel heraus nahm ich eine plötzliche Bewegung wahr und drehte mich um: Eine riesige Herde junger Hirsche rauschte am Horizont entlang, ihre Geweihe schwebten daher wie Shakespeares Wald von Birnam.

Am gegenüberliegenden Ufer war ein Steinhaus – ich hatte Poll Roy erreicht. Ein Wasserfall und eine flache Stufe waren die letzten Merkmale des Flusses, die auf meiner Karte verzeichnet waren, ich hatte mich schon die ganze Zeit auf diesen Ort gefreut. Der Name gefiel mir – er klang heroisch, wie Rob Roy. Poll Roy wirkte wie ein traditionelles, wenn auch verlassenes Farmhaus. Dass keine Straße zum Haus führte, war allerdings merkwürdig. Es erinnerte mich an Dorothys Haus, das im *Zauberer von Oz* aus dem Nichts auf der Bösen Hexe des Ostens landet, nur die roten Pumps fehlten. Am Boden entdeckte ich eine verrostete Drahtschlinge in einer Plastikkiste. Eine Falle. Sie war alt und wurde offenbar gar nicht benutzt. Aber dann trat ich beinahe in eine zweite und bemerkte sogar noch zwei weitere, deren Metallschlingen glänzten. Sie waren neu, und wenn auch eigentlich nicht gefährlich, hätte ich mir doch den Knöchel verstauchen können. Die Vorstellung, jemand käme hierher, machte mir Angst. Ich war mindestens zwei Meilen von der Land-Rover-Spur entfernt. Hinter dem verlassenen Haus verlief ein niedriger Hügelkamm.

Ich setzte mich, holte die Karte hervor und faltete sie auseinander. Hinter den Hügeln verlief ein zweiter Fluss, Berriedale Water, mit einem unbefestigten Uferweg. Später führte dieser vom Fluss weg nach Nordosten, an einem kleinen See vorbei, und überquerte Dunbeath Water ungefähr drei Meilen flussaufwärts von hier. Ich weiß nicht, warum ich das nicht vorher gesehen hatte. Es war mir nicht in den Sinn gekommen, dass man durch die Hügel gehen konnte, um dorthin zu gelangen, und dass ich nicht so weit entfernt von Menschen war, wie ich gedacht hatte.

Der Abend dämmerte. Ich spürte die kühle Luft im Schatten des Hauses, die Dunkelheit verdichtete sich an seiner Seite. Die Stille und die Ungewissheit – war es verlassen oder nicht? – beschäftigten mich wie bei der unteren Farm. Ich fragte mich, wieso es leerstand, obwohl mir natürlich die *clearances* und ihre Folgen bekannt waren. Im achtzehnten und neunzehnten Jahrhundert vertrieben die Landbesitzer in den gesamten Highlands die Pächter aus ihren Cottages. Sie wurden auf schlechteres Land umgesiedelt, an die Küste gedrängt, in die Städte, nach Amerika, Kanada und Australien, und aus ihren Gehöften wurden riesige Schafsfarmen und -weiden. Die gleiche Angst wie beim Anblick des Verrückten am Spurn Point überfiel mich. Ich war nun ungefähr die Hälfte des Flusses entlanggelaufen und wollte die Nacht auf dem Moor verbringen, aber niemandem begegnen, schon gar nicht dem Fallensteller. Wobei mich die Atmosphäre des Hauses nicht minder ängstigte als eine Begegnung mit einem Menschen. Ich beschloss, rasch zum Weg zu laufen. Hinter der Kreuzung, glaubte ich, würde ich schließlich allein sein.

Der Boden stieg an, und der Fluss wurde schmaler, wand sich zwischen Torfabbrüchen, die in einer Höhe von zwei-, dreimal meiner Größe über mir hingen. Ich folgte immer noch den gespaltenen Hufspuren des Rotwildes, die das Ufer sprenkelten. In den Biegungen des Flusses lagen nun weiße Steine, ansonsten war die Erde schwarz, die Wurzeln der Heidepflanzen bildeten einen zottigen Saum oben am Ufer entlang. Weil ich immer wieder auf Fallen am Wildpfad stieß, kletterte ich auf das Torfland hinauf. Ringsumher gab es nichts außer dem Moor und dem Himmel, so weich und weiß wie der Bauch einer Gans. Es war auch vollkommen still, den ohnehin leisen Fluss konnte man hier oben nicht mehr hören. Nichts unterbrach die Linie des Horizonts – weder Fels noch Stein noch Baum. Wie schnell würde ich mich verirren, wenn ich mich vom Wasser entfernte! Die Kargheit des Moores überschwemmte meine Sinne und hungerte sie zugleich aus, und über die verdorrte Heide zu laufen war beschwerlich; sie war struppig und uneben, im Torf waren tiefe Risse. Dieser Ort musste furchterregend sein, wenn man seinen eigenen Sinnen nicht trauen konnte.

Mit zweiundzwanzig war ich bei einem Wahrsager in Brighton. Ich besuchte den Badeort mit meiner nigerianischen Freundin Emma, die in London ihre Doktorarbeit schreiben wollte. Im Bummelzug vom Bahnhof Victoria konnten wir die graugrüne Landschaft Südostenglands durch die sich an den Fensterscheiben unentwegt herunterschlängelnden Regenrinnsale gar nicht erkennen. Es war November. Als wir in Brighton ankamen, hörte der Regen auf. Die Sonne leuchtete unter der Wolkendecke wie eine Taschenlampe unterm Bettzeug. Zick-Zack-Böen – ich musste an zappelnde junge Aale denken – zausten an unserer Kleidung, es gab keinen windstillen Ort. Fisch und Chips futternd gingen wir am Pier spazieren, tranken unseren Tee aus weißen Porzellantassen in einem Café, nörgelten, weil er zu schnell abkühlte, und lümmelten uns in Weidensesseln hinter klappernden Verandafenstern. Die Scheiben erinnerten mich an Abdeckungen für Frühbeete, und ich hatte plötzlich Beatrix Potters Peter

Hase vor Augen, wie er neugierig unter Mr McGregors Gartentor durchkriecht. Schon allein in Brighton zu sein machte mich panisch, aber zum Weglaufen war ich zu müde. Die Stadt sollte erst in zehn Jahren schick werden, wir glichen derweil in unseren Weidensesseln den alten Leuten, die aus den doppeltverglasten Fenstern ihrer Pflegeheime starrten, die sich dicht an dicht an der Küste entlangzogen.

Emma war das gleichgültig, vielleicht war sie aber auch zu sehr in Staunen über diese einfarbige Landschaft versunken. Meine Kenntnisse über Afrika beschränkten sich auf eine Stippvisite in Marokko, die nur zwei Tage gedauert hatte und eine einzige Katastrophe gewesen war. Meine Freundin und ich erregten mit unserer unangemessenen Kleidung und dem kurzen, gebleichten Haar mehr Aufmerksamkeit, als uns lieb war, und konnten überhaupt nicht damit umgehen. Wir verbrachten eine grässliche Nacht in einem billigen Hotel in Tétouan, wo ich meine erste Kakerlake sah, meinen ersten Muezzin hörte und wo es die ganze Nacht an unserer Tür klopfte und unablässig fremde Stimmen murmelten: »M'm'selles! M'm'selles! Möchten Sie den Suq sehen?« Am nächsten Morgen fanden wir den Taxifahrer, der uns hergebracht hatte, und baten ihn inständig, uns zum Hafen zurückzubringen.

Dass Brighton die gleiche Wirkung auf Emma hatte, war unwahrscheinlich. Sie fand es vornehm und bezaubernd oder mochte vielleicht gerade seine vornehme Schäbigkeit, jedenfalls bogen sich ihre Augenbrauen in einem fort vor Lachen, und sie freute sich, überhaupt hier zu sein. Ich dagegen versuchte meine Beklemmung zu bekämpfen und den Wunsch, den Zentralheizungsmief und zimtigen Plastikgeschmack der *teacakes* abzuschütteln. Später gingen wir an den rutschigen, nassen Strand, wo die unterschiedlichsten Händler unter den Bögen der Strandpromenade wie Höhlenbewohner oder Bienen der Nebensaison trotzten. Ich wollte zum Wasser laufen, mich der unbarmherzigen See stellen, das Brausen der Wellen hören und mich von der Gischt bespritzen lassen. Ich fand die ungebändigte Natur in der Stadt reizvoll. Aber Emma zog es zum Leben und Treiben an der Strandpromenade. Sie wollte alles sehen, überall stehenbleiben, und ich hätte es unhöflich gefunden, ihr vorzuschlagen, dass wir uns trennten. Wir kamen an Ständen mit Räucherfisch vorbei, Muscheln, Garnelen, Aal in Aspik. An Fisch-und-Chips-Buden – mit Erbspüree, wie es sich gehört, – und Andenkenläden mit Ansichtskarten, die sich in der feuchten Novemberluft wellten, mit aus Taiwan importierten Tieren aus zusammengeklebten Muscheln. Schließlich sahen wir ein Schild über einer Tür: »Professor Mirza, Berühmter Mystiker des Ostens«. Auf einem Frühstücksbrett waren die Umrisse einer großen Hand abgebildet. Ein Handleser.

Es gab einen Fixpreis fürs Lesen einer Hand, beide zu lesen war doppelt so teuer. Ich musste daran denken, dass man mit dem, was einem zugeteilt wird, leben und das Beste daraus machen sollte. Der Professor wirkte uralt, hatte aber keine Falten im Gesicht. Seine Haut hatte eine warme Mahagonifarbe, wenngleich auch den kreidigen Schleier, den ein englischer Wintertag jedem überwirft. Er trug eine graue wollene Schiffchenmütze. Mich hielt, glaube ich, vor allem der Wunsch, diese Schiffchenmütze anzuschauen. Außerdem war es warm bei dem Wahrsager, und die Vorstellung von den über uns flitzenden kalten Füßen verlieh dem Raum eine urgemütliche Atmosphäre wie in der unterirdischen Wohnung der Wasserratte Ratty am Flussufer in *Der Wind in den Weiden*, in der sich der Maulwurf so überaus wohlfühlte. An den Wänden hingen Briefe. Während Emma mit dem berühmten Hellseher plauderte, studierte ich die gerahmten, oft überschwänglichen Dankschreiben seiner Klienten. Unter anderem einen kurzen, höflichen Brief von Lady Antonia Fraser.

Ich weiß nicht mehr, was Professor Mirza in meiner linken Hand las, außer, dass ich von Natur aus impulsiv sei und mich nicht genug zügele. Aber ich erinnere mich ganz genau, was er in der rechten fand. Ich würde Schriftstellerin werden – ein Detail, an das ich mich komischerweise erst jetzt beim Schreiben erinnere. Ich würde mit mehr als einem Mann leben und mit Mitte dreißig ein Kind bekommen, das mich für den Verlust eines nahen Verwandten entschädigen würde. Zu etwa der gleichen Zeit solle ich mich vor einer psychischen Erkrankung hüten. Den Rest habe ich vergessen. Vielleicht hätte ich mehr zuhören und weniger selbst reden sollen. Ich erklärte dem Wahrsager nämlich, ich würde Filmemacherin werden, hätte schon einen netten Mann und wolle viele Kinder. Er fragte nach dem Geburtsdatum meines Partners und begann, als ich es nannte, zu lachen. Denn das war nicht – du meine Güte, mitnichten! – derjenige, welcher. In seinem Lachen schwang eine große, gütige Autorität mit. Wenn ich seine Prophezeiung akzeptierte, wollte er mir offenbar sagen, hätte ich es auf lange Sicht leichter und könne mich auf meine Zukunft besser vorbereiten. Warum sonst war ich schließlich hier?

Ich tat all die Visionen ab. Die hatte ich nicht hören wollen. Romantische Liebe und Rosen, Erfolg und Reichtum wären mir recht gewesen, den Rest des Tages war ich also schlecht gelaunt. Später habe ich mich manchmal gefragt, ob alles anders gekommen wäre, wenn ich besser aufgepasst hätte. Oder ob alles so kam, *weil* ich zugehört hatte, und mein Leben zur sich selbst erfüllenden Prophezeiung wurde.

In den folgenden Jahren habe ich oft versucht zu vergessen, was ich an dem Tag gehört habe. Es hatte sich nämlich zu einer Fünfzehnjahresvorhersage ausgewachsen. Kurz danach lernte ich Rupert kennen, und die Jahre vergingen, ohne dass ein Baby kam, aber das »Kind, das ich Mitte dreißig bekommen und das mich für den Verlust eines nahen Verwandten entschädigen würde«, tauchte flüchtig, aber beharrlich in meinen Gedanken auf. Manchmal versuchte ich es zu vergessen. Wenn es mein Schicksal war, kinderlos zu bleiben, würde ich das akzeptieren, die Ärmel aufkrempeln und ein anderes Leben führen. Warten hindert einen am Leben. Trotzdem hoffte und bangte ich. Streckte die Hand nach ihr aus – ich wusste, es war eine Sie, ich wusste, wie sie aussah, bis zu der blauen Ader, die sich am äußeren Rand ihres Auges bog wie die Spitze einer Ranke. Die Prophezeiung wurde zur Hoffnung, die mich hielt und beherrschte.

Zwölf Jahre später, als ich mit Evie schwanger wurde, erzählte mir mein Vater, dass er Krebs hatte. Es war an einem frühen, noch dunklen Morgen im November, und er saß auf meinem Bett, in der Hand eine Tasse Tee für mich. Mein wunderbarer Vater. »Alles wird gut«, sagte er.

Plötzlich hatte *ich* eine Zukunftsvision von der Waagschale, in der mein Vater gegen mein sehnsüchtig erwartetes Baby aufgewogen wurde. Kassandra war vom Sonnengott Apollon mit der Gabe der Weissagung beschenkt und später von ihm verflucht worden, sodass niemand ein Wort ihrer Prophezeiungen glaubte. Ich wiederum wollte gar nicht, dass man mir glaubte. Es gab auch niemanden, dem ich davon hätte erzählen können. Anhalten wollte ich es auch nicht, weil ich befürchtete, dass ich mein Einverständnis bereits gegeben hatte. Die Vergangenheit wurde unwesentlich, die Gegenwart unmöglich, indem sie hinter der Vision einer Zukunft verschwand, in der mein größter Wunsch und meine größte Angst in eins fallen würden – wenn Professor Mirzas Prophezeiung zutraf.

Als mein Vater und ich einmal in der Küche standen, legte er – ganz untypisch, denn er war zwar immer sehr warmherzig, hatte es aber nicht so mit dem Anfassen – die Arme um mich, hielt mich eng an sich gedrückt und vergrub sein Gesicht in meinem Haar, als könne er durch den Geruch meine Essenz bewahren, sie seiner Seele einprägen. Ich spürte, wie knochig er geworden war, schon von der Krankheit gezeichnet, und einerlei, wie eng wir beieinander standen oder wie fest wir uns umarmten, die Kluft zwischen uns schien sich zu vergrößern, die Luft sich auszudehnen und schließlich fest zu werden. Mein Vater war wie ein Feenkind, das verschwindet, sobald man erkennt, dass es eins ist. Ich hielt ein Bündel von Zweiglein und Federn im Arm, die schon zu Staub zerspleißten.

Es gab eine Gnadenfrist.

Der Krebs hatte in den Knochen meines Vaters Metastasen gebildet, als Evie drei Monate alt war. Er lebte noch siebzehn Monate, während derer die beiden beste Freunde wurden; Evie spricht noch heute mit großer Zuneigung von ihm.

Acht Tage bevor er starb, an dem Tag, als ihn ein Krankenwagen aus der Klinik nach Hause brachte, sah ich, wie ein Flugzeug in ein Gebäude flog. Ich sah es auf einem Fernsehbildschirm in einem Laden, in dem ich noch ein paar Lebensmittel besorgte. Dass man ein tragbares Fernsehgerät neben die Kasse gestellt hatte, war ungewöhnlich. Die Angestellten standen darum versammelt. Ich sah Strichmännchen mit flatternder Kleidung aus zusammensackenden Hochhaustürmen springen und begriff vage, dass etwas Schreckliches passiert sein musste. Ein einziger Gedanke beherrschte mich: Das darf Dad nicht erfahren. Er war so amerikaphil, hatte an der Universität von Princeton gelehrt und uns mit seinen Geschichten von Professor Einstein und John Nash bezaubert, dem brillanten Mathematiker, der wahnsinnig wurde und, die Arme voll Papiere, im Hof der Universität herumgewandert war. Der oscarprämierte Film über ihn *A Beautiful Mind – Genie und Wahnsinn* war just in dem Sommer angelaufen.

Mein *beautiful mind* verlor die Balance. Es war wie ein Zelt in einer Wüste, das wunderbare Dinge barg. Aber der Wind zerrte an den Pflöcken, lockerte die Seile, und Sand wehte herein.

Nach dem Tod meines Vaters fand ich eine herausgerissene linierte DIN-A4-Seite in einem Aktenordner, der mit »Kate« beschriftet war und in dem sich auch Schulkonzertprogramme und eine mit einem türkisfarbenen Band zusammengebundene Locke meines Babyhaars befanden. Auf dem Blatt Papier standen ein paar Zeilen eines Gedichts, mit blauer Tinte in der geliebten schwungvollen Handschrift meines Vaters. Sie erzählten von einem Traum, den er mal gehabt hatte. Davon, wie der Traum wahr geworden und jetzt hier war, neben ihm. Zuerst dachte ich, er hätte das Gedicht selbst geschrieben. Später entdeckte ich, dass es ein fehlerhaftes Zitat aus dem Text eines Songs von Ira Gershwin war, der »Long Ago And Far Away« heißt.

In den Wochen nach der Beerdigung geriet mein Leben aus den Fugen. Wir lebten zu der Zeit in dem Cottage meines Bruders John, der sagte, wir täten ihm damit einen Gefallen, aber ich argwöhnte, dass er es uns überließ, damit wir meinem Vater nahe sein konnten. Nach Vaters Tod wollten Rupert und ich in unsere Wohnung in London zurückkehren, aber die Tage verstrichen.

Im Wandern hatte ich schon immer Trost gefunden. Mein Vater und ich waren oft zusammen unterwegs gewesen und hatten in den letzten fünfundzwanzig Jahren wahrscheinlich jeden einzelnen Wanderweg durch die Hügel und Wälder rings um das Haus unserer Familie herum erkundet. Als mein Vater schwächer wurde, hatte ich damit begonnen, diese Wege allein oder mit Evie in der Rückentrage zu gehen. Dic Maul- und Klauenseuche machte dem ein Ende. Am Tag nach dem Tod meines Vaters fuhr ich mit dem Auto über die Grenze nach Wales. Der Moel Famau in der Nähe von Ruthin war ein besonderer Freund. Als ich aber dort ankam, hatte die Polizei den Berg mit im Wind knatternden Plastikbändern abgesperrt. Zu Hause war der Zutritt zu allen öffentlichen Wanderwegen über die Felder, zu den Waldpfaden und Bergen verboten. Ich konnte nur noch über Asphalt laufen. Sechseinhalb Millionen Schafe, Rinder und Schweine wurden geschlachtet, jede Woche über achtzigtausend Tiere. Von den brennenden Scheiterhaufen stieg der Rauch hoch, die Feuer brannten wochenlang. Die Maul- und Klauenseuche sollte das Land schließlich acht Milliarden Pfund kosten. Mich kostete sie meinen Verstand.

Der Absturz wurde nicht von Traurigkeit eingeläutet, sondern von einem außerordentlichen Energieschub. Eines Tages fuhr ich die Einfahrt zum Haus meiner Mutter hinauf, im Auto Dinge im Wert von fünftausend Pfund, die ich morgens bei John Lewis gekauft hatte, darunter ein handgeknüpfter Zieglerteppich, ein Satz Stahlkochtöpfe und ein Dyson-Staubsauger, von dem ich ein anderes Modell schon besaß. Eigentlich hatte ich ein Bügeleisen kaufen wollen. Meine Mutter kam zum Auto und fragte, ob sie helfen solle, die Sachen hineinzutragen, aber ich schüttelte nur den Kopf und sagte: »Geht eh alles wieder zurück.« Am nächsten Tag brachte ich es in den Laden. Mein Hochgefühl hatte nicht lange angehalten.

Nach drei Monaten ging ich zum Arzt, überzeugt, an über dreißig aufgelisteten Nebenwirkungen einer antibiotischen Creme zu leiden, und hörte zu meiner Überraschung, ich sei schwer depressiv. Als ich nach Hause kam – wie viel Zeit vergangen war, weiß ich nicht, meine Erinnerung war schlecht und meine Konzentration lachhaft geworden –, stieß ich bei der Recherche über das mir vom Arzt verschriebene Medikament auf eine Reihe von Gegenanzeigen, die vom Hersteller natürlich nicht aufgeführt wurden, wie zum Beispiel Selbstmord und Mord. Angeblich hatte der Rockstar Michael Hutchence, den man vor ein paar Jahren erhängt in seinem Hotelzimmer gefunden hatte, dieses Medikament genommen. Dito ein Mann in den USA, der erst seine Familie massakrierte und dann sich selbst. Ich überging die offensichtliche Tatsache, dass die Männer möglicherweise schon vorher labil gewesen waren, und nahm die Tabletten nicht. Der Arzt riet mir, »zu kooperieren, bevor meine Neurose zur Psychose werde«. Dabei war ich längst psychotisch. Im Postamt hatte ich den Teufel gesehen und fast einen Autounfall verursacht, als ich wegrannte; einer meiner Nachbarn, fiel mir auf, hatte die waagerechten Pupillen einer Ziege und eine Frau Schildkrötenhaut und einen Hals, den sie ausfahren konnte wie das Panzertier.

Mit dem Liverpooler Autor Alan Bleasdale arbeitete ich damals an einem Filmskript. Die Produktion ging nur stockend voran, was ein Segen war, weil das Telefon deshalb nur selten klingelte. In einem klaren Moment fertigte ich mir ein Schaubild an, auf dem ich den Autor – Alan –, den Namen des Redaktionsleiters, des Senders, der Produktionsfirma, die Tatsache, dass man noch keinen Regisseur beauftragt hatte, den Namen des Projekts und eine Zusammenfassung des Plots notierte, mit Kreisen umgab und mit Pfeilen verband, damit ich notfalls ein Gespräch darüber führen konnte, während ich mit dem Zeigefinger über die Linien auf dem Papier fuhr, das ich mit Tesafilm auf meinen Schreibtisch geklebt hatte.

Eines Morgens merkte ich plötzlich, wie ich, einen metallischen Geschmack im Mund, krampfhaft das blutbespritzte Badezimmerwaschbecken umklammerte und hineinstarrte. Rupert stand in der Dusche, die Hände vors Gesicht geschlagen, und weinte. Ich hatte keine Ahnung, was passiert war oder was ich gesagt oder getan hatte. Ich nahm an, dass das Blut von mir war, dass es aus meinem Hals kam, weil ich vermutlich geschrien hatte. Ich erkannte mein Gesicht nicht mehr im Spiegel. Es machte mir Angst.

An einem anderen Tag – ich war müde, immer so schrecklich müde – beschloss ich, mir eine Tasse Tee zu machen und mich dann während Evies Mittagsschlaf hinzulegen. Ich ging mit der Tasse zum Schlafzimmerfenster, um die Vorhänge zuzuziehen. Auf der Fensterbank standen fünf Tassen mit Tee, lauwarm bis eben erst aufgebrüht. Ich sah, wie die Sonne mandarinenfarben und zartlila hinter unserem Obstgarten verschwand, und fand sie wunderschön. Die Vögel hatten begonnen, zu zwitschern und herumzuhüpfen, ein letztes munteres Treiben vor Einbruch der Nacht. Ich hörte eine Amsel singen und eine Türkentaube gurren. Daran, dass ich die Tassen mit dem Tee auf das Fensterbrett gestellt hatte, erinnerte ich mich nicht. Wie lange mochte es wohl gedauert haben, den Tee zu machen, und war wirklich ich es gewesen, die ihn aufgebrüht und hier hingestellt hatte? Zum ersten Mal in meinem Leben verstand ich, warum man Selbstmord unter bestimmten Umständen vernünftig, ja sinnvoll findet.

Trotz solcher Vorkommnisse bildete ich mir immer noch ein, es gehe mir gut, doch in den Gesichtern von Freunden und Familienangehörigen las ich, dass dem vermutlich nicht so war. Dass ich immerhin noch begriff, dass zwischen dem, was ich fühlte, und dem, was ich sah, eine Kluft bestand, ließ mich hoffen. Meinen Sinnen konnte ich freilich nicht immer trauen. Manchmal verschoben sich die Wände oder wölbten sich, und meine größte Furcht war, einzuschlafen und wahnsinnig aufzuwachen. Noch wahnsinniger. Evie – dass ich mich um sie kümmern, sie füttern, waschen, alles für sie tun musste – war der Grund durchzuhalten. Man konnte sie keinen Moment allein lassen. Sie zwang mich in die Gegenwart.

Einem Priester verdanke ich meine Genesung. Wenn ich zum Arzt musste, stellte ich mein Auto üblicherweise auf einem wochentags meist leeren Parkplatz vor einer katholischen Kirche ab. Obwohl ich seit zwanzig Jahren eine Kirche nur noch zu Hochzeiten oder Beerdigungen betreten hatte, klopfte ich eines Tages an die Tür des Pfarrhauses. Der Priester bat mich herein, wir setzten uns an einen Tisch, und ich versuchte, ein Glas Wasser vor mir, den Grund meines Besuches zu schildern.

Misstrauisch schaute er mich an, wie einen bissigen Hund. Ich kannte den Blick. Doch der Priester hatte keine Angst – weder vor mir noch dem Zustand, den zu beschreiben ich mich bemühte –, und ich fasste Vertrauen zu ihm. Ich erzählte ihm, dass ich am letzten Lebenstag meines Vaters gesehen hatte, wie sein Geist den Körper, wie er unser Haus verließ. Es hatte vor Morgengrauen begonnen. Ich schlief im Schlafzimmer meiner Eltern, das Babyphone neben mir, damit ich meinen Vater unten in seinem Krankenhausbett atmen hören konnte. Plötzlich weckte mich seine Stimme, die Vokale in dem Überwachungsgerät klangen abgeflacht und verzerrt. Wörter konnte ich nicht heraushören. Die Schmerzen meines Vaters waren kaum zu lindern. Das Morphium sedierte seinen Verstand, wirkte aber nicht bis in die Knochen. Am Tag zuvor hatte ich die Schwestern angefleht, ihn nicht zu waschen, damit sie ihn nicht wenden mussten, hatte ihm saubere Leinenservietten links und rechts neben das Gesicht gelegt und das schweißgetränkte Kissen nicht gewechselt. Das letzte Wort, das ich von ihm hörte, war »Tortur«.

Ich wollte zu ihm gehen, war aber zu müde um aufzustehen. Ich wusste, meine Mutter war bei ihm, sie schlief unruhig in einem Bett neben seinem. Ihr regelmäßiges Atmen knackte im Babyphone. Meine Schwägerin Maria und ich hatten uns Tag und Nacht mit der Pflege abgewechselt. Mein Vater wollte keine Pflegerin rund um die Uhr, das wollten wir alle nicht, doch ich hatte – außer in kurzen Momenten – seit fünf Tagen nicht geschlafen. Schließlich zwang ich mich aus dem Bett und ging hinunter. Tastete mich an der Wand entlang, weil ich das Geländer nicht sehen konnte. Als ich zu meinem Vater kam, hatte sich Stille über ihn gesenkt, erst einmal waren die Todesqualen wieder vergangen, er atmete tief und gleichmäßig. Ich setzte mich zu ihm und nahm vorsichtig seine Hand, es tat ihm ja alles weh. Es war der neunzehnte September – der Geburtstag seines Vaters –, und als ich es ihm sagte, hatte ich das Gefühl, dass er mich hörte. Am Nachmittag zuvor hatte Rupert ihn rasiert und seine Haut war glatt und weich. »Kein Haar auf Gesicht«, hatte mein Vater gesagt. Ich ging zum Kühlschrank und öffnete eine Flasche Sancerre. Da mein Vater nicht mehr schlucken konnte, benetzte ich ihm die Lippen mit in kaltem Wein getränkter Watte und säuberte ihm mit einem ebenfalls in Wein getauchten Q-Tip Zähne und Zahnfleisch. Als ich mir ein Glas eingoss, bemerkte ich das Licht. Zuerst dachte ich, ich hätte mich geirrt. Das Licht war wie der Schein um eine Kerzenflamme oder eine Straßenlaterne in feinem Nebel. Es war orangefarben und strömte aus seinem Körper. Ich sah es nur aus bestimmten Blickwinkeln.

Im Laufe des langen Tages füllte sich das Haus mit Menschengemurmel. Mein Vater atmete manchmal mehrere Stunden lang heftig, dann wieder nur schwach, und die Abstände zwischen jedem zerrissenen Atemzug wurden länger. Es herrschte eine sehr angespannte Atmosphäre. Jemand brachte den Gezeitenplan des Hafens von Liverpool mit. Wir schauten die Tabelle an und verglichen die Zeiten mit seinem Atmen. »Er geht mit der Ebbe«, sagte Maria. Mittags riefen wir meinen Bruder John von der Arbeit nach Hause. Aber dann mit der Flut kehrte Vaters Kraft noch einmal zurück, ansatzlos wie die Flutwelle des Flusses. Weil wir alle überzeugt waren, dass er mit dem Wasser im Einklang war, fuhr John wieder zur Arbeit und wollte vor dem Ende der nächsten Flut am frühen Abend zurückkommen. Als die Gezeiten erneut wechselten, war Vaters Familie um ihn versammelt. Zwischen jedem Atemzug klafften Sekunden. Die Abstände zwischen Einatmen und Ausatmen wurden länger. Der Raum war voller Menschen, fast neunzehn waren im Haus. Die Gemeindeschwester kam vorbei.

»Versuchen Sie, Ihre Mutter dazu zu bringen, dass sie das Zimmer verlässt«, sagte sie. »Seine Liebe zu ihr bindet ihn ans Leben. Ein paar Augenblicke reichen.« Wir staunten über die Weisheit der Schwester und überredeten meine Mutter unter dem Vorwand, sie solle etwas essen, einen Moment von Vaters Seite zu weichen. John und Rupert setzten sich links und rechts neben ihn und hielten seine Hände. Kaum hatte sich meine Mutter an den Tisch in einem Zimmer auf der anderen Seite des Flur gesetzt und erklärt, sie habe keinen Appetit, riefen uns John und Rupert zurück.

Als wir in der Tür standen, kam ein Seufzer aus Vaters Körper. Meine Mutter ergriff seine beiden Hände, beugte sich hinunter, küsste ihn und setzte sich dann zu ihm. Mein Onkel Dennis schlug sich mit den Fäusten an die Brust und brüllte, den Kopf zurückgelegt, den Mund aufgerissen wie ein Picasso-Stier. Immer mehr Menschen kamen ins Zimmer; wie Planeten kreisten sie um die furchtbare Stille, die mein Vater war. Am Boden um das Bett lag mein blondes Haar wie Sommerspinnweben, es fiel mir seit Tagen aus. Jemand hatte eine Schachtel mit süßen Brötchen aus der Dorfbäckerei mitgebracht, »für die Trauernden«. Ich schlug den Deckel auf, setzte mich neben meinen Vater und aß sie alle. Überall im Haus rührte und regte es sich, es wurde viel getrunken, Tee, Whisky, Wein. Jemand rief den Arzt an, den Bestatter. Wir fragten, ob wir unseren Vater noch über Nacht dabehalten dürften. Ja, kein Problem. Ich überlegte, wo Evie war. Im Verlauf der vielen Stunden war sie von einem Freund zum anderen weitergereicht worden. Jetzt sah ich auch, dass der orangefarbene Schimmer verschwunden war, und überlegte, ob man ihn wegen des elektrischen Lichts nicht mehr sehen konnte. Plötzlich sah ich ihn wieder. Er kam nicht mehr aus Vaters Körper, sondern war nun eine Wolke in Gestalt eines Mannes unter der Zimmerdecke. Ich stieg aufs Fensterbrett, öffnete das oberste Fenster und sah zu, wie die Gestalt in den Septemberhimmel glitt. Nachts schlief John auf dem Sofa neben unserem toten Vater, am nächsten Tag kam der Bestatter.

Der Priester schaute mich an, die Fingerspitzen gegeneinandergedrückt, seine Hände bildeten eine Kirche. Ich sei nicht verrückt oder psychisch krank, sagte er. Am Mittelmeer würde man sagen, ich sei »vor Trauer wahnsinnig geworden«. Was ich beschrieben hätte, sei ihm nicht unbekannt. Eine Aura zu sehen sei kein Symptom einer Psychose. Die katholische Kirche habe aus vielen Jahrhunderten zahlreiche Belege dafür. Die Gefährten des Franz von Assisi berichteten, dass genau ein solcher orangefarbener Schimmer unter der Zellentür des Heiligen hervorgestiegen sei, wenn er betete. Der Priester vermittelte mir das Gespräch mit einem Jesuiten und einer Nonne, die sowohl seelsorgerisch als auch im Counseling ausgebildet war. Ich erinnere mich an wenig, nur dass Schwester Josephine mir Fotos zeigte – von aufgebrachten Menschenmengen, Wüsten, Kindern, vom Krieg, von einem Fluss, einem Stier und einem Matador. Langsam dämmerte mir, dass es eine Welt jenseits meines Kummers gab.

Ich fing an Rad zu fahren, jeden Morgen im Morgengrauen. Rupert kümmerte sich derweil um Evie. Ich fuhr meilenweit über Landstraßen. An einem Morgen sah ich im Näherkommen einen pummeligen grauen Dachs schnell in einen Graben watscheln. Ein anderes Mal fuhr ich unter einer Eiche her, in der neun Bussarde und, nur eine Astlänge entfernt, eine Schar Türkentauben saßen. Noch herrschte Waffenstillstand. Am schilfumstandenen Hatchmere Lake sah ich eine Familie von Höckerschwänen, die reinweißen Eltern am Straßenrand, die schmuddelig aussehenden Jungschwäne hinter ihnen. Oft fuhr ich über die zerfurchte Straße, die auf und ab wie eine Achterbahn durch den uralten Forst von Delamere führte. Ich wuchs wieder in die Welt hinein, die mich hielt, verband mich wieder mit ihr. Schritt für Schritt fügte ich mich wieder ein.

Ich stieg zurück ins Flussbett voller leuchtendgrünem, jungem, knöcheltiefem Gras. Ich freute mich, wieder beim Wasser zu sein. Der Fluss war hier kaum breiter als ein Bach, aber mein Faden durch das Labyrinth.

Ich hatte das Gefühl, schon seit vielen Stunden unterwegs zu sein, und war unsicher, ob ich den Weg verpasst hatte, der laut Karte nach zwei Dritteln des Flusslaufs über das Wasser führte. War es vielleicht eine Furt und keine Brücke – und ich war daran vorbeigegangen, ohne sie zu bemerken? Der Bach war kaum breiter als mein Arm lang, und die Rotwildfährte ging von einem Ufer zum anderen, weil die Tiere offenbar einen geraderen Weg dem gewundenen am Bach vorzogen. Ich kletterte wieder auf die Heide hinauf. Eine Sumpfohreule schwang sich mit einem »Hi-aah!« vor mir auf; ihre schwarzgeränderten Augen glühten wie Sonnen und brannten zart wie Stiefmütterchen aus blassen Ringen. Das walisische Wort für Eule bedeutet Blumengesicht, nach einer verzauberten Frau aus Blumen, die wegen Ehebruchs und Verschwörung zum Mord an ihrem Mann dazu verurteilt wurde, ihr Gesicht nie wieder im Tageslicht zu zeigen. Die Sonne schien nicht mehr, es war aber auch noch nicht dunkel, und ich versuchte, meine abergläubischen Gedanken wegen des Auftauchens einer Eule am Tage damit zu verdrängen, dass Sumpfohreulen tagaktiv sind. Die Eule flog sofort an ihre alte Stelle zurück und war in der Heide nicht mehr zu sehen. Ich ging weiter. Erschrocken hatte ich mich sicher auch deshalb, weil die Eule auf dem Boden hockte. Aber wo sonst hätte sie sitzen sollen – oder auch ich?

Endlich entdeckte ich den Weg. Er überquerte den Bach auf einer Brücke aus hölzernen Bahnschwellen. Daneben stand eine viereckige Hütte mit Metalldach und sehr großen Fenstern. Im Näherkommen sah ich einen Küchentisch und ein paar Stühle. Der Bach und der Weg – zwei Reifenspuren, die über das Moor führten – bildeten eine perfekte Kreuzung. Die Vorstellung, gesehen zu werden, weckte immer noch ein ungutes Gefühl in mir. Ich war sogar zu ängstlich, um durchs Fenster in die Hütte zu schauen oder zu versuchen, die Tür zu öffnen. Aber kaum war ich weitergegangen, die Hütte aus meinem Blickwinkel verschwunden – man mich von dort also nicht mehr hätte sehen können –, fühlte ich mich sicher. Es war eine Sache von nicht mal einer Minute, denn der immer schmaler werdende Wasserlauf änderte jetzt ständig seine Richtung und bildete mitunter halbmondförmige, stille Tümpel in dem flachen Bett. Fallen sah ich übrigens auch nicht mehr. Die Fährten des Rotwilds waren jetzt meist hart und geborsten, der schwarze Torf von der Sonne ausgetrocknet. In dem höheren Gras stieß ich immer wieder auf offenbar vom Wild plattgelegene Stellen. Ein goldener Frosch mit einem blanken Murano-Auge hüpfte schnell davon, ins feuchte Gras am Bach.

Eine Hirschkuh kam zum Trinken vom Moor herunter, das bleiche Gesicht und die großen Ohren neugierig auf mich gerichtet. Unsicher geworden, besann sie sich eines anderen und lief zurück auf den Torfabbruch, den Kopf nach hinten geworfen, den Blick aber weiter auf mich gerichtet. Und dann drehte sie sich um und blieb stehen, ihr gespenstisches Gesicht schien zu schweben, und sie wartete, dass ich vorüberging. Sie war das erste Rotwild, das ich allein sah. Herden war ich während des Tages häufiger begegnet.

Ein Adler. Wie die Eule musste er auf der Heide gesessen haben; ich hörte ihn, bevor ich ihn sah. Als er genug an Höhe gewonnen hatte, um in den Gleitflug überzugehen, drehte er ab, schwarz vor dem noch weißen Himmel, der seinen »Pi-au!«-Ruf dämpfte. An dem weißen Streifen unter seinem Schwanz sah ich, dass er noch jung war.

Es war die Zeit am Abend, in der sich die Geschöpfe regen.

Entspannt ging ich nun auf die Quelle zu. Ich war erstaunt, sie noch nicht erreicht zu haben – der Bach war mittlerweile sehr schmal geworden. Ich überlegte, ob ich mir allmählich einen Schlafplatz suchen sollte, denn im nassen Sumpf war es wenig sinnvoll. Ich hatte Hunger. Mein Proviant bestand aus Äpfeln, Schokolade, Kürbiskernen und Rosinen, einer Thermoskanne mit heißem Wasser und ein paar Beutelchen Kaffee, Zucker und Milch aus dem Hotel und – wie er von Dr. Livesey aus der *Schatz-*

insel – einem Stück Käse. Im Flachmann waren die Reste von Liz' Rioja. Während ich im Geiste ein Mahl aus diesen Dingen zauberte, hörte ich etwas.

Erst nahm ich an, dass mir meine Ohren wegen der Stille auf dem Moor einen Streich spielten, und überlegte sogar, ob ich einen Tinnitus hatte. Aber das Geräusch kam nicht aus meinem Kopf, und ich hielt einen Moment inne, um zu horchen. Da stießen sie auf mich herab.

Mücken!

In Augen, Ohren, Nase und Mund verpassten sie mir ihre spitzen Nadelküsse. Ich atmete sie ein, schluckte sie, spuckte sie aus, erschlug sie – und rannte los.

Unentwegt um mich schlagend und springend, suchte ich den Boden nach einem Schlafplatz ab und fand ein mit Heide bewachsenes, am Rand des Einschnitts abgebrochenes Stück Torf, einen knappen Meter unter der Ebene des offenen Moorlandes und doch ein wenig oberhalb des Bachs. Ich untersuchte den Platz, so gut und gründlich es durch die stechende Wolke ging, entdeckte keine darüber verlaufenden Fährten und fand eine Stelle in der Mitte, wo ich am wenigsten Gefahr lief, dass Hirsche oder Rehe nachts auf mich träten. Die Rotwildfährte entlang des Baches war weniger als drei Meter entfernt, und ich verspürte nicht den Wunsch, herauszufinden, ob Rehe wirklich so trittsicher sind, wie man sagt.

Als ich mich für eine Stelle entschieden hatte, hub ich zu einem noch wütenderen Tanz an. Ich zog meine Gummistiefel aus, stopfte sie in meine Tasche, öffnete den Schlafsack, wühlte mich hinein, zog den Biwaksack darüber und beider Kapuzen über den Kopf, legte mir mein Musselinshirt wie eine Fechtmaske übers Gesicht und erschlug dann jedes einzelne der grässlichen Mückenviecher, die in Massen in mein Bett eingedrungen waren.

Dann war es aber auch gut. In der Sicherheit meines Schlafsacks trank ich einen Schluck Wasser – die Flasche hatte es als Einzige in meine Schutzhülle geschafft –, dann zog ich mein Visier wieder herunter. Mein Magen war zwar ein faustgroßes Loch, aber der Hunger wog weniger schwer als der Schmerz von einer weiteren Million Mückenstichen. Mein ganzer Körper, Gesicht und Hände brannten ohnehin schon. Beim Wandern hatte ich davon geträumt, einen langen nördlichen Abend am Bach zu sitzen, Neil M. Gunns Buch zu lesen und dazu einen Apfel zu verspeisen. Aber das elektronisch klingende Sirren ließ nicht nach. Ich hörte nicht mal das Wasser. Und durch die Musselinmaske sah ich auch nichts. Obwohl es noch so früh war – nicht später als neun –, schmiegte ich mich in die Heide, die mir eine so weiche, federnde Unterlage bot, dass ich kaum merklich in den Schlaf glitt.

Ein erfreuliches Geräusch weckte mich: Regen. Ein leichter Sommerregen, aber ich war ja warm und trocken eingepackt, und die Mücken wurden weggespült. Als wieder Stille eintrat, lugte ich unter meiner Maske hervor und nahm sie schließlich ab. Es war nicht stockdunkel, und statt des hohen Sirrens hörte ich nun das sanfte Gluckern des Bachs. Über dem Wasser hing weißer Nebel, eine helle Wolke unter mir. Ich schlief wieder ein.

Ich spürte ihn, bevor ich ihn sah. Als zeige in meinem Innern plötzlich etwas auf »Bewusstsein«, akkurat und empfindlich wie eine Kompassnadel. Sie wies zitternd in seine Richtung. Als er schnaufte und sich kurz bewegte, stach mir ein durchdringender Moschusgeruch in die Nase. Ich blieb ganz still liegen und hob nur den Kopf an. Der Hirsch stand direkt an meinem Kopf, seinerseits hocherhobenen Hauptes. Sein Geweih ragte in die Dunkelheit über mir, ich hatte einen Eindruck, als schaute ich durch Bleiglasscheiben in den Himmel. Dort, wo sein Körper war, war die Dunkelheit tiefer, aber er war zu nah und es war insgesamt zu dunkel, als dass ich seine Beine hätte sehen können. Er schien unschlüssig, dann schob er in einer knappen Geste wie die der Hirschkuh zuvor den Kopf zurück, trat vorsichtig hinunter auf den Weg, und ob er blieb und trank oder gleich wieder wegging, werde ich nie erfahren, denn der Schlaf umhüllte wieder alle meine Sinne.

Im frühen Morgengrauen erwachte ich. Dichter Nebel erfüllte das Bachbett. Zu beiden Seiten in dem hohen Gras hingen kreuz und quer Spinnweben, schwer vom frühen Regen. Ich schaute auf meinen Schlafsack. Auch ich lag unter einem Perlenschleier. Ich berührte meine Wange, und meine Hand wurde nass. Feine Tropfen hatten sich in den Wimpern verfangen. Ich wollte mich schon umdrehen und weiterschlafen, bis die Sonne alles getrocknet hatte, da fiel mir ein, dass ich so schnell nicht wieder allein bei Morgengrauen auf einem Moor in den Highlands aufwachen würde!

Ich zog mich aus und wanderte barfuß herum, spürte das weiche Moos und den kalten Torf zwischen den Zehen. Ich fand eine Blume, dem Edelweiß ähnlich, ein Torfmoosästchen, das wahrscheinlich oft getrocknet, wieder nass geworden, abermals getrocknet und schließlich versteinert war. Klitschnasse Wollgrasstängel bildeten eine Armee weißhaariger Hexen mit ihren Besenstielen. Ich zog mich wieder an, packte mein Bett zusammen und ergötzte mich an meinem Abdruck in der zerdrückten Heide, dunkel in dem weißen Tau. Ich schaute das Bachbett hinauf und hinunter, wollte meine Begeisterung über diesen Beweis meiner Existenz mit jemandem teilen, fand mich aber allein mit dem scheinbar ungerührten Moor, dessen offensichtliche Lebendigkeit mich beruhigte und freute.

Ich nahm meine Tasche, ging durch die Spinnweben und war sicher, dass die Quelle nun nah war. Dann musste ich über mich lachen, weil ich so viel Wasser in der Flasche zur Quelle eines Flusses mitgenommen hatte.

Der Bach verschwand in einem Schlammloch. Das heißt, er tauchte daraus auf. Er war nicht mehr schmaler geworden. Es war keine sprudelnde Quelle, kein kristallklarer Born. Nur ein Nabel, aus dem Ursuppe quoll, zähflüssig, grün. Das Wasser sickerte und floss nicht. Eine Hälfte des feuchten Ovals war mit fingerhohem, unnatürlich leuchtendem Gras bedeckt.

Hier war absolut nichts.

Aber eigentlich war das logisch. Es war der Ursprung. Embryonisch. Der Beginn. Meine Stimmung sank, denn das hier war beileibe nicht der Quell am Ende der Welt, zu dem ich mich aufgemacht hatte. Ich setzte mich, bereitete mir eine Tasse Kaffee und trank sie, brach mir ein Stück Schokolade ab und starrte in das Loch.

Der Nebel wehte in Gazefetzen vorbei, manchmal schloss er sich, manchmal hob er sich, und ich konnte nicht erkennen, was jenseits lag, wollte aber auch nicht von diesem Nabel lassen. Hier, wo der Wasserspiegel auf Bodenhöhe war, wurde das Gelände eben. Ich hatte Angst mich zu verirren, wenn ich mich von dem tief eingeschnittenen Bachbett entfernte. Eile, weiterzugehen, hatte ich nicht.

Ich nahm *Highland River* aus dem Rucksack. Über die Anfangskapitel war ich natürlich immer noch nicht hinausgekommen. Ich blätterte zum Ende.

> »Seine Enttäuschung war vage, lächerlich. Von seinem ständigen Kartenstudium wusste er, dass sein Fluss in einem *loch* entstehen musste. Er konnte sich nicht irren … Und hier kam der Fluss aus der Erde selbst. Die Realität spottete seiner.«

»Vage, lächerlich ...« Ich nahm die Karte und schlug sie auf, studierte sie genau. Ein *loch* war hier nicht. Ich las wieder in dem Buch.

»Er ging weiter über den geborstenen Grund und kam zu einem runden stillen Teich ... Um ihn herum war der Boden geborsten, voller Torfabbrüche, aber er sah, dass er die Kammlinie der Wasserscheide noch nicht erreicht hatte. Vermutlich gab es weiter oben eine Senke. Er kam zu einem weiteren kleinen Teich wie dem ersten. Dann noch einem. Ein urtümliches Niemandsland mit Schwären wie wassergefüllten Granattrichtern ... Und dann war auf einmal wieder der winzige Bach vor ihm, und als er den Blick hob, sah er die entfernte Hälfte eines Teichs, Loch Braighe na h'Aibhne, die Quelle.«

Ich nahm die Karte wieder zur Hand, betrachtete sie konzentriert. Ja, der Bach verschwand tatsächlich und konnte der sein, der am Rand der Seite wieder auftauchte. Aber hier war kein *loch* oder Teich. Auf dem Rücktitel des Buches, das ich auf einen Torfhügel gelegt hatte, stand »Roman«. Noch einmal betrachtete ich die Karte ganz genau: Braighe na h'Aibhne war da, aber die Worte bezeichneten eine Ansammlung kleiner Teiche auf dem höher liegenden Land gen Süden. Sie sahen aus wie lauter *dubh lochs*. Das Buch war 1937 veröffentlicht worden. War der Teich verschwunden? Wegen der globalen Erderwärmung? War er in den Torf gesunken wie in einen Schwamm?

»Der Berg Morven, der den ganzen Nachmittag deutlich und hell gewesen war, seine Hänge und Vorsprünge klar umrissen, sammelte ein unermessliches Blau um sich.«

Auf meiner Karte war kein Berg verzeichnet, und ich sah auch keinen Berg vor mir. Die mangelnden Übereinstimmungen zwischen dem Roman, der Flurkarte und dem Ort, an dem ich mich befand, waren mir ein Rätsel. Zerrissene Nebelfetzen wehten weiterhin vorbei, und ich überlegte, ob ich zurückgehen sollte. Dieses Loch im Boden war uninteressant, besonders nachdem ich von einem »deutlichen, hellen Berg« gelesen hatte und einem nicht vorhandenen Teich, die Ufer von »reinem, gemahlenen Quarz, blasser als das Gesicht einer Frau im Traum eines alten Dichters«. Ich konnte versuchen, noch einmal zu dem Bach zu kommen, wie die Figur im Roman, doch ich war skeptisch, ich wollte nicht über ein Moor wandern, in dem die weitaus größere Gefahr als die, sich im Nebel zu verirren, darin bestand, im Sumpf zu versinken. Außerdem bedeutete es, dass ich von der Karte »herunterwandern« musste. Vor Enttäuschung hätte ich am liebsten geweint.

Aber ich tat es nicht. Es war immer noch frühmorgens. Meinen Bärenhunger stillte ich mit einer Mahlzeit aus Käse, Äpfeln, Rosinen und Schokolade und trank doch von dem Wasser, das ich zum Glück dabeihatte. Ich packte das Buch und die Karte ein und setzte mich auf den Torfbuckel. Es war ein Sommermorgen im August. Aus meinem Flachmann nahm ich einen Schluck von dem eiskalten, leicht metallisch schmeckenden Rioja.

Nach einer halben Stunde hatte die Sonne den Nebel vertrieben. Der weite Kessel der Wasserscheide wurde zum ersten Mal sichtbar, mit Heide bewachsen und kleinen Tümpeln übersät. Es ging immer noch leicht bergauf, und an einem Rand des Kessels war offenbar ein Hügelkamm, auf den ich zulief.

Auf der offenen Ebene wurde ich wieder ängstlich und schaute ein ums andere Mal hinter mich, um die Senke im Land zu sehen, die das Tal bezeichnete. Immer wieder kam ich an neuen Teichen vorbei und lief vorsichtig darum herum. Dass keine Rotwildfährten zu sehen waren, verstärkte mein ohnehin schon mulmiges

Gefühl. Plötzlich hörte ich ein Geräusch, das ich vorher schon gehört hatte, und hielt inne. Es klang wie Atemholen. Wasser! Und hier verwiesen auch vielgestaltige hellgrüne Pflanzen auf das Bett eines Bachs. Er floss direkt unter meinen Füßen, unter dem Boden dorthin, woher ich gekommen war. Ich folgte dem Geräusch, tief gebückt, um es zu hören. Bald sah ich auch den Bach: ein Rinnsal, kaum eine Hand breit, das mich auf den Kamm zuführte. Ich warf einen Blick zurück zu der engsten Stelle des Tals, hoffentlich wurde es nicht wieder so neblig. Doch die Sicht blieb gut. Das Plateau war von Schilfrohr umstanden. Was ich dann von oben auf der Torfböschung vor mir sah, brachte mich beinahe zum Stolpern.

Ein Teich!

Der Teich. Auf seiner Oberfläche, weich wie Zinn, spiegelten sich die Wolken. Salzweiße Steine lagen an einem Ufer mit pulvrigem, kristallenem Sand, sauber und ohne jegliche Spuren, der Torf färbte das Weiße korkbraun. Die Oberfläche war vollkommen unbewegt, keine kräuselige Welle, keine Fliege. Der Teich war so schön, dass es mir regelrecht den Atem verschlug. Ich war überwältigt. Während ich ihn betrachtete, bewegten sich die Wolken, hoben sich, und da, jenseits des gegenüberliegenden Ufers war der schiefergrüne Hang eines Berges. Das also war der Morven! Der Himmel über den Wolken war bleich wie ein Drosselei, der Teich nahm die neuen Farben auf. Ich konnte die Geröllhalden sehen, die grasbewachsenen Hänge, die dunklen Umrisse von Bäumen und Felsen, die mit ihren langgestreckten Schatten wie mit dem Bleistift eingezeichnet waren. Aber dieser Anblick währte nicht lange, eine Wolke schob sich über den Berg, zog dem Gipfel eine Kapuze über, arrangierte das Aussehen der Hänge noch einmal anders, verdeckte die Sonne. Mein Blick wanderte wieder zum Teich. Ohne die helle Widerspiegelung konnte ich bis auf den Grund sehen. Den pulvrigen Quarz gab es auch im Wasser, ein paar schlingernde teefarbene Wasserstandsmarken, wo es tiefer wurde, gelegentlich leuchtend weiße Steinscherben. Loch Braighe na h'Aibhne. Ich setzte mich auf die überhängende Böschung, meine Füße baumelten über dem Wasser, ich wollte die Oberfläche nicht zerstören.

Ich weiß nicht, wie viel Zeit verging, doch plötzlich hatte ich das Gefühl, ich müsse gehen. Ich schwamm nicht im *loch*, trank nicht von seinem Wasser, lief nicht einmal darum herum. Als ich angekommen war und begriffen hatte, es war das richtige, wollte ich bis zur Mitte schwimmen, im Wasser verweilen, es mir zu eigen machen, doch ich würde nichts dergleichen tun. Ich wusste, wenn ich die Wasseroberfläche berührte oder in das Wasser tauchte, zerstörte ich sowohl ein chemisches als auch ein physikalisches Gleichgewicht. Ich wollte mir gar nicht vorstellen, wie lange es dauern würde, bis die Stille des Teichs wiederhergestellt war.

Und dennoch: Der Regen machte es ja die ganze Zeit.

Ich hob eine Handvoll von dem Quarz auf und ließ ihn in meine Hosentasche rieseln, auf die seidenglatten grünen Haselnüsse, die noch darin lagen. Ich verließ den Teich und ging an dem winzigen Bach entlang zurück – dass er unterirdisch floss, war kein Problem. Er führte mich dorthin, wo sich das Tal wieder öffnete, zu dem schlammigen Oval, in dem der Bach wieder an die Oberfläche trat. Das Laufen war überraschend angenehm.

Ich folgte meinen Fußspuren, und im Nachsinnen, wie lange sie dort sichtbar bleiben würden, fühlte ich etwas vergehen und zu seinem Ende kommen. Ich versuchte das Gefühl von mir wegzuschieben, aber ganz verdrängen konnte ich es nicht. Ich gelangte wieder an die Stelle, wo ich die Nacht verbracht hatte, aber der Tau war getrocknet, und die Heide sah wieder unberührt aus. Nichts verriet, dass ich jemals dort gewesen war.

Ich störte den Adler, der noch an seinem Platz war, und war wieder von der Eule verunsichert. Die Rehe und Hirsche kamen und gingen auf meiner Wanderung. Den goldenen Frosch sah ich nicht noch einmal. Ein schwarzer Meeresvogel stieg über mir auf und folgte mir schreiend. Vermutlich war es eine Schmarotzerraubmöwe, weit genug im Norden war es ja. Sie folgte mir über eine halbe Stunde lang, hielt sich an den Lauf des Bachs und flog in Kreisen zurück über das Moor; sie rief und rief, als sei ich ein Fischerboot auf dem Meer, dem es zu folgen lohnte. Vielleicht war es aber auch bloß Neugierde, der Wunsch nach Gesellschaft, die Faszination eines Lebewesens für ein anderes.

Ich kam wieder zu den Fallen am Fluss und achtete genau auf meine Schritte, während meine Gedanken zum Loch Braighe na h'Aibhne zurückkehrten und meiner Entscheidung, nicht darin zu schwimmen. Schwimmen war eine meiner Leidenschaften, etwas, das essenziell zu mir gehörte, in dem ich mich erkannte. Ich war auch überrascht, dass ich nicht von dem Wasser getrunken hatte. Mich hatte doch die Idee hierhergebracht, dass es einen Quell am Ende der Welt gab, voller Weisheit und Antworten, und dass ich ihn suchen konnte. Viele der Geschichten, die mit dem Quell verbunden waren, handelten von verbotener Liebe. Von dem Versuch, die Existenz von Kindern, die oft bei einer einzigen Begegnung entstanden waren, einfallsreich zu erklären oder zu vertuschen. Selbst die wundersame Geschichte der Geburt Taliesins – geboren von der Zauberin, die ihn, als er ein Getreidekorn und sie ein Huhn war, verschluckt hatte – konnte man als Lügenmär interpretieren, deren Zweck es war, den Vater nicht nennen zu müssen. Warum sonst hätte ihn seine Mutter ins Meer geworfen? Und dann die Vaterschaft für St Finan Cam of Kinitty, dessen Mutter mit Erfolg behauptete, sie sei von einem Lachs geschwängert worden. Wenn das keine tolle Fischgeschichte war! St Kentigerns Mutter gab vor, sie habe ihren Sohn durch ein Wunder empfangen. Sein Biograf Jocelyn of Furness legte dagegen mit aller Entschiedenheit dar, dass »ihr das, was aus ihrem Leib geboren wurde, von einer menschlichen Umarmung zuteilgeworden war«. Immerhin mutmaßte er, dass sie vom »Trunk des Vergessens« gekostet hatte und sich deshalb tatsächlich nicht zusammenreimen oder glauben konnte, was ihr widerfahren war.

Isak Dinesen alias Tania Blixen schrieb: »Wo es sich um ganz junge Menschen handelt, hat die Liebe nur wenig mit dem Herzen zu schaffen. Wir trinken in dem Alter aus Durst oder um einen Rausch zu bekommen, und das Wesen des Weins an sich beschäftigt uns nicht sonderlich.« Liebe machen ist tatsächlich nur für Liebende keine herzlose Angelegenheit. Es vernichtet, blendet, verbrennt, zerschmettert, erstickt, verzehrt, zerquetscht, verschlingt, ruiniert – und noch viel mehr. Cupido durchbohrt unsere Herzen mit einem Pfeil, Orgasmus ist der kleine Tod. Bei der Liebe geht es nicht um persönliche Verantwortung oder Rücksicht auf die Gefühle anderer Menschen. Liebe ist impulsiv, obsessiv, macht abhängig. Liebende sind selbstsüchtig und schrecklich selbstgerecht und halten alles für entschuldbar, solange es im Namen der Liebe geschieht. An Konsequenzen wird nicht gedacht.

Einst war ein geheimer Quell …
    Mysteriöses Übel aller Arten quoll daraus.
    Niemand konnte sehn bis auf den Grund,
Es würden ihm denn beide helle Augen bersten:
    Ob er sich auch bewegte nach rechts und links,
    Ohn Schandmal kam er nicht davon,
    Und niemand wagte sich in seine Nähe …

Langsam nahm der Tag seinen Lauf, und ich folgte dem breiter werdenden Band des Wassers, bis es sich wieder zu einem richtigen Bach sammelte. Ich kam an dem Wasserfall vorbei, der sich dekorativ neben Poll Roy über die Stufe ergoss, und sah, wie der Bach durch den Zufluss an der Grenze des umschlossenen Landes zügiger floss und schließlich ein Fluss wurde. Ich erreichte die Land-Rover-Spur, gelangte auf den leichter begehbaren Weg und hatte das Gefühl, nach Hause zu kommen.

An der Farm stieß ich auf ein Kaninchen: ohne Kopf, ausgeweidet, liegengelassen, eine schwarze Masse. War es das blinde Kaninchen von gestern? Wahrscheinlich hatte ein Jäger den Kadaver den Habichten überlassen, damit sie sich für den Winter daran fettfraßen. Bald sah ich den Friedhof, weiß auf dem grüngoldenen Moor. Wieder schienen sich die verstreuten Grabsteine zu bewegen.

Als ich unterhalb des Friedhofs entlangging, erregte ein aufblitzendes Licht meine Aufmerksamkeit, gleich darauf ein zweites Blitzen, als schicke jemand Signale übers Moor. Ich lauschte angestrengt, konnte aber im Rauschen des Windes und bei den warnenden Rufen der Lerchen nichts hören. Ich war wieder dort, wo Vögel sangen. Dann rumpelte etwas heran, ein Allradfahrzeug quälte sich die Straße hinauf, das gedrosselte Geräusch eines Motors in einem niedrigen Gang. Zwei Männer saßen in dem Wagen, der eine gekleidet wie ein Landadliger, der andere mit Donkeyjacke und Wollmütze. Sie hielten neben mir an.

»Guten Tag!«, sagte der Landadlige.

»Guten Tag«, erwiderte ich.

»Wollen Sie nach Dunbeath?«, fragte er. Als ich nickte, erzählte er, sie wollten einem alten Freund auf dem Friedhof ein Ständchen auf dem Dudelsack bringen und könnten mich hernach mit in die Stadt nehmen.

»Danke, das ist sehr nett von Ihnen. Aber ich bin vom Meer zum *loch* zu Fuß gegangen. Deshalb seien Sie nicht böse, wenn ich auch den Rest noch laufen möchte. Es sind ja nur ein paar Meilen.«

»Zu welchem *loch*?«

»Loch Braighe na h'Aibhne.« Ich hatte keine Ahnung, wie ich das Gälische aussprechen sollte.

»Da ist ein *loch*?«

»Ja.« Ich zeigte zum Moor. »Da oben.«

»Sieh mal einer an. Jetzt lebe ich schon mein ganzes Leben hier und wusste nicht, dass da ein *loch* ist!« Was er dann zu seinem Begleiter sagte, hörte ich nicht, spürte aber eine jäh aufsteigende Freude, weil meine Wanderung offenbar wirklich etwas Besonderes war. Ich bedankte mich noch einmal, verabschiedete mich und ging weiter. Als der Fahrweg abbog, sah ich bei einem Blick zurück zum Friedhof, wie die beiden Männer einen Schlüssel hervorkramten und das Eisentörchen aufschlossen. Der Mann in der Donkeyjacke hob den Dudelsack, wegen des Gegenwinds hörte ich nur die Sommerbienen und den Fluss. In weniger als einer Stunde erreichte ich mein Auto, lief aber weiter, unter der Steinbrücke entlang und dem Viadukt von der Form eines Bumerangs, vorbei an gewiss einem Dutzend Fischerhütten. Am Hafen angekommen, sah ich ein Liebespaar auf einer Holzbank, Arme und Beine umeinandergeschlungen. Die Nasen berührten sich fast, die Fingerspitzen wanderten, nahmen den anderen mit allen Sinnen in sich auf. Plötzlich blitzte es hinter ihnen hoch über dem Wasser silbern auf, Tropfen fielen herab wie von einem Kamm – ein Lachs, der sich wölbte und wand. Er musste genau in dem Moment in die Mündung des Flusses geschwommen sein, in dem ich sie erreicht hatte. Habt ihr ihn gesehen?, wollte ich den Liebenden zurufen. Habt ihr ihn gesehen? Doch sie hatten die Augen geschlossen. Mir freilich ging das Herz über bei diesem Fisch, der zufällig und gerade zur rechten Zeit aufgetaucht war.

Es war Abend, als ich ins Hotel zurückkehrte. In den letzten zwei Tagen war ich dreißig Meilen gelaufen und dann in zwei Stunden zurückgefahren. Obwohl ich mich in Dunbeath wunderbar geschmeidig gefühlt hatte, mein Sommerkörper biegsam wie eine Weide, tat mir auf dem Weg vom Parkplatz zum Hotel alles weh.

In der Abendkühle waren meine Glieder reichlich steif, und in einem Zeh puckerte es. Der Nagel würde wohl abgehen. Barmann Collum kam ins Foyer, nahm mir wortlos die Tasche ab und stieg vor mir die Treppe hinauf, zu den guten Zimmern vorn im Haus. Verwirrt blieb ich stehen, denn ich erinnerte mich sehr gut an unsere letzte Begegnung. Außerdem hatte mein Zimmer auf dem obersten Stockwerk gelegen. Als er merkte, dass ich ihm nur zögernd folgte, hielt er inne und wandte sich um.

»Angeblich sind Sie einem Fluss bis zu seiner Quelle gefolgt. Da haben wir uns gesagt: ›Also, wenn das stimmt, dann braucht die Frau ein heißes Bad …‹«

Auf einmal fühlte ich mich wie eine archaische Kriegerkönigin, die siegreich aus einer Schlacht heimkehrt. Callum öffnete die Tür zum wahrscheinlich besten Zimmer des Hauses, stellte meine Tasche ab und deutete mit dem Kopf zu einer offenen Tür. In dem Zimmer von vorher hatte es kein Bad, nur das Gemeinschaftsbadezimmer unter der Dachschräge gegeben, aber hier sah ich schon den gewellten Rand einer Badewanne auf Rollen und einen Stapel flauschiger weißer Handtücher.

»Soll ich den Tisch in der Bar für Sie decken?«

»Ach ja, bitte«, sagte ich. »Das wäre toll.«

Madryn

Zwei Tage später kehrten Evie und ich in unser Zuhause auf der Llŷn zurück. In den meisten walisischen und englischen Schulen waren die Sommerferien zu Ende. In Spanien war das noch ein paar Wochen hin. Wir beschlossen, am letzten Teil des Afon Geirch entlangzuwandern, an dem Fluss, der in die Cable Bay mündet und dem wir zu Beginn der Ferien nur bis zum Golfplatz hatten folgen können. Wir gingen vom Cottage los und dann einen Reitweg hoch, der uns über die unteren Hänge des Garn Fadryn führte, bis wir schließlich über eine Steinmauer unter dem Kegelgipfel klettern mussten. Der Fluss, hier ein seichter Bach, floss in einer für ihn gebauten Granitrinne unter der Mauer dahin. Wanderer und Schafe konnten ihn auf einer Holzbohlenbrücke überqueren. Im Flussbett wuchsen Brunnenkresse und Sauerampfer. Evie nannte die Brücke Picknick-Brücke, und prompt machten wir eines, ließen die Beine über dem Wasser baumeln, das heimelig und vertraut gurgelte wie Badewasser durch den Abfluss.

»Weißt du, was?«, sagte Evie. »Das ist mein liebster Platz auf der Welt.« Und wir saßen da, lächelten und aßen unsere Sandwiches.

Das Brummen von landwirtschaftlichen Maschinen wehte aus der Ebene hoch, verstummte. Jenseits der Ebene lag das Meer in dem weichen Blau des Himmels, weißlicher Dunst bezeichnete den Übergang. Einen Moment lang herrschte Stille, nur gelegentlich unterbrochen von blökenden Schafen, dann hörten wir plötzlich das abgehackte Gezeter zankender Buchfinken. Wie wild lärmten sie in zwei windschiefen Bäumen, doch klein, wie sie waren, erkannten wir sie kaum. Wir packten unser Picknick zusammen und folgten dem Bach bergauf. Evie, die sich geschickt durch Disteln, Röhricht und Torfmoos einen Weg bahnte, stöberte schon bald die Quelle auf. Binsen schmückten den Boden, zur Hälfte war die Quelle von einem verwachsenen Baum verdeckt. Ein weißer Steinbrocken markierte die Stelle, wo das Wasser entsprang, zwei weitere Steine waren offenbar absichtlich zu beiden Seiten hingelegt worden. Evie begann den Bereich um den größten Stein freizulegen, häufte händeweise Moos und Blätter, Bucheckern und Kiefernnadeln auf eine Seite, bis die Quelle besser zu sehen war. Das Wasser trübte sich, während sie auf dem Boden herumwühlte und weiteren Müll herausholte. Im Aufblicken sagte sie:

»Wir müssen mit Gartengeräten hierherkommen und richtig saubermachen. Wie sollen wir die Quelle nennen?«

Ich erzählte ihr von der St Madrons Quelle in Cornwall. Es ist eine sogenannte Lappenquelle, weil die Leute an ihr in der Hoffnung, dass ihre Wünsche erfüllt und ihre Gebete erhört werden, Stoffstücke hinterlassen, zurechtgeschnittene Bänder, den abgerissenen Saum eines Hemdes oder einen eilig ausgezogenen Strumpf.

Unser Berg heißt Garn Fadryn, hier als Madryn bekannt, nach der walisischen Muttergottheit Modron, und wir entschieden uns um der Harmonie willen für St. Madryn's Well auf Englisch und Ffynnon Madryn auf Walisisch. Evie bat mich um Papier und Stift, schrieb im Sitzen ein paar Augenblicke lang und spießte schließlich die aus meinem Notizheft herausgerissene Seite wie eine Rechnung, die beglichen werden würde, an einem Ast des krummen Baums auf.

Was hatte sie geschrieben? Ich beobachtete den Zettel, der zitterte wie eine buddhistische Gebetsfahne an einem Schrein. Evie bedachte mich mit einem scharfen Blick, und ihre sanften grauen Augen schickten mir eine Warnung zu. Ich trat zurück. Das hier war eine Angelegenheit zwischen Evie und der Quelle, die schon wieder klarer wurde.

Als wir zum Cottage zurückkamen, war es bereits Abend. Nach dem Essen und Baden ging Evie zu Bett. Auf meinem Handy war ein verpasster Anruf, und ich setzte mich auf die Schaukel im Garten, um die Nachricht abzuhören. Rupert. Er hatte von einem Hotel an der Costa Brava an einer weiten Bucht nahe der katalanisch-französischen Grenze gehört, das in den 1930er Jahren für Archäologen gebaut worden war, die dort eine griechisch-römische Stadt ausgruben, und hatte überlegt, ob Evie und ich vielleicht früher nach Hause kommen könnten. Wenn er sich ein paar Tage freinähme, könnten wir drei vor Schulbeginn dort ein bisschen Zeit zusammen verbringen.

Das letzte Mal zu dritt in einem Hotel waren wir bei Ruperts und meiner Hochzeit gewesen. Im frühmorgendlichen Licht hatten Evie und ich uns die Lockenwickler aus dem Haar genommen, sie hatte mit ernster Miene die schneeweißen Bahnen meines Kleides zurechtgezogen und dann von der Spitze meiner weißen Cowboystiefel mit angelecktem Finger einen feinen Schmutzstreifen abgewischt. Ich erinnerte mich an die Falte zwischen ihren Augenbrauen, als sie mir hochkonzentriert eine Kette aus ungleichmäßigen Perlen umlegte und ich ihr silberne Navajo-Perlen, ein Geschenk von Rupert. Dann rannte sie – unser Geschenk für ihn, eine Bolokrawatte mit antiker Türkisspange, in der Hand – in ihrem langen Rohseidenkleid zu Rupert und rief: »Du darfst Mummy nicht anschauen, bis wir da sind.« Sie trug scharlachrote Ballerinas, die ihre Fußsohlen kaum gegen den glühend heißen Asphalt auf dem Bürgersteig schützten. Aber sie war begeistert von der Stretchlimousine und verwirrt angesichts der leeren Kirche. Unser Sushi-Hochzeitsfrühstück genoss sie. Später lagen wir alle drei – träge wie satte Löwen – am Pool, der Champagner war lauwarm, und die handgemachten Pralinen zerschmolzen in der goldenen Schachtel.

Es war der heißeste Tag in Las Vegas seit Beginn der Aufzeichnungen.

Sterne erschienen rund um den Gipfel des Garn Fadryn. Die Spitze ein dunkles Dreieck. Ich wählte die Nummer, wartete auf die Verbindung und lauschte dem gleichmäßigen Klingelton.

Teil II

Ist es möglich, die dunkle Wolke … zu durchdringen, selbst nur ein paar Momente lang, und zum Licht zu kommen, dem sprudelnden Quell am Ende des Märchens? Machen die Menschen das noch, die normalen Leute?

Neil M. Gunn

All that I have is a river. *Johnny Flynn*

Swimming Pool II

Ich saß mit meiner Freundin Eleonora in einem Café in Barcelona, wir wollten die Kinder von der Schule abholen.

»Eine große Welle ist im Anrollen«, sagte ich. »Und wir müssen hier weg, bevor sie kommt.«

»Eine Welle? Was für eine Welle?«, fragte sie.

»Ein Tsunami.«

Wir holten die Kinder ab und gingen zur Bushaltestelle. Evie und Matteo, Eleonoras Sohn, kletterten auf den Zaun von Sofias ehemaligem Garten, durch dessen von der Sonnenhitze geborstene Latten ich bis zum leeren Pool sehen konnte. Ohne Wasser kämpfte die Bougainvillea ums Überleben. Vertrocknete Stängel staken aus Keramiktöpfen wie ungekochte Nudeln. Der Rasen war mit Pinienzapfen übersät. Weder Eleonora noch ich hatten etwas von Sofia gehört, seit sie aus Barcelona weggezogen war. Dabei hatte ich ihr ein paar Mal gemailt.

»Es hat mit den Banken zu tun«, nahm ich das Gespräch wieder auf. »Wir müssen weg, solange wir noch können.«

»Aber ihr seid doch schon aus eurem schönen Haus ausgezogen.« Sie hob die Brauen und sah dabei so hübsch aus, dass ich lächeln musste. Wir waren von unserem fast dreihundert Jahre alten Haus mit gekacheltem Innenhof und Terracottadach in eine winzige Wohnung in einem Mietsblock aus den 1970ern gezogen und wohnten inmitten von Umzugskisten.

»Das reicht nicht. Ich muss zurück nach London. Ich muss mir einen richtigen Job suchen.« Der Bus kam um die Ecke, und ich streckte den Arm aus.

Es war ein finanziell herber Schlag für Rupert gewesen, als sein amerikanischer Verleger zum ersten Mal überhaupt ein Buch von ihm ablehnte. Nach Erhalt der Nachricht lagen wir die ganze Nacht wach und starrten, Hand in Hand, an die Decke. Um ungefähr vier Uhr morgens erschien Evie im Schlafanzug auf dem Balkon, auf den unsere Zimmer führten, und klopfte an die Glastür. »Ich kann nicht schlafen.« Der Himmel über ihrem Kopf war sternenübersät.

> »Als er nach oben blickte, sah er die Sterne am Himmel stehen, doch warum kam es ihm vor, als könne er Andromeda, Kepheus und Kassiopeia sehen? Wo waren die hochsommerlichen Sternbilder geblieben?«

Die Zeilen waren aus einer Erzählung von John Cheever. Komisch, was einem so durch den Kopf ging. Deutlich sah ich den Gürtel des Orion. »Wir auch nicht«, sagte ich, als ich Evie die Glastür öffnete. Dann gingen wir alle drei nach unten, setzten uns an den Küchentisch, starrten die Teekanne an und machten aus Baguetteresten Schrapnell-Toast.

Rupert arbeitete seit fast dreißig Jahren als Schriftsteller. Im Vereinigten Königreich sollte das Buch einen Literaturpreis gewinnen. Aber das war ein Stück Glas mit einer Gravur, und wir konnten Evies Schulgebühren und die Hypotheken auf unser Haus nicht mehr bezahlen. Immer wieder musste ich an meine Vorahnung am Fuße des Morven denken, an das Gefühl, dass etwas Kostbares zu Ende ging. Zu Ende gegangen war. Ich erinnerte mich an das kopflose Kaninchen auf dem Weg über Dunbeath. Seine herausgequollenen Eingeweide. Ein Omen?

Über Weihnachten besuchten wir meine Mutter. Evie und ich blieben länger als Rupert, der wieder arbeiten musste. In den Tagen nach seinem Abflug begann es zu schneien. Als wir nach Hause fliegen wollten, fuhren wir mit dem Taxi in einer Morgendämmerung von der Farbe ungewaschener Betttücher zum Flughafen, wo uns ein Mann in gelber Leuchtjacke bedeutete, wieder umzukehren. Der Flughafen war geschlossen. Als der Taxifahrer das rutschende Auto über gefrorene Reifenspuren wendete und ich seinen Blick im Rückspiegel sah, wurde mir doch flau.

»Bei so einem Wetter bin ich noch nie gefahren«, sagte er. Er wollte die Situation herunterspielen, war aber zu jung, um sich an den letzten richtigen Schnee zu erinnern.

»Wirklich?«, fragte ich. »Benutzen Sie nach Möglichkeit nicht die Bremse.« Seine Augen weiteten sich im Spiegel. Er schaltete einen Gang herunter, und wir schlidderten langsam zurück zum Haus meiner Mutter.

Später an dem Tag fuhr Evie mit ihrer Freundin Alice auf einer abschüssigen Wiese hinter Alice' Haus Schlitten. Ich ging mit und beobachtete, wie die Mädchen kreischend und kichernd auf Alice' hellrotem Toboggan über schneebedeckte Kaninchenlöcher hopsten. Kinder und Erwachsene standen herum, lachten, klopften sich Schnee von wollenen Fingerhandschuhen und teilten sich Kaffee aus einer Thermoskanne. Mit einem Tablett meiner Freundin Lucy, Alice' Mutter, ruckelte ich schließlich auch über den Kaninchenbau, dem arg mitgespielt wurde, und kam erst an dem gefrorenen Bach am Ende der Wiese zum Stehen. Aber mir war kalt, ich war steif und müde und konnte mich nicht über unsere unerwartet verlängerten Ferien freuen. Es lag nicht am Frost des Winters, sondern an einem inneren Schmerz, eisiger als der Raum zwischen den Sternen. Mir war, als sei aus meinem Brustbein ein Stopfen gezogen worden, gleich rechts von der Mitte, und als fließe meine Lebenskraft, mein Leben, heraus.

In den nächsten Wochen packten wir erst einmal unser Leben in Barcelona zusammen. Wir suchten eine neue, bezahlbare Wohnung in London und eine neue – staatliche – Schule für Evie. Dank der Hilfe meines Bruders John und von Evies Paten Calvin, der ihre Schulgebühren zahlte, konnten wir bis zum Beginn der

Sommerferien in Spanien bleiben, erst zum Ende des Schuljahres wollten wir nach London zurückziehen.

Eines Morgens im späten Frühling starrte ich in den Badezimmerspiegel. Obwohl das Sonnenlicht von den Kacheln reflektiert wurde, sah mein Gesicht faltig und aufgedunsen aus. Ein lauter unerhörter Gedanke drängte sich mir auf. »Du stirbst!« Ende Mai dann fühlte ich eine Anspannung neben meinem Brustbein. Ich massierte die Haut. Es war nichts Besonderes an der Stelle. Ich schob die Finger zwischen die Rippen. Da war etwas, etwas Kompaktes, als klebe ein Kaugummi an meinem Brustbein. Ich hielt es für einen verhärteten Muskel. Als es eine Woche später immer noch da war, vereinbarte ich einen Termin bei einer Ärztin. Sie vermutete eine Zyste, riet mir aber, in der Überzeugung, es eile nicht, zu einer Mammografie irgendwann in den nächsten drei Monaten. Ich beschloss, einen Arzt aufzusuchen, wenn wir wieder in London waren.

Der namenlose Bach

Das Schuljahr war beendet. Wir blieben noch zum Feuerwerk am Johannisfest, und dann flogen Evie und ich wie jeden Sommer in den letzten sechs Jahren zu meiner Mutter. Wir wollten mit ihr eine Woche im Cottage verbringen, nach der ich dann zurückfliegen würde, um Rupert zu helfen. Evie sollte bei ihren Cousinen und Cousins bleiben. An dem Abend, bevor wir nach Wales aufbrechen wollten, stand meine Mutter vor ihrem Haus und betrachtete den Leihwagen in der Einfahrt. Sie ging darum herum, spähte durchs Fenster hinein. Aus unerfindlichen Gründen hatte sie eisern darauf bestanden, dass ich ein Auto mietete, obwohl ich nun wirklich nicht das Geld hatte.

Aber jetzt klopfte sie aufs Dach und sagte: »Ich glaube, wir sollten morgen mit meinem Wagen fahren.«

Ich starrte sie an, verstand nicht. »Und was, bitte schön, machen wir mit dem hier?«, fragte ich.

»Wir können ihn hier in der Einfahrt stehen lassen, bis wir zurückkommen.«

Ich fand das Gespräch so bizarr, dass ich, um einen Streit zu vermeiden, in mein Zimmer ging und die Karten eines Spiels von Evie mischte. Meine Mutter benahm sich höchst eigenartig. Eine Karte rutschte heraus und flog auf den Boden. Die Pik-Drei. Ich hob sie auf, mischte noch einmal und deckte die oberste Karte auf: die Pik-Drei.

Beim Tarot entsprechen die Schwerter dem Pik. Die Drei der Schwerter zeigt ein von drei Schwertern durchbohrtes scharlachrotes Herz, dahinter sich öffnende Regenwolken. Schwarze Regenschnüre. Ich mischte noch mal. Pik-Drei. Ich klopfte darauf.

Konnte nicht widerstehen, es zu deuten. Die erste »Pike« symbolisierte meiner Meinung nach unsere großen finanziellen Schwierigkeiten. Aber die zweite und dritte machten mir Sorgen. Ich schob die Karte wieder in die Mitte des Stapels und ging, ärgerlich, weil ich so abergläubisch gewesen war, ins Bett.

»Kate? Kate?« Die Stimme meiner Mutter. Ich wurde schlagartig wach. Horchte, hörte aber nichts mehr. Schälte mich aus dem Bett und rannte über den Treppenabsatz in ihr Schlafzimmer. Es war leer, das Bettzeug zurückgeschlagen. Ein Geruch, den man geradezu mit Händen greifen konnte. Angst.

»Kate?« Ich schaute in den Treppenflur, und da war mein kleiner Vogel, meine Mutter, die von unten die Arme ausstreckte und deren Blicke beredter waren als ihr Mund. Ich rannte zu ihr hinunter und half ihr zum Sofa, ihre Lungen blubberten, weil offenbar Flüssigkeit darin war. Ich wählte den Notruf und raste die Treppe wieder hinauf.

»Evie, Grannie geht es sehr, sehr schlecht, und ich habe den Krankenwagen gerufen. Bitte zieh dich an und komm sofort runter.«

Meine Mutter winkte uns zu, als sie im Rollstuhl mit Sauerstoffmaske in den Krankenwagen gehoben wurde. Ich brachte Evie zu meinem Bruder und fuhr weiter in die Klinik. Als ich dort ankam, versuchten zwei Schwestern meiner Mutter in einer Erste-Hilfe-Nische einen Pulsoxymeter an die Fingerspitzen zu klemmen. Sie beugte sich vor, streckte die Finger aus, als suche sie etwas, an dem sie sich festhalten und aus dem Bett ziehen konnte. Ich berührte ihre Hand, aber sie schob meine weg, brauchte etwas anderes, mehr.

Ein Arzt trat an ihr Bett: »Alles vorbereiten zur Defibrillation.«

Ich wurde beiseitegeschoben, als sich das Reanimationsteam um meine Mutter versammelte. Ich sah, wie sie aufs Bett zurückfiel und ihr Kopf zur Seite rollte, das Haar zerzaust wie ein Krähennest. Ein dumpfer Knall und ein elektronisches Jaulen.

Eine Schwester schob mich in einen pfirsichfarbenen Raum, auf dessen Tür »Trauerraum« stand.

»Das heißt nicht, dass Ihre Mutter tot ist«, sagte sie, »sondern, dass Sie, solange das dauert, hier am besten aufgehoben sind. Ihre Mutter ist in guten Händen.« Hinter der Tür hörte ich wieder das dumpfe Schlagen des Defibrillators, als ginge das Beil eines Metzgers nieder. Ich rief meinen Bruder an.

Als wir mit Evie, John und seiner Familie in dem pfirsichfarbenen Raum versammelt waren, trat der Arzt herein.

»Wir haben drei Mal versucht, Ihre Mutter mit dem Defibrillator zu reanimieren, und sie hat eine Adrenalin-Spritze ins Herz bekommen, aber sie reagiert nicht. Sollen wir weitermachen?« Die Luft im Raum war gallertartig.

»Hat sie einen Hirnschaden?«, fragte ich.

»Sie hat sechs Minuten keinen Sauerstoff gehabt, deshalb ja, sie wird Schäden erlitten haben. In welchem Ausmaß, kann ich nicht sagen.«

Ich schaute John an. Unsere Mutter wollte nicht wiederbelebt werden, darin war sie immer sehr entschieden gewesen. Einen Moment lang bewegte sich scheinbar niemand von uns, aber dann muss einer etwas gesagt haben, denn die Tür schlug zu, der Arzt war weg. Eine Schwester kam und sagte, sie würden Mutters Leichnam vorbereiten und dorthin bringen, wo wir ihn – sie – sehen könnten, und ob wir uns bitte noch ein paar Minuten gedulden würden. Ich rief Rupert an und sagte ihm, Mutter sei gestorben. Die Worte klangen fremd.

Der Arzt kehrte zurück. »Das ist wirklich sehr ungewöhnlich«, sagte er, die Hände erhoben wie zum Segen. »Das Herz Ihrer Mutter hat von selbst wieder angefangen zu schlagen, obwohl sie nicht selbstständig atmen kann. Wir haben sie an die künstliche Beatmung angeschlossen und bringen sie auf die Intensivstation. Sollte sich in den nächsten vierundzwanzig Stunden keine Besserung einstellen, schalten wir die Geräte ab. In der Zwischenzeit versuche ich herauszufinden, was da passiert ist.«

Intensivstation.

Ich wachte im dunklen Haus meines Bruders auf, im Gästebett des Zimmers meines Neffen Connor. Er war wach. »Connor, ich fahre ins Krankenhaus. Willst du mit?«

»Nein, geh nur. Ich kümmere mich um Evie und sage den anderen, wo du bist.«

Ich stellte den Wagen meiner Mutter auf dem fast leeren Klinikparkplatz ab. Bäume schnaubten und nickten. Blaue Streifen erhellten den tintenschwarzen Himmel. Mit einem Buch unter dem Arm, *Jane Eyre*, ging ich über stille Flure mit Vinyl-Boden und flackernden Neonlichtern und drückte auf die Klingel zur Intensivstation. Eine Schwester ließ mich herein und setzte sich dann wieder zu ihren friedlich versammelten Kolleginnen und Kollegen an dem Arbeitstresen im Krankensaal. Meine Mutter und zwei andere Patienten lagen da, jeder in seinem persönlichen inneren Kampf und dank der Technik in einer Sphäre zwischen Leben und Nichtleben gefangen, einer Möglichkeit, einem Ort der Wahl. Meine Mutter war vielfach verkabelt, ein Schlauch an ihrer Nase. Allenthalben Schläuche. Das rhythmische Geräusch ihres maschinell gesteuerten Atmens klang künstlich.

Ich zog einen Stuhl heran und beugte mich dicht zu ihrem Gesicht hinunter. Sie war normalerweise taub, und die lebenserhaltenden Maschinen machten vielerlei Geräusche. Wollte ich mich selbst hören, musste ich laut sprechen. Ich las meiner Mutter die Stelle vor, an der Jane Eyre Mr Rochesters Pferd erschreckt und er sie beschuldigt, sie habe es verhext. Meine Mutter ließ durch keinerlei Regung erkennen, dass sie meine Anwesenheit spürte, aber die Schwestern lobten, was ich tat. Nach einer Weile erwachte der Mann im Nachbarbett aus seinem Koma. Er röchelte und gurgelte, seine Lungen füllten sich mit Luft, und er kämpfte gegen die Maschinen, die ihn plötzlich zu ersticken drohten. Hektische Aktivität entstand. Kurz darauf kam seine Frau. Es sah aus, als wolle er etwas sagen. Sie verstand ihn trotz all der Schläuche und Röhren und übersetzte:

»Er möchte wissen, was Sie vorgelesen haben«,

»Jane Eyre.« Sie wusste offenbar nicht, wovon die Rede war. »Von Charlotte Brontë.«

»Die Geschichte hat ihm sehr gefallen«, sagte sie. Ihr Mann röchelte und krächzte. Er schaute von mir zu meiner Mutter. »Und er möchte wissen, ob Sie heute Abend wiederkommen und lesen.«

Heute Abend.

Falls der Zustand meiner Mutter bei der Untersuchung um vier Uhr heute Nachmittag immer noch unverändert war, wollte man mit der künstlichen Beatmung aufhören.

»Wenn ich komme«, erwiderte ich, »lese ich natürlich.«

Irgendwann im Laufe des Morgens sagte uns der Arzt, der Herzschlag meiner Mutter habe sich stabilisiert. Sie konnte nur nicht ohne die Maschine atmen. Er sprach von einer Thrombose im Herzen und war fast sicher, sie werde sich nicht erholen. Durch die sechs Minuten ohne Sauerstoff war ihr Herz geschädigt worden. Er schätzte die Chancen zu ihrer Genesung eins zu einer Million. Das Ärzteteam war allerdings einstimmig der Meinung, man solle die Maschinen erst am nächsten Nachmittag abstellen. Meiner Mutter wurde ein weiterer Tag gewährt. Andere Leute kamen und besuchten sie. Evie blieb bei ihren Cousins und Cousinen. Ich fuhr ins Haus meiner Mutter und holte ein paar persönliche Dinge. Einen Schlafanzug. Ein Urlaubsfoto aus Frankreich von meinem Vater in einem silbernen Rahmen. Breitbeinig stand er da, die Arme verschränkt. Lächelte glücklich und kniff im hellen Sonnenlicht die Augen zusammen, er musste damals um die fünfzig gewesen sein. Ich wischte über das Glas. Meine Mutter küsste das Bild jeden Abend, bevor sie zu Bett ging.

Das Krankenhaus und die weitläufige, künstlich beleuchtete Intensivstation mit den am Tresen sitzenden Schwestern nahm ich bei der Rückkehr wahr wie zum ersten Mal und erkannte nichts wieder. Wahrscheinlich, weil ich mich bis zu diesem Moment ausschließlich auf meine Mutter konzentriert hatte, auf ihre winzige Gestalt, die Schläuche. Jetzt kam mir das alles eher vor wie bei der NASA als wie in einer Klinik. Die intubierten Patienten waren nicht im Weltraum, aber in einem Schwebezustand, mehrere Meter voneinander entfernt, alle mit etlichen Geräten und Drähten verbunden, die ihr Leben auf Erden erhielten. Das Röcheln und Blubbern des maschinellen Atmens. Ich merkte zunächst nicht, dass der Mann im Nachbarbett, der aufgewacht war und sich an *Jane Eyre* erfreut hatte, nicht mehr da war. Auch sein Bett fehlte. Nur die Hülle, die Maschinerie war dageblieben, aufgeknackt wie ein leerer Kokon. Eine Schwester sagte mir, der Zustand meiner Mutter sei stabil, sie mache aber keine Anstalten, selbstständig zu atmen.

»Sie hat die letzten neun Jahre darauf gewartet, mit diesem Mann wieder vereint zu werden«, sagte ich und zeigte auf das Bild meines Vaters. Ich hatte es so hingestellt, dass meine Mutter es beim Erwachen sehen konnte. »Da müssen Sie schon allerhand unternehmen, um sie zurückzuholen.«

Mein Bruder, seine Frau und ich hielten abwechselnd Krankenwache. Nachmittags kamen auch die Kinder. Evie war von den Schläuchen fasziniert. Rupert rief aus Barcelona an. Wir besprachen die Beerdigung.

Als Evie abends im Bett lag, fuhr ich wieder allein ins Krankenhaus. Trug auch *Jane Eyre* wieder bei mir. Doch angesichts des leeren Bettes, in dem der Mann gelegen hatte, und der Tatsache, dass meine Mutter nach wie vor auf nichts reagierte, schien mir alles vergebens. Die Schwester, mit der ich schon einmal gesprochen hatte, saß auf dem Stuhl neben dem Bett meiner Mutter und hielt ihre Hand.

»Jean«, sagte sie. »Das schaffen Sie doch!«

Als sie mich bemerkte, redeten wir kurz miteinander, und sie zeigte auf das Foto meines Vaters.

»Wie haben die beiden sich kennengelernt?«

Und ich begann zu erzählen: »Die Schwester meines Vaters war die beste Freundin meiner Mutter, sie sind alle zusammen zur Schule gegangen. Mein Vater beschloss, meine Mutter zu heiraten, als er sie auf dem Dorfplatz Tennis spielen sah. Da war sie ungefähr siebzehn. ›Sie war einfach so lebendig‹, sagte er immer.«

»Was war Ihr Vater von Beruf?«, fragte die Schwester.

»Er war Lehrer. An der Uni. Professor für Maschinenbau«, sagte ich.

»Sie sind sicher sehr stolz auf ihn.«

»Ja«, sagte ich. »Das bin ich.« Ob die Fragen der Schwester mit Absicht therapeutisch waren oder nicht, konnte ich nicht ausmachen. Aber dass meine Mutter unsere Stimmen und das, was ich erzählte, hören sollte, leuchtete mir ein.

Ich wollte der Schwester gegenüber unbedingt alles richtig wiedergeben, doch im Grunde erzählte ich die Geschichte überhaupt nur, weil ich hoffte, dass meine Mutter sie erkannte.

Dad bekam als kleiner Junge ein Stipendium fürs örtliche Gymnasium, das die Gerberei auslobte, in der sein Vater arbeitete. Sein Großvater William arbeitete auch dort. William war ein Mann mit Unterarmen wie Schinkenkeulen und von John Wesley persönlich zum Methodismus bekehrt worden, als der noch hoch zu Ross durch die Lande zog.

Ich schaute die Schwester an. Dann meine Mutter. Ihr Gesicht war bleich. Das Beatmungsgerät blubberte, wenn ihr Atem in den Röhren kondensierte.

»Entschuldigung, nein«, sagte ich. »Das kann gar nicht stimmen.« John Wesley starb Ende des achtzehnten Jahrhunderts. Urgroßvater William musste um 1870 herum geboren sein. Irgendwas kriegte ich nicht auf die Reihe und versuchte es noch einmal.

Vom Tag seiner Bekehrung an rührte William Norbury keinen Alkohol mehr an, und er hatte sogar die andere Wange hingehalten, als ein Arbeitskollege ihn ohrfeigte. Als der Angreifer ihn dann allerdings auch auf die Wange schlug, verpasste William ihm einen gut gezielten Kinnhaken und sagte: »Der Herr sagt, du sollst die andere Wange hinhalten, aber was du tun sollst, wenn man dich auch darauf haut, dazu hat er nichts gesagt.« Und ich erzählte die alte Geschichte, wie William Laienprediger geworden und mit seinem Koffer voller Predigten in der Grafschaft herumgereist war, der ihm treu ergebene, zurückgebliebene Junge immer an seiner Seite. William heiratete und hatte fünf Kinder. Sein erster Sohn Wesley, benannt nach seinem Helden, starb in der Kindheit an Meningitis. Die beiden jüngeren Jungs gingen in die Gerberei, wo sie, die Ärmel hochgekrempelt, in schützenden Gummistiefeln, Baumwollhemden und Drillichhosen unter schwarzen Stoffschürzen stinkende Rinderhäute in tiefe Salzgruben hievten. Tagein, tagaus, bis der Ausbruch des Krieges 1914 dieser Schinderei für manche ein Ende setzte. William blieb in der Gerberei, aber mein Großvater Russell, so alt wie das Jahrhundert, wurde einberufen. Als er verwundet aus Frankreich heimkehrte, war er immer noch erst ein Teenager. Seine körperlichen Verletzungen heilten zwar relativ rasch, doch der Krieg hatte tiefe Kerben in seine Seele geschlagen. Die nächsten vier Jahre verbrachte Russell damit, sein Gesicht im Spiegel zu betrachten, überzeugt, die eine Seite sei größer als die andere und das Schrapnell stecke immer noch in seinem Kiefer. Weil er nicht mehr in der Lage war, in der Produktion zu arbeiten, gab ihm der Besitzer Mr Posnett einen Posten im Büro, wo er bei Schichtbeginn und -ende die Karten der Arbeiter abstempelte. Mr Posnett sagte oft: »Ich habe Russell Norbury nach dem Krieg das Leben gerettet.« Ob der todlangweilige Job Großvater das Leben rettete, sei dahingestellt, aber er verschaffte ihm auf jeden Fall ein Einkommen. Russell litt unter Angstzuständen, war aber ein sanfter Mann mit einem schönen Tenor und – solange sich seine Neurosen nicht bemerkbar machten – gutmütig.

In den Jahren, als es ihm nicht gut ging, arbeitete Großmutter Doris in einem Wettbüro. Sie erzählte uns von den zwergenhaften Jockeys und wie sie in ihren leuchtenden Seidenklamotten gewogen wurden. Während all der Jahre, in denen Großvater in den Spiegel starrte, ernährte Doris die Familie.

Ich stockte. Was ich gerade erzählt hatte, kam mir plötzlich abwegig vor. Würde eine Methodistin wirklich auf einer Pferderennbahn arbeiten, noch dazu eine Frau mit Kindern? Wie wäre sie dahingekommen? Die nächstgelegenen Rennbahnen waren in Aintree, in Liverpool und in Haydock Park bei Manchester. In ihrem Wohnort hielt kein Bus, sie hätte genauso gut auf dem Mond leben können. Vielleicht hatte Doris nur für einen Buchhalter oder einen Steuerberater im Ort gearbeitet. Vielleicht hatte ich den Gedankensprung vom Buchhalter zum Buchmacher gemacht und es ausgeschmückt mit halb erinnerten Szenen aus dem Film *Kleines Mädchen, großes Herz*, in dem eine junge Liz Taylor auf einem Bauernpferd das Grand National gewinnt, beziehungsweise beinahe gewinnt. Die Zeiträume, in denen ich die geschilderten Ereignisse vor mir sah, waren auf jeden Fall extrem ungenau. Bruchstücke von Geschichten pochten und glühten weit verstreut über eine unbestimmbare Zeitspanne von Not, Entbehrung und Krieg. Die Geschichten waren mir vertraut.

Aber ich hatte sie mir noch nie anverwandelt, und ich hatte auch noch nie versucht, sie jemand anderem zu erzählen.

Also: Irgendwann zwischen den Jahren der Not und Entbehrung – irgendwann zwischen den Kriegen – hatte mein Vater das Stipendium der Highfield Tannery gewonnen. Ganz kurz war er nämlich der Jahresbeste der Dorfschule, doch da noch nie ein Methodist die besten Noten gehabt hatte, wurden die schriftlichen Prüfungen erneut bewertet. Mit dem Ergebnis, dass mein Vater nun die zweitbesten Zensuren nach einem Mädchen namens Sheila McKnight bekam; sie war um ein Prozent besser. Die Schule war nicht bekannt für Geschlechtergerechtigkeit, aber man erachtete es offenbar für besser, dass ein anglikanisches Mädchen als beste Schülerin ausgezeichnet wurde und nicht ein methodistischer Junge. So interpretierten jedenfalls die Methodisten den Fall, und ich merkte jetzt, dass auch der gewiss Legende war. Aber das Stipendium bekam Dad trotzdem, das stimmte. Zusätzlich dazu bot Mr Posnett an, ihm die Uniform und Bücher, Winkelmesser und Zirkel, Lineal und Stifte, die Lateingrammatik und das Lateinwörterbuch zu kaufen. Aber die Gerberei-Arbeiter lehnten das Angebot ab und ließen den Hut rumgehen. Fred war einer der Ihren. Fürs Gymnasium hatte er alles, was er brauchte. Später bekam er ein staatliches Stipendium für die Universität Liverpool. Die Gerberei unterstützte ihn weiterhin. Mr Posnett betonte immer, Dad solle Bescheid sagen, wenn er etwas brauche. Wieder sorgten die Dorfbewohner für eine ordentliche Ausstattung. Wegen des Krieges gab es keine Sommerferien, und schon nach zwei Jahren erlangte mein Vater den Bachelor in Maschinenbau. Als er mit Bestnote abschloss, war der Frieden bereits angebrochen, planlos und chaotisch, und er wurde nicht mehr eingezogen. Ich erzählte, wie er zur Zeit seines Masters meine Mutter auf dem Gipfel des Tryfan gefragt hatte, ob sie ihn heiraten wolle, und wie sie dort von dem Monolithen Adam auf den Monolithen Eve gesprungen waren, etwa drei Meter über dem

Boden, und dass alle, die diesen *Tryfan step, den* Schritt von Tryfan schafften, gewissermaßen Ehrenbürger des Berges wurden.

»Meine Güte, da muss sie aber sehr sportlich gewesen sein«, sagte die Schwester. Ich hatte sie ganz vergessen.

»Ja, das war sie«, sagte ich. »Früher ist sie die Hundert Yards in 11,4 gelaufen. Ein Wissenschaftler, ein Chemiker und *Cambridge Blue,* sah sie auf den Sportanlagen der Imperial Chemical Industries laufen und wollte sie trainieren, es war sogar die Rede von den Olympischen Spielen. Doch wegen des Krieges wurde nichts daraus.«

Meine Mutter bewegte sich nicht, und als der Morgen kam, fuhr ich mit Evie nach Liverpool und kaufte ihr ein Kleid für die Beerdigung. Die Geräte sollten um sechzehn Uhr abgeschaltet werden. Ich konnte meinen Nicole-Farhi-Hosenanzug wie bei der Beerdigung meines Vaters tragen – zum ersten Mal überhaupt wieder. Aber als wir zum Auto zurückkamen, war auf meinem Handy eine Nachricht. Meine Mutter hatte die Augen geöffnet. Sie hatte ihren Neffen Peter, der ihr die Hand gehalten hatte, angeblickt. Evie nahm die Tüte mit ihrem neuen Kleid und stopfte sie ins Handschuhfach. Als wir um drei Uhr ins Krankenhaus kamen, saß meine Mutter im Bett, eine Tasse Tee vor sich und eine Scheibe mit Butter bestrichenem Toast in der Hand.

»Besonders gut fühle ich mich nicht gerade«, sagte sie.

Sie blieb wochenlang im Krankenhaus. Während ihre erstaunliche und unwahrscheinliche Genesung langsam voranschritt, pendelte ich zwischen ihrem Haus, dem Cottage in Wales, unserer neuen Wohnung in London und Barcelona. Am Ende des Sommers verließen wir Katalonien. Evie begann das neue Schuljahr in einer Grundschule in Battersea, und ich nutzte die Gelegenheit, endlich die immer wieder verschobene Mammografie machen zu lassen. Da ich mir in London noch keinen Arzt gesucht hatte, ließ ich sie in dem Krankenhaus meiner Mutter in Chester machen.

Die Röntgenassistentin sagte: »Das sieht nicht aus wie eine Zyste.«

Der Knoten war weiß, eine kompakte Masse mit winzigen Ärmchen, die wie Spinnenfäden herausschossen, oder wie Krabbenscheren. Er war ungleichmäßig geformt und knubbelig wie eine Krabbe.

»Sieht es wie Krebs aus?«, fragte ich.

Die Röntgenassistentin schwieg.

»Ja«, sagte sie.

»Fällt Ihnen etwas ein, das keine Zyste ist und kein Krebs, irgendetwas anderes, das es sein könnte?«

Dieses Mal zögerte sie nicht. »Nein.«

»Ich habe eine zehn Jahre alte Tochter«, sagte ich. »Ich muss leben.« Sie entnahm eine Biopsie. Das Gerät klang wie der Bolzen, mit dem Tierärzte Pferde töten. Ich schnappte nach Luft, als es in den Muskel meiner Brustwand biss. Der Bereich begann anzuschwellen. Danach saß ich zusammen mit ein paar anderen Frauen – wir alle in lila Operationskitteln – vor einem Schwesternzimmer, unsere Kleidung in Plastikkisten vor uns. Da ich Rupert telefonisch nicht erreichen konnte, rief ich meine Schwägerin Maria an, die zufällig in der Nähe war und kam und mit mir wartete.

»Ich wollte gar nicht hierher kommen«, sagte eine blonde Frau mit grauen, drahtig nachwachsenden Haaren. »Ich bin aus Caernarfon. Sie haben mir gesagt, ich sollte es wegen meiner Mutter machen lassen. Sie ist daran gestorben.« Schweigen ringsum. »Ich wäre nicht gekommen, wenn sie es mir nicht gesagt hätten. Ich will nicht hier sein.« Die Frau neben mir beugte sich vor und fragte die Frau aus Caernarfon nach der Fahrt hierher, ob es schwierig gewesen sei, nach Chester zu kommen, wie lange es gedauert habe. Eine Schwester brachte mir Tee in einer Porzellantasse mit Untertasse und ein paar Kekse mit Cremefüllung auf einem Tablett mit Zierdeckchen. Auch andere Frauen, bemerkte ich, hatten ein Tablett. Angesichts dieses Luxus in einem staatlichen Krankenhaus fühlte ich mich als etwas Besonderes, es stimmte mich aber auch ahnungsvoll. Dann sagte mir eine Schwester, das Ergebnis der Biopsie werde erst nach dem Wochenende vorliegen, aber achtzig Prozent der Frauen mit Brustkrebs überlebten. Evie und Rupert erwarteten mich in London, doch man riet mir, am Ort zu bleiben.

Ich fuhr ins leere Haus meiner Mutter. Vor Nervosität konnte ich nicht stillsitzen. Alle Freundinnen prophezeiten mir: »Das geht gut«, aber ich glaubte ihnen nicht, weil das, was ich im Ultraschall gesehen hatte, gar nicht gut aussah. Ich erinnerte mich, wie die Röntgenassistentin die Schwester angeschaut hatte und sich die Wände des Raumes auf mich zugeschoben hatten.

Ich packte eine Reisetasche und fuhr im Auto meiner Mutter nach Cumbria in die Berge, zwei Stunden nördlich von Chester. Im Lake District ließ ich mich gen Westen treiben, in Richtung des Wasdale Valley, und parkte das Auto am Wastwater, dem tiefen See unter den schwer zugänglichen, felsigen Pfeilern des Great Gable und dem Scafell-Massiv. Hier brauchte ich keine Karte, diese Gegend kannte ich wie meine Westentasche. Ich war mit meinem Vater zum ersten Mal auf den Scafell gestiegen, als ich in Evies Alter war, in Shorts und mit Turnschuhen, durch die ich jeden Stein spürte; Dads große Hand hatte meine kleine umschlossen.

Während er seine Doktorarbeit schrieb, hatte sein Doktorvater Geoff Calvert im Lake District ein Cottage aus allem gebaut, was zur Hand war. Die Steine waren irgendwelches Geröll. Die Crittall-Fenster über fast die gesamte Länge der Wände stammten aus einem Krankenhaus in Liverpool. Geoff versprach seinen Studenten, dass alle, die beim Bau des Cottage hülfen, lebenslang eine

Woche gratis Ferien dort machen könnten. Wir fuhren also jeden Sommer dorthin. Am Anfang gab es noch Gaslampen, die aus Gasflaschen gespeist wurden. Strom kam später aus einer Autobatterie, das Wasser durch einen Holzkohlefilter direkt von dem Berg dahinter. Und unter dem Küchenabtropfbrett stand eine Badewanne. Wir gingen tagsüber auf große Tour durch die Berge und die Seen entlang, abends spielten wir fröhlich Karten.

An einem dieser gloriosen Sommertage war ich also auf den Scafell gestiegen, die meiste Zeit des Weges an der Hand meines Vaters. Zurück hatte er mich auf den Schultern hinuntergetragen, nicht weil ich müde war, sondern weil mir die Füße in den abgelaufenen Turnschuhen wehtaten und obwohl mich mein Bruder gnadenlos ärgerte, was ich für ein Baby sei. Danach bestand meine Mutter darauf, mir in Kendal ein Paar richtige Wanderschuhe zu besorgen. Ich erkannte den Scafell an der sich wie ein Hochseedampfer drohend hoch über uns erhebenden Felswand. Sie führte zu einer Passage, dem Lord's Rake, der wie eine Leiter hoch und weniger hoch und diagonal im Zickzack bis zum Gipfel des Berges führte. Die Wand und die enge Passage machten den Weg selbst bei Nebel zur sicheren Route, denn auch wenn man nichts sah, konnte man den Weg ertasten und wusste genau, wo man war. Ein grob in den Fels geschlagenes Kreuz am Einstieg bezeichnete die Stelle, an der an einem warmen Septembernachmittag im Jahr 1903 vier junge Männer, alle erfahrene Kletterer, »geschickt, umsichtig und bescheiden«, aus unerklärlichen Gründen in den Tod gestürzt waren. Der Lord's Rake führte den Wanderer daran vorbei und weiter, schräg durch Senken und über Jochs, manche nicht breiter als ein Pferdesattel, quer über den Pfeiler und nicht oberhalb von ihm.

Wie oft war ich seit Kindertagen wieder hierhergekommen! Mit dreiundzwanzig floh ich vor einer Affäre aus New York und fuhr in einem Mietauto vom Flughafen Heathrow im Jean-Paul-Gaultier-Anzug und Stilettos von Jimmy Choo hierher. Am Scafell angekommen, stöberte ich kurz in meiner Reisetasche, zog mich auf dem Parkplatz des National Trust um und kletterte dann in Converse All Stars, den Levi's 501 meines Exlovers und einem schwarzen Männerkaschmirpullover auf den Berg. Im Lord's Rake war ich gleich zu Hause, sicher und geborgen; die Felsspalte war voll körnigem Schnee, ich berührte mit der Wange den Stein, mein kurzes gebleichtes Haar feucht vom Nebel.

Auch diesmal erfüllte mich der Besuch des Berges, ungeachtet dessen, was ich im Ultraschall gesehen hatte, mit Hoffnung. Ich fühlte mich stark, wenn auch krank, und obwohl meine Gedanken ängstlich flatterten wie ein Vogel im Angesicht einer Katze, deren Schwanz hin und her peitscht, sang mein Herz. Wastwater glühte, das Licht spiegelte sich im Abgrund. Für die Schafe gab es eine Badewanne mit Wasser. Der Septembertag strahlte, wenn auch die unteren Hänge des Scafell bereits im Schatten lagen: die Herbstsonne beschrieb einen flachen Bogen. Ich folgte dem Weg über einen Kamm, dem Brown Tongue, wanderte zwischen zwei namenlosen Bächen her, hielt mich ans Ufer des südlichen und suchte eine Stelle zum Überqueren. Aber der Bach führte Hochwasser, und man konnte die Furt nicht durchwaten. Ich sah die Trittsteine, versunken und wohlbewahrt unter einer dunklen Schicht sprudelnden gläsernen Wassers, und beschloss, am Nordufer weiterzulaufen.

Als ich über die bucklige Seite des Berges hochwanderte, gelangte ich in das natürliche Amphitheater, das für den Scafell charakteristisch ist. Ich sah den Mickledore-Pass und den Scafell Pike, den höchsten Berg Englands. An der Seite lag der Gipfel des Scafell selbst. Eine Stunde lang ging ich durch Blaubeeren und verstreute Felsbrocken. Im Frühsommer ist die Stelle Hollow Stones eine Teppichwiese wie aus dem Bilderbuch, wie vom Webstuhl der Lady von Shalott. Nur die Einhörner fehlen. Heute aber zeigte sie ein anderes Gesicht. Das grüne Gras färbte sich schon karamellbraun; wenn der Wind über verdorrte schwarze Fruchtstände strich, klang es wie heiseres Atmen. Ein Hund hatte sich von der Leine seines Besitzers losgerissen und rannte aufgeregt herum, trieb Schafe zusammen, sein scharfes Bellen und das ängstliche Blöken hingen in der Luft. Die Tiere bewegten sich im Kreis wie die Figuren eines Mobiles. Ich fragte mich, ob der Besitzer in der Nähe war und ob trächtige Schafe darunter waren. Ob der Farmer den Hund erschießen würde, wenn er ihn sah. So viele Obs. Weißer Dunst dämpfte die Geräusche und milderte meine Sorgen. Und dann hatte ich ganz plötzlich die Quelle, den Ursprung des namenlosen Bachs erreicht. Das Wasser sprudelte unter einem wuchtigen Fels hervor.

Er ist auf einer anschaulichen Zeichnung des Scafell in dem Wanderführer von A. Wainwright markiert und nur mit »Großer Fels« bezeichnet. Darunter befinden sich ein »X« und das Wort »Quelle«. Auf der anderen Seite des Bachs mit dem ausgeschilderten Fußweg baute der National Trust zum Schutz der Vegetation und um Bodenerosion zu verhindern eine Felsentreppe. Die unmittelbare Nähe dieser Treppe zu dem großen Felsen erinnerte mich an die A303, die fast durch Stonehenge führt und wo der starke Verkehr so dicht neben der uralten spirituellen Stätte die Besucher verwirrt. Die Quelle hier erstickte in Müll, auch das war mir neu. Bonbonpapierchen und Chips-Tüten trudelten in einem Tümpel von der Größe einer Abwaschschüssel. Dahinter reichte der Geröllhang bis zum Rake und weiter hinab zu der Ozeandampferwand.

Ich suchte mir eine Stelle zum Trinken. Direkt unter dem Felsen war eine Rinne – frei von Müll. Mit den Händen schöpfte ich das metallische, torfige, kalte Wasser. Ich trank aus Durst und in dem Wunsch, dass Wasser möge die Ergebnisse vom kommenden Montag reinwaschen. Ich fand zwei Eicheln und zwei Haselnüsse in meiner Tasche, Andenken an andere Wanderungen, und warf sie ins Wasser. Sie kamen einer Münze am nächsten. Ein wenig steif richtete ich mich wieder auf. Ein alter Herr mit zwei langen Stöcken tauchte auf, wanderte verbissen und energisch an mir vorbei, wischte sich den Schweiß vom Kinn und schob seine falschen Zähne vor, als er stehenblieb, um Atem zu schöpfen. Nach knapp fünfzig Metern schaute er auf seine Karte und dann auf die Felswand.

»Er ist dort«, rief ich. »Folgen Sie einfach dem Geröllhang.« Er nickte mir zu und war, in jeder Hand einen Stock, die Karte an einer Schnur um den Hals, nach wenigen Minuten verschwunden. Ich nahm denselben Weg bis zum Rake. Unten legte ich die Hände auf das Kreuz zum Gedenken an die vier toten Kletterer. Der alte Herr war weg. In der Passage leuchtete zitronengelber Steinbrech zwischen großen anthrazitgrauen Brocken eines Felssturzes. Felssplitter lagen schräg nach innen wie baufällige alte Schornsteine.

Where trouble melts like lemon drops
High above the chimney tops …

»Wopp-wopp, wopp-wopp, wopp-wopp!«, flatterte ein schwarzer Vogel auf Nasenhöhe vorbei. Ich konnte den Strich der Federn auf dem Rücken der Krähe erkennen. Der zweite Schlag war leicht verzögert, prallte von der Wolkendecke ab. Sie schien zum Greifen nah. Ich konnte nicht weiter und setzte mich einen Augenblick, stand wieder auf, redete mir ein, ich sei wegen der Krankheit meiner Mutter, dem Umzug nach London und der Biopsie so erschöpft. Ich konnte die Tatsache, dass ich Krebs hatte, nicht begreifen, wollte nicht akzeptieren, dass er mich schwächte und von meiner Wanderung abhielt. Ich verließ den Lord's Rake, wandte mich vom Gipfel ab und ging auf demselben Weg den Berg hinunter, den ich hochgekommen war.

Die Themse

Eigentlich kannte ich die Themse überhaupt nicht. Obwohl ich vor meiner Zeit in Barcelona mit Unterbrechungen mehr als zwanzig Jahre in London gewohnt hatte, hatte ich die meiste Zeit in Earls Court verbracht und den Fluss selten gesehen. Aber von unserem neuen Zuhause in Lavender Hill aus überquerte ich ihn fast jeden Tag.

Evie, Rupert und ich saßen vorne im Oberdeck des 49er Busses auf dem Weg zu einem Tag der offenen Tür einer der weiterführenden Schulen, die Evie sich ausgesucht hatte. Sie besuchte mittlerweile die Grundschule Sacred Heart Primary, eine Oase zwischen den Sozialwohnungsbauten und dem Schienengewirr in Battersea, aber nach nur zwei Wochen dort – Garten mit Hühnern, Beete mit Rosmarin und Schnittlauch, Mangold, Sonnenblumen, Wicken, Mauerpfeffer und Bohnen – mussten wir schon überlegen, wo sie anschließend hingehen sollte. Der Bus fuhr über die Battersea Bridge.

»Evie, schau mal!« Ich zeigte auf die mindestens vierzig pastellfarbenen Hausboote, die am Chelsea Embankment ankerten. Späte Rosen in voller Blüte umrankten die Tür eines der nächstgelegenen Boote. Der Fluss war hier so breit wie ein See.

»Mummy, warum besuchst du immer Grannie, und warum hast du an deiner Brust so viele blaue Flecken?«

Jäh wurde ich aus meinen Betrachtungen gerissen. Ruperts Blick ausweichend, schaute ich Evie an. »Weil ich Brustkrebs habe.«

Sie riss die Augen auf, wurde fahl. »Stirbst du?«

»Hm, ja, letztlich schon, wir alle sterben. Aber ich weiß nicht, wann, und ich würde es auch nicht wissen, wenn ich keinen Krebs hätte. Keiner von uns weiß, wann er stirbt.« Eine andere Antwort wäre ihr sichtlich lieber gewesen.

»Aber stirbst du an dem Krebs?« Rupert hielt Evies Hand fest, blickte auf ihr Haar.

»Ich weiß es nicht, mein Schatz.« Nachdem der Bus den Fluss überquert hatte, fuhr er die Beaufort Street in Chelsea hoch. Ich warf einen Blick zurück auf die bunten Hausboote. »Achtzig Prozent der Frauen mit Brustkrebs überleben, und ich hoffe doch sehr, dass ich eine davon bin. Ich bin immer zu Grannie gefahren, weil wir hier in London noch keinen Arzt haben, es sind eine Menge Untersuchungen nötig. Ich muss auch operiert werden. Das geht in Chester schneller.« Dass etwas getan wurde, schien Evie zu beruhigen. Sie beschäftigte sich wieder mit unserem bevorstehenden Besuch in der Schule.

Die war die ordentliche Version von *Die Girls von St Trinian*. Mädchen mit Schwimmbrillen warfen selbstgebastelte Flieger aus vergitterten Fenstern über einer Herz-Jesu-Statue. Evie rannte durch einen Kreuzgang mit Freskenmalereien und staunte über die scharlachrote Decke mit den weißgestrichenen Holzbalken, die das Innere einer göttlichen Brusthöhle hätte sein können. »Es stellt den Bauch von Jonas' Wal dar!«, korrigierte uns die strenge Aufsichtsschülerin. Ich freute mich, denn der Bauch von Jonas' Wal war bestimmt der perfekte Ort zum Lernen.

Vor meiner Operation fuhren wir alle zu meiner Mutter, die gerade erst aus dem Krankenhaus entlassen worden war. Evie hatte eine Woche schulfrei. Der angesetzte Tag war der Gedenktag des Franz von Assisi, und Evie lieh mir ihr Goldmedaillon des Heiligen, das ich jetzt trage, während ich schreibe. Ich dachte, ich bliebe vierzig Minuten lang unter Narkose – und erwachte fünf Stunden später. Die Sonne war nicht mehr vor meinem Fenster zu sehen, mein steifer Hals schmerzte von der Intubation. Mir war übel. Ich glaubte, um mich herum ein Gespräch wahrgenommen zu haben, und war sicher, dass der Krebs weg war. Trotz der Narkose fühlte ich mich besser, viel besser. Evie und Rupert saßen an meinem Bett. Am nächsten Morgen berichtete mir der Assistenzarzt, dass seine Kollegin Claudia Harding McKean während der Operation außer dem stachligen Tumor auch zwei Lymphknoten entfernt und mich unter Narkose gehalten hatte, um die Analyse der Lymphknoten abzuwarten. Diese waren letztlich nicht befallen, sonst hätte sie alle Lymphknoten in meinem Arm entfernt. Mir wurde klar, dass die Überlebensstatistik für meinen spezifischen Typ Krebs nicht aussagekräftig war, weil so wenige Menschen ihn hatten. Die Prognose war »im Allgemeinen schlecht«.

»Meine Kollegin hat das Beste für Sie getan«, sagte der Arzt.

»Ja«, sagte ich und lächelte. »Ich weiß.«

Ich wurde in das zwei Meilen von unserem Haus entfernte Royal Marsden Hospital in Chelsea überwiesen. Ich hielt es für die beste Krebsklinik im Land und freute mich sehr. Einen Monat lang musste ich Däumchen drehen und wurde sehr ungeduldig mit meinen neuen Ärzten, weil ich endlich mit der Chemotherapie beginnen wollte. Doch die Pathologen im Royal Marsden wollten den Tumor noch einmal genau untersuchen und meinten, ich solle mich von der Operation erholen. Das Warten minderte meine Anspannung nicht gerade. Es sah auch ganz so aus, als würden die Sorgen, derentwegen wir ursprünglich nach London zurückgekehrt waren, nicht so bald verschwinden. Natürlich arbeitete ich nicht und war auch nicht in der Lage, mir einen Job zu suchen. Ruperts Arbeitspläne waren vollkommen auf den Kopf gestellt. Wir überlegten, das Cottage zu verkaufen. Das heißt, Rupert überlegte. Mir war der Gedanke unerträglich. Als wir uns abends darüber stritten, hielt Evie sich die Ohren zu und rannte in ihr Zimmer.

Das Haus zu heizen wurde zum Luxus und ständigen Zankapfel. Der größte Teil war kalt. Wir heizten nur, sobald Evie nach Hause kam oder ich Besuch hatte, aber kaum schloss sich die Tür hinter den Gästen, drehte ich die Heizung wieder ab. Auch beim Essen mussten wir sparen. Dass ich auf jeden Fall Bioprodukte kaufen wollte, machte es nicht einfacher, doch ich vervollkommnete die Kunst, ein Hühnchen über drei Tage zu strecken: gebraten, Suppe, Risotto. Rupert verzichtete auf Alkohol, bestand aber darauf, dass ich Rotwein trank, weil der Krebs entgegenwirke. Unser aller Leben wurde strengstens, sorgfältig heruntergestutzt, alles Überflüssige gestrichen.

Was ich tun konnte und auch jeden Tag tat, war laufen. An einem frühen Nachmittag Ende Oktober ging ich nach Norden durch den Battersea Park, bis ich die breit und behäbig daherfließende Themse erreicht hatte. An der Albert Bridge schlug ich den Weg parkauswärts über den Thames Path nach Westen ein. Ein Fischreiher flog dicht übers Wasser. Bremslichter funkelten am Chelsea Embankment, dem gegenüberliegenden Ufer. Das bronzefarbene Wasser wirkte völlig ruhig. Ein Kormoran platschte ungeschickt mitten in den Fluss. An einem Flügel fehlten ihm offenbar ein paar Schwungfedern, und mir kamen die schwarzen und weißen Tasten eines Klaviers in den Sinn. Dann hielt sich der Kormoran an derselben Stelle, trieb weder nach Osten noch nach Westen ab. Als ich an der Battersea Bridge über die Straße ging, fuhr mich ein Radfahrer an. »Ey, hast du keine Augen im Kopf?« Wir stürzten zusammen auf den Bürgersteig, ich roch Schweiß und Schmieröl, penetrant, stark metallisch. Schimpfend stieg er wieder auf sein Rad, an seinem Helm blinkte ein rotes Licht, und er fuhr längst weiter, als ich noch nicht mal wieder auf den Beinen war. Die zog ich allerdings rasch von der Fahrbahn weg – dem Mittagsverkehr wollte ich nicht auch noch zum Opfer fallen. Außer Atem, mit Prellungen am ganzen Körper, war ich plötzlich wieder energiegeladen. Ich freute mich über den Kontakt mit einem anderen Menschen, wenn mich die Wucht des Zusammenstoßes auch erschreckt hatte.

Ich ging auf dem Fußweg die Flussmauer entlang. Vor der St Mary's-Kirche hingen einzelne Schuhe an ihren Schnürsenkeln ordentlich an einer Leine. Farblose Platanen zischelten im Wind. Dahinter das »Tick-tick-tick« eines Taxis, ein Doppeldeckerbus ruckelte und schwankte vorbei. Ein einzelnes bierdeckelgroßes, leuchtendrotes Blatt wehte mir vor die Füße, und ich bückte mich und hob es auf. Es war von Wildem Wein, der Selbstkletternden Jungfernrebe, hatte aber statt fünf nur drei Finger und am Blattgrund einen zitronengelben Halbmond. Ich schob das Blatt in das Buch, das ich dabeihatte. Andere Blätter wellten sich wie gelbe Zigarettenpapiere. Ich hob das einer Eberesche auf, über mir die Trauben der orangefarbenen Beeren. Ein paar späte optimistische Kapuzinerkressen hatten wässriggrüne runde Blätter ausgetrieben. Auf braun werdenden Stielen nickten blasse zerknüllte Rosen. Ich lauschte dem Motorengeräusch der Autos, dem Scheppern eines Baggers am Nordufer, der Chelsea Wharf, dem Heulen der Flugzeuge auf ihrem Weg nach Heathrow, dem Surren eines Kinderwagens und den flachen rhythmischen Schritten der an mir vorbeijoggenden Mutter, die multitaskte, nämlich rannte, das Kind ausfuhr und durch die gepolsterten Kopfhörer etwas auf ihrem iPod hörte. Das Haar des Kindes wippte im Wind wie die flauschigen Samenstände von Weidenröschen, ich sorgte mich, es könne ihm am Kopf zu kalt werden. Es war zufrieden in das Spiel seiner Finger versunken.

An der Battersea Railway Bridge blieb ich stehen. Die Brücke musste neu gestrichen werden, ein ringelblumengelber Anstrich kam unter dem abblätternden Grau zum Vorschein. Zwischen Metallbögen schwankten Schmetterlingsbäume, zu dieser Jahreszeit schon blass. Die Zweige der Trauerweide hingen in die Strömung des Wassers und trieben mit. In der Mitte der Themse war ein flaches Beiboot mit zwei winzig wirkenden Männern in neonfarbenen Jacken, die auf einen Schwarm kreisender Möwen über sich zeigten. Wie in einer Schneekugel die Flocken lösten sich die Möwen aus dem Kreis und landeten auf dem Wasser. Sie drifteten schon flussaufwärts. Einer der Männer warf etwas hoch, die Möwen kreisten wieder um das Boot, landeten erneut auf dem Wasser und drifteten wieder flussaufwärts.

Ich beobachtete, wie der Fluss immer deutlicher in die neue Richtung floss. Die Sonne schien, und die charakteristische kalkmilchige, lehmgraue Farbe des Wassers verschwand unter der Spiegelung des blassblauen Himmels. Etymologen behaupten, die Farbe habe dem Fluss seinen Namen gegeben, über den genauen Zusammenhang streiten sich die Gelehrten allerdings. Thames kommt vom mittelenglischen Temese, das von dem keltischen Namen Tamesas stammt, der vielleicht »dunkel« bedeutet, während eine mögliche indoeuropäische, aber vorkeltische Wurzel auf Schlammigkeit hindeutet, von »*tā-« oder »schmelzen«. Das Wasser klickerte wie Münzen, die aus der Präge fallen. Der Fluss war ganz still gewesen, aber nun ertönte sogar noch ein Geräusch, regelmäßig wie Herzschläge; alle ein, zwei Sekunden schlug eine Welle an das von Sturmmöwen und Stockenten dicht bevölkerte Ufer. Die Enten gründelten im weichen Schlamm, die smaragdgrünen und türkisfarbenen Köpfe der Erpel hatten etwas schillernd Festliches; die Möwen schimmerten weiß. Die Stockentenweibchen hatten die gleiche Farbe wie das Ufer, das mit schwimmhäutigen Fußspuren übersät war. Ein schwirrendes Geschwader von Kormoranen landete in der Mitte des Flusses, die Vögel tauchten ins Wasser ein und stets an einer anderen Stelle wieder auf wie Blechvögel, die in einer Schießbude kreisen. Zurück an der Albert Bridge floss das Wasser mittlerweile flächig landeinwärts wie Zeitungen aus der Druckerpresse. Ein Mann und eine Frau stritten sich. Der Mann hielt eine Karte in der Hand und fuchtelte mit ausgestrecktem Zeigefinger Richtung Putney.

»Die Tower Bridge ist da!«, behauptete er steif und fest. »Sieh doch, wohin das Wasser fließt.« Der Mann wies erst auf den Fluss, dann zum Battersea Park. »Das ist eindeutig das Royal Hospital in Chelsea.« Sie konnten das bekannte Kraftwerk Battersea, das ihnen zur Orientierung geholfen hätte, nicht sehen. Die Frau war sich unsicher, zupfte an ihrem Haar. Wir waren weit von der Mündung der Themse entfernt, nichts zeigte uns, die wir da standen und das Wasser betrachteten, an, dass der Strömungswechsel stattgefunden hatte. Als die Leute in Richtung der Eisenbahnbrücke losliefen, sagte ich: »Entschuldigung.«

Der Mann reagierte überrascht, die Frau erleichtert. »Der Fluss fließt flussaufwärts«, sagte ich.

»Was?« Er stutzte.

»Die Themse ist ein Gezeitenfluss. Die Tower Bridge liegt hinter Ihnen. Dies ist das Südufer des Flusses, in ungefähr sechs Stunden fließt er wieder in die andere Richtung.« Der Mann schaute mich an, als sei ich von Sinnen.

Ich ging weiter. Während sie ihren Streit wieder aufnahmen, durchzuckte mich plötzlich ein Gedanke. Wenn dieser Fluss, die mächtige Themse, flussaufwärts fließen und zweimal am Tag die Richtung ändern konnte, dann konnte ich doch bestimmt auch meinen Krebs überleben.

Einen Monat später lief ich über die Albert Bridge. Die zuckergusspinke, seerosenblattgrüne und pulverblaue Hängebrücke wurde restauriert. Unter dem Straßenbelag kamen die verrottenden Eisenplatten zum Vorschein. An einer Seite verlief aber weiterhin ein Fußgängerweg. Männer in orangefarbenen Jacken und mit Stahlkappenschuhen und Plastikbauhelmen ließen die Fußgänger in kleinen Gruppen durch und baten Radfahrer abzusteigen. Aus einem Schweißbrenner spratzten Funken, es roch nach Meersalz und Teer. Wieder stürzte sich ein Kormoran in die Strömung und tauchte wieder auf, er hatte die gleiche Farbe wie das Wasser.

Am Royal Marsden ging ich zum Eingang in der Fulham Road und nahm dort die Treppe zur Vordertür, obwohl die Hintertür näher gewesen wäre. Im Vorbeigehen warf ich einen kurzen Blick auf das Wappen mit der Eule auf der linken Seite und dem Einhorn auf der rechten. Unter der Klaue der Eule war ein Krebs. Ich erinnerte mich an meine kleine tagaktive Eule auf den Mooren über Dunbeath, doch die Eule auf dem Wappen war die der Minerva, der Athene, der Tochter des Zeus, die in voller Rüstung dem Kopf ihres Vaters entsprang und aus deren freier Hand Blitze schossen. Die Göttin der Weisheit, des Heilens und des Krieges, die Odysseus bei seiner Heimkehr half.

Im Aufenthaltsraum für die Tagespatienten begann das lange Warten auf die Bluttests und Untersuchungen, das Wiegen und das Messen. Die Medikamente wurden für mich individuell zusammengestellt und dosiert, und mir wurde eine Kanüle gelegt. Meine Freundin Tessa kam vor den Medikamenten. Rupert wartete zu Hause und kümmerte sich um Evie. Die Frauen ohne Haare, die Frauen mit offenen Wunden, die Frau, deren Gesicht sich metallisch grün verfärbt hatte, die Frau, die binnen eines Monats sterben würde – Tessa schien sie nicht zu bemerken. Sie verspeiste ihre mitgebrachten Weintrauben, musste lachen und reichte sie mir. Dass wir an diesem Ort einmal zusammensitzen würden, hätten wir nie gedacht. Über die Wochen hatte ich gelernt, die Güte unserer Freunde zu akzeptieren. Meine Schwägerin Jane ging mit mir Narzissen- und Tulpenzwiebeln einkaufen, damit ich mich auf etwas nach dem Winter freuen konnte. Mein Bruder und seine Familie nahmen Evie mit in die Ferien. Ihr Pate Calvin kam aus New York, ging mit uns im West End ins Theater und brachte ein Paar schokoladenfarbene UGG-Boots für Evie und eine warme Blaufuchsmütze für meinen kahlen Schädel mit. Mein Freund Rob schickte mir sein neues Manuskript und bat mich um Kommentare. Zum Dank dafür schenkte er mir eine Karte von Buttermere, die er in seiner eckigen Schrift mit Anmerkungen versehen und auf der er Täler, Flüsse und Bergkämme mit blauer Tinte markiert hatte. An diesen Orten sollte ich wieder zu Kräften kommen. Meine Freundin Clare zog für zwei Wochen zu uns, damit Rupert weiterschreiben konnte. Sie kochte, kaufte ein, putzte, organisierte das Voewood Festival und betrieb ihre Literaturagentur von unserem Wohnzimmer aus. Ruperts Bruder Robin pflanzte Rosen vor unserem Haus, und sein Agent Peter schickte uns einen Fresskorb, von dem wir wochenlang zehrten. Und Rupert hüllte sein Leben um meines. Er brachte mir Bücher und frische Blumen und verbarg seine Angst hinter Lachen. Als mich der Gedanke, zwischen fremden Tapeten sterben zu müssen, in Panik versetzte, strich er unser Schlafzimmer makellos weiß. Er wich nicht von Evies Seite, brachte sie jeden Morgen zur Schule und holte sie jeden Nachmittag ab. Unerschütterlich sorgte er für mich, für uns beide. Dass sich meine Mutter seit ihrer eigenen Erkrankung meist gar nicht erinnern konnte, dass es mir nicht gut ging, freute mich mehr, als ich sagen konnte. Aber in einem kurzen Moment der Klarheit schaute sie mich an und sagte: »Du wirst gesund. Das hab ich im Urin.«

Am ersten Tag im Krankenhaus fragte man mich, ob es in meiner Familie Brustkrebs gebe. Ich erwiderte, ich sei adoptiert und wisse es nicht. Doch als Monat um Monat verstrich, ja, ein Jahr verging, stellte sich im Sommer die Frage erneut. Zum ersten Mal kam mir in den Sinn, dass ich meine biologische Mutter vielleicht deshalb nie gefunden hatte, weil sie tot war. Mein Freund Caradoc war auch adoptiert und hatte ein vielschichtiges Buch über seine Kindheit und Jugend geschrieben. *Problem Child.*

»Warum redest du nicht mal mit Ariel?«, sagte er. Bevor ich mit Evie nach Wales fuhr, wollte er mir noch was Gutes tun und lud mich zum Lunch ins Sheekey's ein. Ariel war die Sozialarbeiterin, die ihm geholfen hatte, Verbindung mit seiner unbekannten Familie aufzunehmen. Einen Tag, nachdem er Ariel für mich angerufen hatte, telefonierte ich mit ihr. Sie versprach angesichts meines Gesundheitszustandes, die notwendigen Formalitäten wie meine Identitätsbescheinigung und die Kontaktaufnahmen zu den zuständigen Behörden so schnell wie möglich auf den Weg zu bringen. Ich gab ihr die Informationen von meiner Geburtsurkunde und den Namen des Ehemannes meiner leiblichen Mutter, den ich von der Heiratsurkunde kannte. Kurz danach traf ich Ariel persönlich. Ich saß auf einem Sofa in ihrem kühlen weißen Zimmer und starrte auf ein Papier mit dem Namen, Geburtsdatum und der Adresse meiner biologischen Mutter. Sie war die ganze Zeit im Wählerverzeichnis zu finden gewesen. Wie im Übrigen auch zwei Halbbrüder.

Ich weiß nicht, warum ich sie dort nicht gesucht hatte. Wie lächerlich einfach es gewesen wäre. Zuhause führte ich die Suche noch einmal selbst durch und fand meine leibliche Mutter binnen Sekunden. Sie lebte etwa zwei Stunden Fahrtweg von dort entfernt, wo ich aufgewachsen war. Begriffsstutzig, wie ich war, hatte ich sie immer nur unter ihrem Mädchennamen gesucht. Ich konnte und wollte nicht glauben, war nie auf die Idee gekommen, dass eine Ehe Bestand haben könnte, die unter der Bedingung geschlossen worden war, mich wegzugeben.

Aber sie hatte Bestand. Vierzig Jahre lang. Jetzt allerdings war ihr Mann, von dem ich annahm, dass er mich rausgekickt hatte, verstorben. Ariel schrieb ihr einen Brief. In letzter Minute kriegte ich Panik, weil ich befürchtete, nie wieder die Möglichkeit zu bekommen, mit meiner Mutter direkt zu kommunizieren. Ich wollte ihr selbst schreiben. Aber Ariel versicherte mir, es sei besser, wenn sie das täte, die Nachricht werde ein Schock sein und es sei freundlicher, über einen Vermittler an sie heranzutreten. Das sah ich ein. Ariel schrieb also meiner biologischen Mutter, dass sie die Abstammung einer Klientin erforsche und Grund zu der Annahme habe, dass ihre Klientin und sie verwandt seien. Sie nannte Ort und Datum meiner Geburt und den Namen auf meiner Geburtsurkunde.

Der Severn

Evie und ich beschlossen, eine Pilgerfahrt zur Quelle des Severn zu unternehmen. Was als Ferienprojekt begonnen hatte, blieb uns als Gewohnheit erhalten. Vor zwei Jahren war ich Dunbeath Water gefolgt. Flüsse waren nicht länger lediglich Grund und Anlass für eine Wanderung, sondern zur Metapher geworden. Die einzelnen Gewässer verflochten sich, verdrehten sich erst zu einem quirligen Faden und später zu einem silbernen Tau. Auf einer Karte von Großbritannien und Irland bildeten diese Taue ein Netz oder eine Leiter. Beim Wandern wurden die Gewässer meine Führer, meine Gefährten und Lehrer. Sie bildeten eine Grenze zwischen verschiedenen Seinszuständen: fest, flüssig, luftig. Ihr Wesen war ständige Bewegung. Heraklit sagte: »Wir steigen in denselben Fluss und doch nicht in denselben; wir sind es, und wir sind es nicht.« Wo immer ich war, suchte ich die Flüsse auf, und es schien nur logisch, dass der längste Fluss Großbritanniens wenige Meilen vom Haus meiner biologischen Mutter entfernt entsprang.

Evie und ich verbrachten die Sommerferien im Cottage. Rupert blieb in London, um zu arbeiten. Ariel hatte immer noch keine Antwort auf den Brief, aber mir war aufgefallen, dass die Fahrtroute zwischen der Llŷn und London sehr nahe am Dorf meiner biologischen Mutter vorbeiführte. Evie und ich hatten uns in einem Pub im Dorf Montgomery einquartiert und wollten am nächsten Tag zur Quelle des Severn wandern. Als wir an dem Schild zum Dorf vorbeikamen, in dem meine biologische Mutter wohnte, überlegten wir kichernd, mal zu gucken. Wir entschieden uns dagegen, fuhren zweimal durch einen Kreisverkehr, dann denselben Teilabschnitt der Schnellstraße noch einmal hin und her, hielten schließlich in einer Haltebucht und wendeten wieder, nun entschlossen, den Umweg doch zu machen. Das kleine Dorf meiner biologischen Mutter war derart unscheinbar, dass wir gar nicht merkten, wie wir das erste Mal durchfuhren. Ihr Haus lag etwas außerhalb, die Haustür war versteckt an der Seite. Selbst jetzt am Nachmittag waren die Vorhänge zugezogen. Im Garten stand ein amerikanischer Briefkasten. Eine tickende Angst kreiste leise und unerbittlich in meinem Inneren. Ich war überzeugt: Meine biologische Mutter war in diesem Haus, hinter der nicht sichtbaren Tür. Ich war wie betrunken. Im Fenster hing ein Schild: »Nein zu Windparks«. Im letzten Sommer hatte man mich eingeladen, öffentlich über einen geplanten Windpark zu sprechen. In der Einfahrt zum Haus parkte ein Auto, dieselbe Marke wie meins. Diese Frau war mit mir verwandt, das zeigten selbst die wenigen Zeugnisse ihres Alltags. Alles sprach in einer noch nie zuvor erlebten Weise zu mir, ich spürte ein sirrendes Erkennen. Drei Generationen von Frauen waren in einem Umkreis von wenigen Metern versammelt. Aber eine wusste es nicht. Ob sie unsere Nähe spürte?

Niemand ging ins Haus hinein oder kam heraus. Evie und ich konnten nicht aufhören zu lachen, vor Nervosität wahrscheinlich. Wir stellten uns vor, was wir tun würden, wenn meine biologische Mutter herauskäme, überlegten, ob wir mit Blumen und Pralinen zurückkommen und so tun sollten, als seien wir von Interflora. Ich war mir meiner jungenhaften Frisur bewusst, nach den Monaten der Chemotherapie wuchs mein Haar gerade erst wieder nach. Und ich malte mir wahrhaftig aus, dass wir noch vor Ende dieser Woche zu diesem Ort zurückkommen und als Gäste willkommen geheißen würden.

In Alice Oswalds Gedicht »A Sleepwalk on the Severn« heißt ein Teil »Mutter«, und zwei Zeilen gingen mir beim Anblick des stillen Hauses nicht aus dem Kopf.

»Ich warte, dass eine alte verschlissene Königin
Zu diesem Fenster kommt«

Ich wartete auch. Der Fluss Severn (walisisch: Hafren, lateinisch: Sabrina) hat seinen Namen vom Geist eines kleinen Mädchens, das von einer bösen Königin umgebracht wurde, die ihren Mann in einer Schlacht ermorden ließ und dessen Geliebte und das Kind der Liebe, Halfren/Sabre, in einem Fluss ertränkte. Nach Halfrens Tod erlaubte die Königin, den Fluss nach ihr zu benennen. Die Römer latinisierten den Namen zu Sabrina und verehrten das Kind als Göttin. Ich dachte, die Zeilen aus dem Gedicht bezögen sich auf diese Geschichte. Aber der Fluss Severn war darüberhinaus einer der vierzehn Flüsse, die entstanden, als Boand den Quell der Weisheit gegen sich aufbrachte, und ich fragte mich nach einer möglichen Verbindung zwischen beiden Geschichten. Beide handelten von illegitimen Kindern.

Als sich immer noch nichts bewegte, beschlossen wir, zu unserem Pub zu fahren.

Am nächsten Morgen fuhren wir an einem Stausee entlang durch sanftes, grünes Land, das, während es anstieg, immer grüner – und grauer – wurde. Nach einer Weile gelangten wir in ein bewaldetes Gebiet auf einen kreisrunden Parkplatz mit einer Bauarbeitertoilette. Ein paar moosbedeckte Skulpturen sahen aus wie mit der Kettensäge gemacht. In Plastikcontainern lagen Broschüren und Karten aus, eine Holztreppe führte hinunter in einen Wald, für Rollstuhlfahrer und Kinderwagen gab es eine Rampe. Auf einem der hölzernen Wegweiser für die vielen verschiedenen Wanderwege war das Bild einer jungen Frau mit wehendem Haar und mittelalterlichem Gewand, um ihren Kopf ein Sternenkreis.

»Schau, Evie«, sagte ich. »Das muss Sabrina sein.«

Ich hatte ihr die Geschichte von der eifersüchtigen Königin und dem ertränkten Kind erzählt, dass es durch den Fluss unsterblich geworden war und die Römer es in eine Göttin verwandelt hatten.

»Das ist ja, als wollte man etwas Gutes aus etwas Schrecklichem machen«, sagte Evie. »Aber wieso ist sie auf dem Bild erwachsen?«

»Das weiß ich nicht«, erwiderte ich. »Vielleicht ist es doch jemand anderes.«

Der Severn blitzte durch die Bäume, er war recht breit, das bernsteinfarbene Wasser strömte schnell über Felsplatten. Wenige Meter später floss er schnurgerade weiter, am anderen Ufer stand ein Buschwald. In seiner an einen Kanal erinnernden Glätte wirkte er verletzlich, ungeschützt und nackt. Man hörte ihn fast nicht; eine niedrige Wolkendecke schluckte die Geräusche, Vogelgesang schien von weither zu kommen. Der Uferweg war mit leuchtendbunten mobilen Plastikplatten belegt, wie man sie auf Golfplätzen findet. Immer wieder gab es Bänke. Wir holten eine Gruppe ein, die sich offenbar zum Sonntagslunch getroffen hatte und für eine Waldwanderung gar nicht richtig angezogen war. Fast wären wir auf einen Frosch getreten.

Das Gelände begann steil anzusteigen, der Wald wurde dichter, der Severn plötzlich schmaler. Er mäanderte. Wir auch.

»Er ist wie Bienen«, sagte Evie, »ein Schweif aus Bienen.«

Auf gemeinsamen Wanderungen war Evie manchmal langsamer geworden und hatte mich dann an der Hand gefasst, jetzt war ich es, die hinter ihr nach Atem rang. Nach der monatelangen Krebsbehandlung war ich immer noch nicht wieder bei Kräften. Mein Herz war von der Chemotherapie in Mitleidenschaft gezogen. Ein paar Wochen vor Beginn der Sommerferien hatte ich mich noch einmal einer größeren Operation unterzogen, um das Risiko einer weiteren Primären Brustkrebserkrankung zu verhindern. Ich konnte seither meine Arme noch nicht richtig bewegen, und meine Ausdauer kehrte so langsam zurück, wie meine Haare wuchsen. Alle naselang musste ich anhalten und mich ausruhen, während Evie vorausrannte. Sie kletterte auf Felsen und winkte zu mir herunter, warf für jede von uns ein Stöckchen in den Fluss und rannte flussabwärts hinter ihnen her. Verfingen sie sich irgendwo, stocherte sie so lange daran herum, bis sie weiterschwammen. Nach einer Weile fand Evie einen größeren Ast, von dem sie die kleineren Zweige abbrach und den sie mir als Wanderstock überreichte. Er half wirklich, ich freute mich. Die Gelenkschmerzen in meinen Füßen, Knien, Hüften und im Rücken bei jedem Schritt waren eine unerwartete Nebenwirkung der Hormonbehandlung oder vielleicht Folge der chemisch hervorgerufenen Menopause.

Wir kamen zu einer Schotterstraße. Auf der anderen Seite wurde der Fluss sehr viel schmaler, der gut beschilderte Wanderweg daneben zu einem Trampelpfad. Weißer Nebel schwebte vorbei wie Drachenatem. Unsere Gesichter waren nass von Tröpfchen. Evie legte die Hände an die Wangen. »Wie kalt es ist.« Ich spürte es nicht, mein Gesicht war taub und ist es bis heute, eine Nebenwirkung der Therapie. Aber nach der Erfahrung auf meiner Wanderung zum Dunbeath erkannte ich, dass die Quelle nicht mehr weit entfernt sein konnte.

Der ansteigende Pfad nach dort wurde zunehmend morastig und nass. Man hatte ihn mit großen Steinplatten ausgelegt, und zur Abwechslung war ich mit diesem »Eingriff in die Natur« mal einverstanden, ohne den ich nur ungern über diesen Sumpf gelaufen wäre. Unversehens führte der Bach in einen schwarzen See mit hohen Ufern. Ein Pflock neben dem Weg verwies auf die Quelle des Severn. Auch jetzt glaubte ich – wie bei dem Loch im Boden am Dunbeath –, in die Ursuppe zu blicken. Dieses Loch war aber so groß wie ein Swimmingpool und umgrenzt von herabfallenden Torfabbrüchen, und selbst von hier aus floss der Fluss erstaunlich schnell und entschlossen.

Evie schaute in den Pool, auch sie war offenbar verblüfft. Nebel beeinträchtigte die Sicht, der Pfad über das Moor war nur vage auszumachen. Die Quelle des Flusses Wye lag wenige Meilen entfernt. Ob der Weg dorthin führte? Aber deshalb waren wir nicht hier. »Gehen wir zurück«, sagte Evie. Wieder musste ich an Alice Oswalds' Gedicht denken.

»Ich warte, dass eine alte, verschlissene Königin
Zu diesem Fenster kommt:
Sie, die schimmert wie der Mond,
Aber an die Wände scheißt,
Sie, in deren Haus nicht Bücher sind
Noch Bad.

Sie, die ihr totes Kind betrachtet
Und die Wiegenkleidung, rattenzerfressen,
Einfach nicht wegräumt …

Wartet darauf, welcher hart geplagten Mutter
Diese fedrigen Knochen gehören.«

Meine Finger umklammerten die Steinplatte, ich versuchte, mich aus dem Tümpel zu hieven, und schnappte nach Luft. Meine Nase, Ohren, die Lunge waren voll Wasser! Wegen der Operation empfand ich einen stechenden Schmerz in der Brust, aber ich fürchtete zu ertrinken, sobald ich den Stein losließ. Hinter mir schrie Evie gellend.

Ich war neben den Weg getreten, in ein Wasserfleckchen von der Größe einer Pfütze. Noch während ich mich stückweise herausschob, musste ich hemmungslos lachen. Was wusste ich nicht alles über die Gefahren des Moors, was hatte man mir nicht alles davon erzählt! Der Torf an dem befestigten Steinweg hatte eine Höhle gebildet, die sich hauptsächlich nach unten ausgeweitet hatte und zu einem *dubh loch* geworden war, so trügerisch wie die in Schottland. Befolge deine eigenen Anweisungen und überprüfe die Tiefe jeder noch so kleinen Pfütze mit einem Stock! Ich musste selbst dann noch lachen, als ich den reißenden Schmerz in meinem Brustkorb zu lindern versuchte.

Evie, angsterstarrt, rührte sich nicht von der Stelle. Wie gut, dass es mir passiert war, dass sie dabeigewesen war und, ohne dass letztlich etwas passiert war, gelernt hatte, dass mit dem Moor nicht zu spaßen ist. Sobald sie erkannte, dass ich nicht sterben würde, schlug sie einen anderen Ton an.

»Du bist von oben bis unten dreckig.«

»Es ist nur Wasser.«

»Aber sehr torfiges Wasser. Was, wenn jemand vorbeikommt?«

»Ja, was wohl?«, sagte ich. »Er kann doch denken, was er will.«

Wir wollten eigentlich nach unserer Wanderung nach London fahren. Doch noch vom Parkplatz aus fragte Evie im Pub, ob wir unser Zimmer für eine weitere Nacht haben könnten. Dort angekommen, nahmen wir ein heißes Bad, tranken heiße Schokolade und lachten über unser Abenteuer. Kurz bevor wir am nächsten Tag losfahren wollten, rief Ariel an und sagte, sie hätte einen Brief bekommen.

»Ich habe Dich lieb.

Es ist kein Tag vergangen, an dem ich nicht an Dich gedacht habe.

Ich habe Dich vom Moment unserer Trennung an gesucht.«

Diese Fantasie zerstob, noch bevor Ariel begann, mir den Brief vorzulesen. Ihre Stimme sprach Bände. Das Schreiben hatte ungefähr folgenden Wortlaut:

»Beim Erhalt Ihres Briefes war ich nachgerade entsetzt. Ich wünsche nicht, in dieser Angelegenheit noch einmal behelligt zu werden. Geben Sie Ihrer Klientin keine Informationen über mich. Es tut mir leid, dass sie ihre Familie kennen will, aber ich bin aufgewachsen, ohne meinen Vater zu kennen, und deshalb überzeugt, Ihre Klientin kann überleben, ohne dass sie ihre Vorfahren kennt. Das ist wirklich das Furchtbarste, das mir je passiert ist, und ich betone ausdrücklich, dass ich in dieser Sache nie wieder etwas hören will. Ich sage nur, dass ich damals in Australien war und nicht in Schwierigkeiten kommen wollte.

Hochachtungsvoll«

Dann ihr Name. Nennen wir sie Mrs Thomas. Die hier »zitierten« Worte sind sinngemäß wiedergegeben, das Copyright für die tatsächlichen Worte liegt bei Mrs Thomas, und das Papier, auf dem sie geschrieben sind, ist Eigentum von Ariel, denn an sie waren sie gerichtet. Welche Ironie, dass ich diese Korrespondenz nicht besitze und die Geschichte meines Lebens nicht akkurat darstellen kann, weil ich die Anonymität meiner biologischen Mutter schützen muss!

Ariel antwortete Mrs Thomas, dass ich das, was offiziell über sie in Erfahrung zu bringen sei, wisse und ihre Anschrift kennte. Ich hätte sie aus Rücksicht über eine Vermittlerin angesprochen. Ich suchte sie nicht aus bloßer Neugierde, sondern weil ich an einem seltenen und aggressiven Krebs erkrankt sei und eine Chemotherapie sowie beidseitige Brustamputation mit wiederherstellender Chirurgie hinter mir hätte. Außerdem hätte ich eine Tochter. Um die bestmögliche Entscheidung für ihre Zukunft zu treffen, sei mir an umfassenden Informationen zur familiären Krankengeschichte sehr gelegen. Ariel richtete ihr meine allerbesten Wünsche aus, was mich irritierte, weil ich sie darum nicht gebeten hatte.

Die Antwort kam schnell. Mrs Thomas sagte, sie fühle sich in Angst und Schrecken versetzt und nirgendwo mehr sicher, wolle uns aber über »alles Erforderliche« Auskunft geben. Sie habe sich kurz vor ihrer Reise nach Australien mit einem »wunderbaren Mann« verlobt, sei die Ostküste entlanggetrampt und habe gearbeitet, wann immer sie Arbeit gefunden habe. Vor ihrer Abreise aus Sydney habe sie bei einer Party einen »Quickie« mit einem Mann aus der Gruppe gehabt, mit der sie herumgezogen sei und dessen Namen sie nicht mehr wisse. Erst ihre Mutter habe ihre Schwangerschaft nach ihrer Rückkehr ins Vereinigte Königreich bemerkt. Es sei eine Wohnung für sie gemietet und sie für die Dauer der Schwangerschaft dort weggesperrt worden. Die Geburt sei unter Vollnarkose erfolgt und das Kind habe sie nie gesehen. »Sie haben mir später erzählt, es sei ein Mädchen.« Sie schrieb über ihren Mann, den sie – wie sie sich ausdrückte – betrogen hatte und der trotzdem so gut gewesen sei, »es« in all den langen Jahren ihrer Ehe nie zu erwähnen. Sie machte auch ein paar Angaben zur Krankengeschichte, und ich freute mich um Evies willen, dass es wenige durch Krebs verursachte Todesfälle gab, allerdings mehrere durch akuten Alkoholismus. Mrs Thomas teilte uns entgegen ihrer Angabe im ersten Brief, ihren Vater nicht gekannt zu haben, Einzelheiten aus dessen Krankengeschichte und der seiner Eltern mit. Ihre väterliche Großmutter sei die Einzige in der Familie, die Brustkrebs gehabt habe, aber sie habe ihn überlebt. Zum Schluss betonte sie, jeder habe Rechte, auch sie, und sie wolle in Ruhe gelassen werden.

Ihr mangelndes Interesse, die fehlende Neugierde beeindruckten mich. Ihre Kinder erwähnte sie nicht. Sie übernahm keine soziale oder moralische Verantwortung für ihr Handeln. Sie war eindeutig der Meinung, dass sie keine trug. Ich glaubte ihr nicht, dass sie den Namen meines leiblichen Vaters nicht kannte. Trotzdem tat sie mir leid. Diese Frau war technisch gesehen meine Mutter. Das Band, das zwischen uns zerschnitten worden war, wird allgemein als das stärkste betrachtet, das es gibt. Bei mir und Evie trifft das ganz gewiss zu. Ich versuchte mir einzureden, dass nicht ich es war, die Mrs Thomas zurückwies, sondern eine Lebenslage, die für sie traumatisch gewesen sein musste. Ich war bloß eine Idee für sie; ihre Erfahrung hatte sie für den Rest ihres Lebens geprägt. Eine von uns beiden musste Mutter sein, und das war sie eindeutig nicht. Ich entwarf eine Antwort.

Liebe Mrs Thomas,

dass ich Sie über eine Vermittlerin angesprochen habe, bedauere ich nur aus dem Grund, dass Sie mit den ersten Worten, die Sie über mich gesagt haben, eine flüchtige Anspielung auf »es« machen konnten. Ich bezweifle, dass Sie das getan hätten, wenn ich Ihnen selbst geschrieben hätte. Sie sagen, Sie wollen in Ruhe gelassen werden und fühlen sich in Angst und Schrecken versetzt. In dieser Hinsicht müssen Sie nichts befürchten. Wenn Sie wirklich in Ruhe gelassen werden wollen, dann helfen Sie mir und geben mir, um was ich Sie bitte.

In Ihrem Brief sprechen Sie von Rechten. Ich habe nicht das Recht auf eine Beziehung zu Ihnen, nicht einmal auf ein Treffen mit Ihnen. Aber ich glaube, ich habe ein moralisches Recht zu erfahren, wer ich bin und wo ich herkomme, und Sie sind verpflichtet, mir zu sagen, was Sie wissen. Sind wir schottisch, englisch, walisisch oder irisch? Norwegisch? Seeleute oder Gastwirte? Zigeuner oder Pfarrer? Sind wir dunkel, blond, groß oder klein? Sie kennen die Antworten auf einige, wenn nicht alle diese Fragen. Ich bitte Sie, mir Ihre Geschichte zu erzählen, nicht nur die bedauernswerten

Umstände Ihrer Schwangerschaft. Lassen Sie mich etwas von dem Stoff sehen, aus dem ich gemacht bin.

Aber das ist nur die eine Seite. Es kommt mir sehr unwahrscheinlich vor, dass Sie die Identität meines Vater weder kannten noch in der Folgezeit herausfanden. Falls er überhaupt noch lebt, ist er jetzt ein alter Mann, und ich würde gern seinen Namen erfahren, welche Haarfarbe er hat und welche Augenfarbe. Was war er von Beruf? War er überhaupt Australier? Haben Sie schon einmal überlegt, ob er sich über die Nachricht, dass er ein Kind hat, freuen würde? Sie müssten dabei überhaupt nicht ins Spiel kommen.

In den 1960er Jahren allein nach Australien zu reisen und die Ostküste entlang zu trampen war eine tolle Sache und sehr mutig; Sie sind nicht so schüchtern, wie Sie sich darstellen.

Wenn Sie selbst sich nicht in der Lage sehen, mir zu helfen – es gibt auch andere Menschen, die die meisten meiner Fragen beantworten könnten. Obgleich es mir unwahrscheinlich erscheint, dass Sie Ihren Kindern erzählt haben, dass sie eine Halbschwester haben.

Ich wünsche Ihnen alles Gute und sende Ihnen meine besten Wünsche

Ich war mir nicht so sicher, ob »die besten Wünsche« dieses Mal von Herzen kamen, aber ich sandte den Brief ohnehin nicht ab und bastelte mehrere Wochen lang daran herum. Ihre Kinder zu erwähnen war provokativ, aber ich hatte nicht viel anderes, mit dem ich ihr kommen konnte. Wie auch immer man es betrachtete, war ich in der undankbaren Position einer Bittstellerin. Letztendlich schickte ich den Brief aber ohnehin nicht ab. Eigentlich war es doch zwecklos. Was konnte ich erhoffen von jemandem, der entschieden nichts mit mir zu tun haben wollte?

Außerdem war ich nicht ehrlich gewesen. In Wirklichkeit wollte ich einem Blutsverwandten in die Augen blicken. Nicht nur Evie. Ich wollte meine biologische Mutter treffen. Ich war neugierig auf meine Halbbrüder und wollte wissen, wer mein biologischer Vater war, wollte die Linie zurückverfolgen und die Gruppe sehen, der ich genetisch entstammte. Ich wollte meiner Einsamkeit ein Ende bereiten und beschloss, meinen Halbbrüdern zu schreiben. Aber es gab ein Problem. Ich wusste von zwei Jungen, Ioan und Robert. In der Grafschaft, wo ihre Mutter lebte, gab es über siebzig Robert Thomas und fast genauso viele Ioans. Ich lud mir die Adressen von allen Roberts aus dem Wählerverzeichnis herunter und schrieb wieder einen Brief.

»Lieber Robert,

verzeihen Sie mir, wenn ich Sie so aus dem Blauen heraus anschreibe.

Ich erforsche meine Familiengeschichte und habe Grund zu der Annahme, dass ich eng mit einem Robert Thomas verwandt bin, der, soweit ich weiß, in Caernarfon geboren ist und eine Zeit lang in Montgomery in Powys gewohnt hat. Ich weiß ungefähr, wie alt er ist. Ich kenne auch die Namen von anderen Familienangehörigen, könnte also leicht erkennen, ob Sie der Richtige sind. Ich selbst wurde nach meiner Geburt weggegeben, besitze kaum Informationen zu meiner Identität und habe den Eindruck, dass andere Familienangehörige nichts von meiner Existenz wissen. Entschuldigen Sie daher bitte diese überfallartige, potenziell irritierende Frage.

Wenn ich den falschen Robert Thomas erwischt habe (und im Wählerverzeichnis sind viele), machen Sie sich bitte keine weiteren Gedanken. Auf jeden Fall danke ich Ihnen, dass Sie sich die Zeit zum Lesen dieses Schreibens genommen haben. Wenn Sie aber meinen, Sie könnten der

Richtige sein, würde ich mich überaus freuen, von Ihnen zu hören.

Mit den besten Wünschen«

Auch diesen Brief schickte ich nicht ab. Wenn ich fünfundsiebzig identische Briefe an die fünfundsiebzig Männer mit dem Namen meines Halbbruders in Powys schickte und letztlich den Richtigen fände, würde ich mir Mrs Thomas, die bis jetzt ja eisern entschlossen war, mich nicht kennenzulernen, zur Todfeindin machen, und die Chance, meinen biologischen Vater doch noch zu finden, wäre ein für allemal dahin. Mittlerweile war ich überzeugt, nur die Angriffslust, die aus ihren Briefen sprach, und nicht meine guten Eigenschaften von ihr geerbt zu haben. Und schreiben, das konnte sie auch!

Immer wieder las ich die Fotokopien der Briefe meiner biologischen Mutter, die Ariel mir gegeben hatte, und je vertrauter sie mir wurden, desto weniger verletzend fand ich sie. Im Grunde spielte ich sowieso nur eine Nebenrolle darin. Weniger klar war mir, was ich eigentlich durch die Beziehung zu einer Frau zu gewinnen hoffte, die mir in ihren Briefen klipp und klar vermittelte, dass sie unter meiner Kontaktaufnahme litt.

Wäre sie bereit gewesen, mir ein kleines Stück entgegenzukommen, hätte diese Geschichte ein anderes Ende. In ihrem zweiten Brief hatte sie geschrieben, dass sie für einen einzigen Fehler in ihrer Vergangenheit nicht ihr ganzes Leben lang bezahlen wolle. Aber sie hatte keinen Fehler gemacht, als sie mich zur Adoption freigegeben hatte. Sie hatte das unter den Umständen Bestmögliche getan. Ihr Fehler, fand ich, war die Weigerung, mir jetzt die Hand der Freundschaft zu reichen.

Es stand schachmatt, oder vielleicht nur schach, doch den nächsten Spielzug sah ich nicht klar vor mir. Ich legte die Fotokopien, meine Briefentwürfe und die nicht abgeschickten fertigen Briefe in einen Ordner mit der Aufschrift »Mrs Thomas« und diesen in eine Kiste auf dem Dachboden, in der Ruperts Ahnenreihe, die sein verstorbener Vater erforscht hatte, in Rolle um Rolle von Familienstammbäumen lag, eine mäandernde Linie, die bis zu einem Schiffskapitän Anfang des achtzehnten Jahrhunderts zurückführte.

Doch kurz nach Weihnachten beschloss ich, Mrs Thomas den Brief, den ich zitiert habe, doch zu schicken. Ihre Antwort kam schnell. Sie teilte mir die Identität meines Vaters nicht mit, auch nicht meine Nationalität. Nur, dass sie »unbeeindruckt« von dem Sex gewesen sei, den sie als »sehr kurzes Ereignis« beschrieb. Sie sagte, ihr Mädchenname sei anders als der ihres Vaters gewesen, denn ihre Mutter habe zweimal geheiratet. Sie nannte mir den Namen meines Großvaters nicht. Sie erwähnte, sie habe einen außerehelichen Halbbruder gehabt, den ihre Mutter immer »als Bastard im doppelten Sinne des Wortes« bezeichnet habe. Ich fragte mich, warum sie das zitierte.

Ich schrieb ihr, ich wolle sie treffen. Davon müsse keiner erfahren, ich gäbe ihr mein Wort darauf, ich käme zu ihr, und sollte es ihr doch zu viel werden, führe ich sofort wieder ab, und sie müsse mich nie wieder sehen. Ich hoffte von ganzem Herzen, dass sie einverstanden sei.

Einen Monat später kam ihre Antwort. Bestimmte Sätze saßen. »Das ist die übelste Form von emotionalem Mobbing«, »Sie hatten Eltern«, »Sie gehören nicht zu mir.«

Ich bückte mich und hob den Brief auf, der mir aus der Hand gefallen war, und las weiter.

»Meine Mutter sagte, wir könnten bei ihr wohnen, aber ich hatte kein Geld und keine Perspektive. Es war immer klar, dass Sie adoptiert werden würden.« Sie erwähnte nicht, dass sie verlobt war und heiraten wollte, also im Begriff war, das behagliche bürgerliche Leben aufzunehmen, das ihr Mann ihr bot und das sie bis heute lebte. Ich merkte, dass ich sie so schwer getroffen hatte wie sie mich. Über diese Familienähnlichkeit konnte ich nur lachen: keine Spur von Verbindlichkeit, Mut, Witz, Humor, nur der reine Starrsinn. Ihr Wunsch, meine Existenz zu leugnen, spiegelte meinen inständigen Wunsch, dass sie diese anerkannte.

»Ich habe das Kind nicht angesehen.
Man sagte mir danach, es sei ein Mädchen.

Sie, die schimmert wie der Mond
Aber an die Wände scheißt,
Sie, in deren Haus nicht Bücher sind
        Noch Bad.

Einst war ein geheimer Quell …
Mysteriöses Übel aller Arten quoll daraus.
Niemand konnte sehn bis auf den Grund,
Es würden ihm denn beide helle Augen bersten

Allerwärts die Frau auch ging
Folgte ihr das kalte weiße Wasser
Vom Síd zum Meer (nicht schwach war es),
Und hinfort Boand man es nannt'.

Abends versuchte ich, es wegzulachen. Mrs Thomas, die böse Königin. Oder vielleicht ich. Wie sollte ich das noch unterscheiden? Ich wollte, dass mich meine Mutter anerkannte, doch der Urschrei blieb mir in der Kehle stecken. Es würde nie geschehen. Warum auch? Sie hatte ein Kind weggegeben, das sie nicht wollte, unter der Voraussetzung, nie wieder davon zu hören. Warum sollte sie jetzt eine Verbindung zu mir aufnehmen? Warum sollte mein Wunsch wichtiger sein als ihrer? Sie war schwanger in den Operationssaal gegangen und nicht mehr schwanger aus der Narkose erwacht. Im Grunde war ihre Schwangerschaft abgebrochen worden. Was daraus geworden war, hatte sie nicht interessiert.

Am nächsten Tag konnte ich nicht aufstehen. Rupert musste Evie zur Schule gebracht haben und dann selbst zur Arbeit gegangen sein. Ich driftete in einen unruhigen Schlaf. Mittags erwachte ich aus einem Traum: Ich war wieder Kind und stand vor einer Tür, als wartete ich, abgeholt zu werden. Die Tür war aus roten Holzbrettern und in einen Berghang eingelassen, Wasser sickerte unentwegt darunter hervor. Ich sah mich im Schlamm herumtrampeln. Später patschte ich auch mit den Händen darin, machte nasse Abdrücke auf dem abgeplatzten roten Anstrich und hämmerte mit den Fäusten gegen die Tür. Ich wusste, dass hinter der Tür der »Ursprung« lag, er klang wie ein Wasserfall, mein Anfang. Aber die Tür war verschlossen und hatte keinen Griff. Der Schlamm auf Füßen und Händen trocknete in blassen Flocken auf der hölzernen Tür. Vage begriff ich, dass man aus der Tonerde noch etwas machen konnte, sah nur nicht, was.

Ich stand auf und ging ins Bad, stellte mich unter die Dusche. Die Zeit verstrich – wie viel, weiß ich nicht –, dann nahm ich einen Rasierer und überprüfte die Klingen. Ich rasierte mir Beine, Scham, Achselhöhlen und schließlich den Kopf. Das wunderschöne neue kastanienbraune Haar, das eben erst wieder zu wachsen begonnen hatte, verstopfte bald den Abfluss. Ich drehte die Dusche ab, ging zum Spiegel und setzte an meinen Augenbrauen an. Aber als ich in dem beschlagenen Spiegel mein Gesicht sah, sah, wie mir das Wasser mit einem Rinnsal verdünntem Blut über die Nase rann, weil ich mir die Haut über dem Ohr angeritzt hatte, legte ich den Rasierer weg und griff nach einem Handtuch.

Afon Rhiw

Was ist das Dasein anderes
denn eine Weile lang geduldig
im Fluss zu stehen? Meist knabberten die Fische,
wo ich nicht war.
Die Fliege stieg auf, trocknete sich die Flügel
im Märzwind, verlockte mit doppelter Kraft
und bot, wie das Leben selbst,
unter Federn verborgen, den Haken.

R. S. Thomas

Mrs Thomas hatte den letzten Brief, den sie geschrieben hatte, an »Mrs Kate Connelly« adressiert. Zuerst dachte ich, sie hätte meinen Namen vergessen. Dann fragte ich mich, ob das der Name ihres Vaters gewesen war. Sie hatte bezüglich der Krankengeschichte erwähnt, dass ihr Vater auf dem Beach Head War Cemetery in Anzio in Italien begraben liege. Die Schlacht bei Anzio im Januar 1944 war eine der blutigsten im Zweiten Weltkrieg. Bei dem erfolgreichen Versuch, die feindlichen Linien zu durchbrechen, verloren über dreißigtausend Männer ihr Leben dort an der Küste. Dieser furchtbare Umstand löste den scheinbaren Widerspruch, dass Mrs Thomas zwar etwas von der Krankengeschichte ihres Vaters wusste, aber den Mann selbst nicht gekannt hatte. Er war gestorben, als sie noch ein kleines Kind war. Ich suchte in Archiven zum Zweiten Weltkrieg einen bei Anzio gefallenen Soldaten namens Connelly und stieß auf Thomas John Connelly, Angehöriger der Royal Fusiliers. Es gab ein Foto seines weißen, ein wenig schiefen Grabsteins auf dem Beach Head War Cemetery.

Auf einer Postkarte mit dem Bild eines Löwen schrieb ich

Mrs Thomas ein paar letzte kurze Zeilen zurück. Ich erwähnte den Namen auf ihrem Brief an mich, »Mrs Kate Connelly«, und dankte ihr – falls das mein Name sei – dafür, dass sie ihn mir mitgeteilt hatte. Ich versprach, sie nie wieder unaufgefordert anzuschreiben, und legte eine Kopie des Gedichts »Aschermittwoch« von T. S. Eliot bei, denn sie hatte jedes Wort, das ich ihr geschrieben hatte, um- und umgewendet und herausgelesen, was ich nicht gemeint hatte, und ich traute mich nicht mehr, meine eigenen Worte zu benutzen. Sollte sie den Dichter interpretieren, wie sie wollte. Nachdem ich die Karte abgeschickt hatte, zündete ich eine Kerze an und begann mit einer Novene für Thomas John Connelly, der an seiner Verwundung in Anzio verstorben war. Später erforschten Evie und ich den Namen. Ich kaufte ihr einen Claddagh-Ring, einen irischen Freundschaftsring mit einem winzigen Smaragd im Herzen, und wir stellten uns lachend vor, die Nachkommen eines der Hochkönige von Irland zu sein, zu denen auch der Dagda gehörte.

Drei Monate später fuhren wir beide durch eine Autowaschanlage auf dem Weg von Shrewsbury nach Newtown.

»Warum waschen wir das Auto?«, fragte Evie.

»Damit wir nicht auffallen.« Ich fuhr aus der Waschanlage und knallte beim Zurücksetzen gegen einen Poller.

»Mum!«

»Tut mir leid.«

»Beruhige dich«, sagte Evie. »Alles wird gut.«

Als ich das Benzin ins Auto gefüllt hatte, war mir aufgefallen, dass sich alles zu acht summierte. Vierundvierzig Pfund für das Benzin. Vier und vier sind acht. Der Tag in der Woche und der Monat und das Jahr beliefen sich auf acht, die Uhr auf dem Armaturenbrett zeigte 18:08, da waren also nicht nur zwei Achten darin, sondern die Quersumme betrug siebzehn und die Quersumme davon wiederum acht. Beim Preis für das bleifreie Benzin das Gleiche: der Liter 134,9 Pence, Quersumme siebzehn, Quersumme acht. Ich stieg aus dem Auto, um den Schaden zu besehen, aber an der Stoßstange war nur ein blassgelber Plastikstreifen. Auf unserem Nummernschild waren eine 1, eine 7 und eine vier, deren Quersumme zwar nicht acht ergab, aber zwei der Ziffern ergaben sie, und die dritte war die Hälfte.

»Mum?«

Ich stieg wieder ins Auto. Wir fuhren von London nach Wales, um meinem Halbbruder Robert beim Rugbyspielen zuzusehen.

Nach meinem Versprechen an Mrs Thomas, sie nicht wieder zu kontaktieren, begann ich ernsthaft über meine Halbbrüder nachzudenken. Ariel schien nicht darauf erpicht, sie aufzuspüren, und ich hatte die Korrespondenz mit ihr schleifen lassen. Mrs Thomas hatte abgelehnt, mich zu treffen, obwohl ich ihr versprochen hatte, keiner Menschenseele davon zu erzählen. Ich hatte drei Monate verstreichen lassen, in denen sie es sich anders hätte überlegen können. Aber nein, nichts. Eines Freitagabends im März setzte ich mich also an unseren Computer und tippte die Namen meiner Halbbrüder und den des Dorfes ein, in dem sie meiner Vermutung nach aufgewachsen waren. Dann drückte ich auf »Enter«. Aber in der Suchspalte war ein Wort stehen geblieben. Rupert hatte was nachgeguckt, das mit Rugby zu tun und das ich zu löschen vergessen hatte. Ich wollte schon die Suche neu starten, da fiel mein Blick auf den ersten Eintrag, die Geschichte des Rugbyclubs in dem Dorf, das ich eingegeben hatte.

»Während der 90er spielten die Brüder Robert und Ioan Thomas sogar für die League.«

Ich suchte nach einem Rugbyspieler namens Ioan Thomas. In den Annalen des Clubs wurde der Name auch erwähnt, aber das war Jahre her, und Ioan Thomas war nicht mehr aktiv. Ich konzentrierte mich auf Robert, suchte nach Bildern von Spielern namens Robert Thomas. Unter Dutzenden Gesichtern auf dem Bildschirm zog ein briefmarkengroßes, eine Art Passfoto, in der Mitte der ersten Seite meinen Blick auf sich. Ein freundlicher, gutaussehender, lächelnder Mann – mit den Augen meiner Tochter. Evie stand hinter mir.

»Das ist er«, sagte sie.

Er spielte immer noch für einen Club der walisischen Rugby Union, auf dessen Webseite ich die ausstehenden Spielansetzungen fand. Am nächsten Abend war ein Auswärtsspiel. Evie und ich packten unsere Reisetaschen, stiegen ins Auto und fuhren los.

Wir waren zu früh am Stadion. Es war kaum jemand da. Ein junger Mann klopfte an unser Autofenster. Ich warf Evie einen Blick zu. Sie war weiß vor Anspannung.

»Ist das okay, wenn ich hier parke?«, fragte ich den Mann. »Wir sind wegen des Spiels hier.«

»Sie können dort drüben parken«, sagte er mit der entsprechenden Handbewegung. Ich war auf den Parkplatz einer Baustoffgroßhandlung neben dem Stadion gefahren, und der junge Mann wollte das Tor verschließen. Die Flutlichter waren noch nicht an.

»Das ist ja schrecklich«, sagte Evie. »Ich glaube, ich muss brechen.« Ich schaute sie an, zur Raison gebracht. Ich hatte nicht einen Gedanken daran verschwendet, wie Evie sich bei dem Ganzen fühlte. Aber selbst wenn ich es versucht hätte, hätte ich es mir nicht vorstellen können. Es gab keinen Wegweiser durch die Gefühle, an dem wir uns hätten orientieren können. Das war allerdings keine Entschuldigung. Ich war wieder einmal über den Rand einer Karte in mir vollkommen unbekanntes Gelände gelaufen. Ich konnte nicht artikulieren, was ich empfand, und hatte wenig Hoffnung, zu verstehen, was sie empfand. Ich parkte mit Bedacht nahe an der Ausfahrt, das Auto stand in Richtung der Straße.

»Wir tragen nicht die richtigen Klamotten«, sagte Evie.

»Wie bitte?«

»Schau uns mal an!« Evie trug Jeans und eine braune Lederjacke. Ich einen schräg geschnittenen, grün karierten Staubmantel. Vor drei Monaten erst hatte ich mir den Kopf rasiert. Wir sahen nicht aus wie Besucher eines Rugbyspiels.

»Das ist doch völlig in Ordnung. Keiner interessiert sich dafür, was wir tragen … Willst du lieber wieder nach Hause fahren?«

»Ja«, sagte sie, und mein Herz sank zusammen wie ein erschossener Vogel. »Nein, ich will bleiben.« Ich streckte die Hand aus, mied ihren Blick.

»Willst du im Auto warten?«

»Nein, ich komme mit dir«, sagte sie. Wir drückten einander fest die Hand.

Dann suchten wir uns einen Platz unter den – mit uns – siebzehn Leuten auf der Haupttribüne. Ein junger Mann öffnete eine Sporttasche und holte eine Club-Fahne heraus, dann noch eine walisische, und befestigte beide an der Rückwand der Tribüne. Ein anderer mit leuchtend roten Haaren und einem Fünfzigerjahre-Haarschnitt hockte sich vor uns hin. Der Typ mit den Flaggen suchte in seinem Kofferradio einen Sender, einer in Flanellhosen, der aussah wie ein Farmer, klopfte mit einem Schwarzdornspazierstock auf den Boden, als suche er eine Geheimtür. Offenbar kannten sie sich alle. Uns hielten sie hoffentlich für Anhänger der Gästemannschaft.

Für die zweite Mannschaft lief eine Trainingseinheit. Am Rand des Flutlichtbereichs, hinter dem Grenzzaun, rannte ein Pferd mit gesenktem Kopf auf und ab. Und dann kamen die Spieler heraus. Ich hatte die Spielberichte der vorherigen Begegnungen gelesen und wusste, dass Robert normalerweise die Nummer 6 oder 7 trug. Die suchte ich nun, sah zwei Männer mit dunklen Haaren, Mitte zwanzig.

»Er ist nicht dabei.«

»Doch, da ist er!« Evie zeigte auf die Nummer 8. Er war auf der gegenüberliegenden Seite des Spielfeldes, von dem milchigen Licht viel zu stark ausgeleuchtet, unter seinen Füßen schimmerte der Rasen smaragdgrün. Sein Haar war länger als auf dem Bild, und er sah kräftiger aus, als ich ihn mir vorgestellt hatte. Er redete viel.

»He, Schiri!«

»Wenn ich noch ein Wort von dir höre, Tommo, siehst du gelb.«

»Er ist genau wie du«, kicherte Evie. »Nur als Mann.«

Als er nach einem Tackling auf die Schulter fiel, sprang er auf, zog sich den Ärmel zurecht und rannte weiter.

»Aber Evie, sie nennen ihn Tommo!«

»Kurzform für Thomas. Wahrscheinlich haben sie noch einen Robert.« Ich war erstaunt und entzückt über ihren Scharfsinn und ihr detektivisches Gespür.

Halbzeit.

Wir kauften uns einen Tee mit viel Milch in Plastikbechern. Evie zitterten die Hände, ob vor Kälte oder Aufregung, konnte sie nicht sagen. Allmählich sah auch ich, wie viel dieser geheime Onkel ihr bedeuten mochte. Ich war ausschließlich mit der Reise beschäftigt gewesen. Aber Evie war mit mir gefahren. Die Hoffnung auf einen Bruder oder eine Schwester hatte sie mittlerweile aufgegeben. Als Folge der Therapie war ich so unfruchtbar wie Schnee. Die Chemotherapie hatte meine Eierstöcke beschädigt und Tamoxifen sorgte dafür, dass es dabei blieb. Ein früher Frost hatte sich auf mich herabgesenkt. Von ihren Großeltern kannte Evie nur meine Mutter, und die war so fragil wie eine Apfelblüte. Mein Vater war gestorben, als Evie ein Jahr alt war, Ruperts Eltern waren schon lange tot. Es gab zwar Cousins und Cousinen auf beiden Seiten unserer Familie, aber wir waren nicht gerade eine Dynastie.

Wir gingen in Richtung Mittellinie und warteten auf die Rückkehr der Spieler. Als sie hintereinander aufs Feld liefen, blieb der Mann, der vor Robert lief, stehen und schwatzte ein paar Minuten mit dem Farmer mit der Schiebermütze und dem Schwarzdornstock neben uns. Robert sah, dass es sinnlos war, an seinem Mitspieler vorbeizugehen, und wartete. Dann schaute er von Evie zu mir. Er war so nah, dass wir ihn hätten berühren können. Ich spürte Evie neben mir stehen, offenbar waren wir beide unfähig, uns zu bewegen. Robert hob die Augenbrauen, als wolle er etwas sagen, dann grinste er uns an. Meine Empfindung kann ich nicht in Worte fassen.

Im Verlauf des Spiels blickte Robert immer wieder in unsere Richtung und wäre sicherlich später aus der Umkleide zu uns herübergekommen und hätte uns angesprochen, wenn wir da nicht schon weggewesen wären. Als ich nämlich gesehen hatte, wie er dem Schiedsrichter, dem Kapitän der gegnerischen Mannschaft und den Linienrichtern die Hand gab und sich weiter mit ihnen unterhielt, während er sich dem Spielfeldrand näherte, hatte ich Evie an der Hand gepackt und war mit ihr die Tribünentreppe hinuntergerannt. Robert schaute kurz zu uns hinüber, blieb aber im Gespräch, und wir verließen das Stadion.

Wir übernachteten in einem alten Gasthaus in einer nahegelegenen Stadt. Evie machte für uns beide heiße Schokolade – das erste Mal, sie las die Anweisungen auf dem Beutel mit äußerster Sorgfalt – und goss mir aus der Kristallkaraffe auf dem Spitzendeckchen ein großzügig bemessenes Glas Sherry ein. Wir überlegten, ob wir ein heißes Bad nehmen und uns etwas zu essen besorgen sollten, aßen derweil die Gratiskekse und kuschelten uns, ein Gliederknäuel, ins Bett.

Ich hatte meinen Halbbruder gesehen, und er hatte mich angelächelt. Ich war unbeschreiblich glücklich. Aber der Gedanke, dass er nicht gewusst hatte, wer ich war, nagte an mir, und ich überlegte während der folgenden Wochen hin und her, was ich tun sollte. Nichts? Oder doch etwas? Wenn etwas, dann was? Robert war fünfunddreißig Jahre alt, gut möglich, dass er bald mit Rugbyspielen aufhörte. Das letzte Spiel der Saison fand während Evies Schulferien statt.

Wir beschlossen, noch einmal hinzufahren. Am Samstagmorgen, bevor wir aufbrachen, schrieb ich einen Brief.

Lieber Robert Thomas,

vielleicht erinnern Sie sich bei dem Spiel gegen Llangennech an eine Frau mit kurzem Haar in einem langen grünen Mantel und an ein blondes Mädchen mit Pferdeschwanz. Als Sie auf das Spielfeld gingen, haben Sie uns angelächelt. Wir waren von London gekommen, um zu sehen, ob der Robert Thomas, der für Llanbeuno spielte, wohl der Robert Thomas sei, den wir suchten. Und Ihr Lächeln verschaffte uns Gewissheit.

Mir ist klar, dass dieser Brief Sie überrascht.

Ich bin ein Mitglied Ihrer Familie, das nach der Geburt weggegeben wurde. Vor achtzehn Monaten wurde bei mir eine seltene und aggressive Form von Krebs diagnostiziert. Nicht nur deshalb wollte ich meine biologische Herkunftsfamilie ausfindig machen, sondern auch, weil Informationen über eine familiäre Krankengeschichte unschätzbar wertvoll für meine Tochter wären. Eigentlich wollte ich aber unbedingt einen Blutsverwandten sehen. Ich habe die ältere Generation der Familie angeschrieben, aber mir wurde unmissverständlich zu verstehen gegeben, dass die Vergangenheit vergangen ist. Das bedaure ich sehr, denn diese Vergangenheit ist meine Gegenwart. Natürlich weiß ich, dass in den 1960er Jahren ein uneheliches Kind als Schande betrachtet wurde. Ich hatte aber gehofft, dass man es heute in einem milderen Licht betrachten würde.

Ich habe mir den Kopf darüber zerbrochen, was ich tun

sollte, denn es fällt mir schwer, mich über die Wünsche einer Blutsverwandten leichtfertig hinwegzusetzen, obwohl ich sie nie getroffen habe. Sie sind der einzige Angehörige meiner Blutsfamilie, den ich je gesehen habe – außer meinem Kind –, und herauszufinden, was nun richtig oder falsch ist, ist kompliziert.

Ich bitte Sie inständig, diejenigen, die von mir wussten und wahrscheinlich nie von mir gesprochen haben, nicht zu verurteilen. Vielleicht weiß und wusste nur ein einziger jetzt noch lebender Mensch überhaupt von meiner Existenz. Bitte wägen Sie genau ab, ob Sie von diesem Brief erzählen wollen oder nicht.

Ich konnte natürlich nicht herausfinden, ob Sie der »richtige« Robert Thomas waren. Aber als ich Sie auf dem Spielfeld sah, wusste ich es sofort. Meine Tochter auch. »Das ist er«, hat sie gesagt, »die Nummer 8.« Jetzt sind wir zurückgekommen, um Ihnen diesen Brief zu geben, denn wir haben ja keine Adresse von Ihnen.

Ich hoffe von ganzem Herzen, dass Sie diese Zeilen nicht als Zumutung empfinden. Ich bete, dass wir uns als Freunde begegnen können. Was auch geschieht, Ihr Lächeln gibt mir Kraft für den Rest meines Lebens.

Mit meinen allerbesten Wünschen,
Kate Norbury

P. S. Ich übernachte heute im Dragon Inn in Montgomery.

Dann setzte ich meine Telefonnummer darunter.

Das letzte Match war auch ein Auswärtsspiel, in einem stillen Dorf, wo der Afon Rhiw, ein Nebenfluss des Severn, von einem Aquädukt überquert wird. Wir parkten daneben unter einer

Baumreihe zwischen dem Kanal und dem Fluss und gingen zum Sportplatz.

Wir kamen ein paar Minuten vor Spielende an. Nach dem Abpfiff liefen die Spieler in den Tunnel unter der Haupttribüne, Robert kam an mir vorbei, aber ich war wieder wie gelähmt. Evie sagte: »Mum!«, und da gab ich den Brief einem seiner Teamkameraden.

»Können Sie den bitte Robert Thomas geben?«

Er schaute auf den Umschlag. »Ja, klar.«

»Danke.«

Dann ging ich weg. Evie holte mich ein; ich spürte, dass sie rennen wollte. Wir kehrten zum Auto zurück, unter die Bäume zwischen dem Fluss und dem Kanal, und kletterten das Ufer hoch zu dem Aquädukt. Auf der Straße unter uns gingen die Zuschauer zu ihren Autos, bald standen nur noch wenige Wagen da. Manche Leute schlenderten auch zu einem Pub neben der Brücke über einer Biegung des Rhiw.

Das Flussbett unter dem Aquädukt war betoniert worden, um die Stützpfeiler des Bauwerks vor Erosion zu schützen, das Wasser rauschte laut über die Platten. Die Bäume wirkten immer noch kahl, aber die neuen, fest zusammengerollten Blätter leuchteten und färbten das Licht unter der Brücke absinthgrün. Plötzlich ein bronzefarbener Schnips, ein leichter schneller Strich wie ein Meteor. Ein Wintergoldhähnchen. Über unseren Köpfen rollten die aufgetürmten Wolken auseinander. Evie sagte, sie sähen aus wie Kerzenwachs.

Und dann war Robert plötzlich da, er lief im Gespräch mit einem anderen Mann ganz gelassen die Straße hinunter in Richtung des Aquädukts. Er trug Jeans und ein Hemd, kein Zeichen von einem Brief, weder in der Hand noch sonstwo. Er ging unter uns vorbei.

»Er hat ihn nicht gelesen«, sagte ich.

»Woher willst du das denn wissen?«

»Schau ihn an! Das ist kein Mann, dem man gerade nach anderthalb Stunden Herumrennen erzählt hat, er hätte eine ihm unbekannte Verwandte.«

»Mum! Du hast den Brief dem Falschen gegeben! Was, wenn er jetzt in den Händen seines Gegners ist!«

»Seines Gegners? Vielleicht ist der andere noch nicht aus der Dusche gekommen.«

»Was machen wir jetzt bloß?«, jammerte sie und schlug die Hände vors Gesicht.

»Nichts. Wir bleiben einfach noch ein bisschen hier.«

»Wie konntest du dir so viel Mühe machen und den Brief dann dem falschen Mann geben?«

»Ich weiß es nicht! Sei doch still, Evie!«

»Sei du still!«

Und dann klingelte mein Handy. Unbekannt.

»Hallo?«

»Hi, Kate, hier ist Robert. Wie geht's?«

»Gut, danke, Robert. Danke, dass Sie mich anrufen.«

»Wo sind Sie?«

»Auf dem Parkplatz.«

»Ich bin im Pub, und ich würde Sie ja bitten, auch hierherzukommen, aber hier sind dreißig Rugbyspieler, und Sie haben sicher einiges hinter sich. Wissen Sie, wo die Brücke ist?«

Sie war knapp fünfhundert Meter entfernt. Wir waren auf dem Weg zum Sportplatz daran vorbeigekommen.

»Ja.«

»Wollen wir uns dort in fünf Minuten treffen?«

»Ja.«

»Wunderbar!«

»Danke!«

Ich starrte das Handy an. Ich starrte Evie an.

»Toll!«, sagte sie.

»Komm.« Hand in Hand kletterten wir die Böschung hinunter.

Als wir uns der Brücke näherten, telefonierte Robert. Er sah uns kommen, beendete das Gespräch, wandte sich uns zu, nickte, lächelte, hob dann beide Arme zur Begrüßung. Wir gaben uns alle die Hand.

»Evie, das ist Mr Thomas.«

Er lachte. »Robert … Bitte, ich bin dein Bruder.«

Ich schaute ihn an. Das Wort hatte ich in meinem Brief nicht benutzt. Mit einer Handbewegung wehrte er die nicht gestellte Frage ab. »Du bist ihr wie aus dem Gesicht geschnitten.«

Eine Weile lang blieben wir auf der Brücke stehen und redeten. »Klar ist das eine Überraschung«, sagte er. »Aber eine schöne.« Evie machte einen Spaziergang am Uferweg entlang. Wir beobachteten sie, sie blickte zurück und winkte uns glücklich zu. Ich war vielleicht Mrs Thomas wie aus dem Gesicht geschnitten, aber Evie hatte die Augen ihres Onkels. Sie hielt ihren iPod hoch und zeigte mit dem Daumen nach oben. Ich schaute Robert immer wieder an, sein Gesicht, die Hände, den Körper. Ich war fasziniert davon, dass ein Mann mir ähnlich sah. Er wirkte außerordentlich lässig. Ob es mich störe, wenn er frage, wann das Ganze passiert sei.

»Das war, bevor sie euren Vater geheiratet hat«, erwiderte ich.

»Dein Vater war er nicht?«

»Ich weiß nicht, wer mein Vater ist.«

Seine Augenbrauen zogen sich zusammen. »Na, das sollte sie sich aber mal von der Seele reden.«

»Ich glaube nicht, dass sie das will. Jedenfalls hat sie das klar und deutlich gesagt.«

Er lächelte. »Das kann ich mir gut vorstellen … Meine Mutter, also, unsere Mutter, ist eine sehr harte Frau.«

»Ja, ich glaube, das habe ich auch schon kapiert«, sagte ich. Zwischen Robert und mir hatte sich ein Raum geöffnet, voll dunkler Geheimnisse vieler Jahre. Er sah meine Angst und überbrückte die Kluft.

»Wir müssen das ja nicht alles sofort klären«, sagte er, »es fängt ja gerade erst an«, und plötzlich lächelte er wieder. Doch als ich ihn auch anlächelte, wurde er ernst und sagte: »Was du durchgemacht hast, tut mir wahnsinnig leid. Aber jetzt ist es gut so,« und da war das Lächeln schon wieder zurück.

Auf dem Weg zu unseren Sommerferien im Cottage ein paar Wochen später trafen wir uns in einem Gasthof wieder. Evie und ich waren zu früh und schauten uns nach Robert um, da beugte sich ein Mann über Evie und reichte ihr ein weiches, fluffiges Bündel, das nach Milch und Weichspüler roch.

»Mum!«, rief Evie, und ich legte ihre Arme um das Baby und zeigte ihr, wie man es in der Armbeuge hielt. Robert setzte sich neben uns. Aus einer blauen, mit Blumen bedruckten Kapuze guckten uns zwei runde Augen an.

»Bitte schön«, sagte Robert. »Deine Cousine Seren.«

»Das gibt's doch nicht!«, rief Evie.

»Es bedeutet ›Stern‹,« sagte er.

»Sie hat deine Nase«, sagte ich zu Evie. Als sie geboren wurde, war ihre Nase ein Rätsel gewesen. Jetzt wussten wir, von welcher Seite der Familie sie kam. Seren hatte auch Evies Augen, und die beiden betrachteten einander neugierig. Evies Gesicht glühte, als sie aufschaute. Seren schien sich bei ihr wohlzufühlen und strampelte. Ich wartete, bis ich mit Knuddeln dran war.

In den folgenden Tagen und Wochen fügten Robert und ich eine bruchstückhafte Geschichte zusammen. Warum ich damit nicht schon Jahre früher angefangen hätte, fragte er mich. Das hätte ich ja, erzählte ich ihm. Ich hatte unserer Mutter Nachrichten zukommen lassen. Ich hatte, als das Gesetz geändert wurde und biologische Eltern ihre Kinder suchen durften, meinen Namen in das Verzeichnis der Adoptionskontaktstelle aufnehmen lassen, geglaubt, sie würde mich suchen, ja erwartet, dass sie gleich am nächsten Tag auf meiner Schwelle stehen würde. Gewiss, total naiv, aber diese Dinge waren ohnehin der Stoff, aus dem die Märchen sind. Man kann sich all das im Grunde nicht vorstellen, weil es so weit außerhalb des normalen Erfahrungshorizontes liegt. Aber als die Tage vergingen und zu Wochen und Monaten, später Jahren wurden, verflüchtigten sich meine Hoffnung und Entschlossenheit. Nach zehn Jahren begriff ich, dass meine Mutter nicht kommen würde, und wusste erst recht nicht mehr, was ich tun sollte. Es hatte erst eine Krebsdiagnose gebraucht, um die Suche wiederaufzunehmen.

Robert sagte der Name Thomas Connelly gar nichts. Einer seiner Großväter lag allerdings auf dem Beach Head War Cemetery in Anzio begraben. Um Roberts Anonymität zu wahren, kann ich den Namen unseres Großvaters natürlich nicht preisgeben. Aber ich musste bei dem Gedanken lächeln, dass Thomas John Connelly auf seiner Reise durch die Unterwelt erwärmt würde, überrascht vom unerwarteten Pfeilhagel der Novenen, die ich für ihn betete. Und ich lachte darüber, dass mein irisches Erbteil sich in Luft auflöste, als wir entdeckten, dass Robert mehr oder weniger auf unserem Weg zwischen London und der Halbinsel Llŷn wohnte und er mich fragte, wieso ich dort ein Cottage besäße. Ein spontaner Kauf, erwiderte ich. Ich fühlte mich dort einfach wohl. Warum er das wissen wolle? Bloß so, aber die Verwandten seines Vaters kämen alle von Llŷn, und er habe dort immer noch Familie.

In Cheshire erzählte ich meinem Bruder John von Robert. Und dann erzählte ich es meiner Mutter, die genau zuhörte. Obwohl sie jetzt oft verwirrt war, funkelte es stählern in ihren Augen, eine Warnung, Mrs Thomas nicht zu erwähnen. Wir hatten seit jenem Abend, als ich elf war, nie wieder über meine biologische Mutter gesprochen, nicht einmal im Kloster. Aber meine Mutter redete gern über die Geschichte mit Robert. Einen Moment lang dachte sie nach und sagte dann: »Heißt das, es gibt einen Bruder für Evie?« Ich dachte an Baby Seren, ihre leuchtenden Augen und kecke Nase.

»Mehr oder weniger«, sagte ich. »Mehr oder weniger.« So hatte ich es noch gar nicht betrachtet.

Es heißt ja, man solle nie mit dem Teufel Karten spielen, weil er einem immer ein Mistblatt gibt. Ich hatte Mrs Thomas' Blatt falsch eingeschätzt, die Bedeutung des Namens Connelly war also wieder vollkommen unklar. Vielleicht hatte Mrs Thomas eben doch schlicht und einfach meinen Namen vergessen. Aber nun kam mir manchmal der Verdacht, dass sie Mr Connelly für meinen leiblichen Vater hielt, den sie in Australien kennengelernt hatte und besser kannte, als sie zuzugeben bereit war. Aber ich hatte Mrs Thomas zugesagt, sie nie wieder anzuschreiben, solange sie mich nicht von sich aus kontaktierte. Robert und Evie sahen einander ungewöhnlich ähnlich. Ich wusste nicht, wie lange Mrs Thomas in Australien gewesen war, aber wenn ich Robert und Evie zusammen sah, fand ich den Gedanken manchmal gar nicht abwegig, dass sein Vater vielleicht auch mein leiblicher Vater und das Ganze ein schrecklicher Irrtum war. Ich überlegte, ob ich wie die Schwalbe in einem großen Bogen gezogen war, der mich letztlich zu einem Hügel auf der Halbinsel Llŷn gebracht hatte, die buchstäblich das Land meiner Väter war.

Doch das interessierte mich nicht mehr. Der einzige Vater, den ich je gebraucht und gewollt hatte, war der Mann, der mich als Baby geholt hatte, dem ich im Moment unserer Begegnung mein Lächeln geschenkt und der mir seinen Familiennamen gegeben hatte. Der mich auf den Vorleger im Wohnzimmer gelegt und gesagt hatte: »Also, wie nennen wir dich nun?« Mein Vater war Prof. em. John Frederick Norbury, OBE, B. Sc., M. Sc., Ph. D.,

LLB, Fellow des Institute of Mechanical Engineers, unser Fred, der Junge aus dem Dorf, der es zu was gebracht hatte, der ein Stipendium der Gerberei Highfield bekommen und nach seinem Einser-Abschluss an der Uni auf dem Gipfel des Tryfan meiner Mutter einen Heiratsantrag gemacht hatte. Er war es gewesen, der sie an der Hand genommen hatte und zusammen mit ihr von Adam zu Eve gesprungen war. Und auch mich hatte er an die Hand genommen, war mit mir auf den Gipfel des Scafell gewandert und hatte mich auf den Schultern wieder heruntergetragen. Mit der ganzen Familie war er wieder nach Schottland gefahren, damit mein fünfzehnjähriger Bruder seine Siegertrophäe verteidigen konnte, die er im Vorjahr dort gewonnen hatte. Um Mitternacht hatte ich ihn aus einer Telefonzelle am Ende einer regennassen Straße angerufen, um ihm zu erzählen, wie unglücklich mich das mittlerweile verhasste Philosophiestudium machte, und er war aufgestanden, hatte das Telefon abgenommen und gesagt: »Gut, dass du anrufst, mein Liebes, prima, denn jetzt weißt du, wie du es findest. Jetzt mach dir mal keine Sorgen, geh schlafen, und wir überlegen uns morgen was Neues.« An jedem Tag meiner zahlreichen Bergwanderungen rief mich mein Vater im Hotel oder Gasthof an, um zu fragen, wie es mir erginge. Er hatte Rupert von der ersten Begegnung an in unserer Familie willkommen geheißen, gelacht und die Arme schon ausgebreitet, als Rupert noch aus dem Auto stieg. Seine Enkelkinder nannte er »meine strahlenden Diamanten«. Wenn mein Vater in ein Zimmer trat, vermittelte er jedem Anwesenden das Gefühl, er sei etwas Besonderes. Das sah man in den Gesichtern der Menschen. Dieser wunderbare, gütige, unersetzliche Mann war in jeder Hinsicht mein Vater, und wenn ich einen Verlust spüre, dann den, dass er gestorben ist, und es vergeht kein Tag, an dem ich nicht an ihn denke.

Der Quell am Ende der Welt

Rupert und ich waren auf einer Party der Schriftstellerin Kirsty Gunn, als die Rede auf den *Quell am Ende der Welt* kam. Kirsty, stellte sich heraus, war eine entfernte Verwandte von Neil M. Gunn. Wir sprachen über das Buch, und als ich ihr von meinem Ausflug nach Dunbeath im Sommer vor nun schon drei Jahren erzählte und sie fragte, ob ich an die Quelle gelangt sei, erwiderte ich »Nein!«, und sagte, dass ich die Suche schließlich aufgegeben hätte und stattdessen dem Dunbeath Water gefolgt sei.

»Meine Schwester wohnt in Caithness«, sagte sie. »Ich bin sicher, sie weiß, wo der Quell ist.« Kirsty war überzeugt, dass ihre Schwester mir eine Karte zeichnen könne, es sei ja wirklich nichts Geheimnisvolles daran, und versprach, ihr gleich zu schreiben. Doch die späte Antwort war frustrierend vage und so unergiebig wie meine bisherigen Versuche. Die Schwester hatte vergessen, wo genau die Stelle lag, und schlug vor, das Heritage Centre in Dunbeath zu kontaktieren. Obwohl ich das drei Jahre zuvor bereits getan hatte, schrieb ich noch einmal dorthin, und die Dame, mit der ich auch damals gesprochen hatte, wandte sich wiederum an den Neffen von Neil M. Gunn, Dairmid Gunn, der mir allerdings dieses Mal antwortete:

> Liebe Kate (wenn ich darf),
>
> Meg Sinclair vom Dunbeath Heritage Centre hat mich gebeten, Ihnen Hinweise zu geben, wie man zum Quell kommt …

Es war kinderleicht. Evie und ich fuhren zusammen hin. Auch jetzt dauerte es drei Tage. Wir gingen zuerst zum Dunbeath, weil ich ihr das *loch* zeigen wollte. Wir standen mit dem Rücken zum Meer, bis eine schwarze Welle an die Hafenmauer krachte und es knallte wie ein Schuss aus einer Startpistole. Wir folgten dem Fluss bis hoch über die Stadt. Wir gingen am Friedhof und am Wasserfall vorbei, an der verlassenen Farm und dem leeren Haus, Poll Roy. An der Farm wehte die Wolle von einer kürzlichen Schafschur über den Pfad wie Meeresschaum. Wir achteten auf die Kaninchenfallen, bückten uns und betasteten die verfilzten Schöpfe des Wollgrases. Der Morven erschien als blauer Keil am Horizont. Der Fluss war hellbraun. Zwei blasse Hirschkühe tauchten plötzlich auf, ihre blattförmigen Ohren drehten sich wie Antennen. Evie und ich schliefen nebeneinander auf der Heide. Kurz nach vier Uhr am nächsten Morgen wanderten wir wieder los. Vögel sahen wir keine. Es gab Mücken. Es gab *Mücken.* Die einzigen Geräusche kamen vom Fluss und unseren Schritten, unserem gelegentlichen Schwatzen und dem »Wuuusch«, wenn wir durchs hohe Gras liefen. Meist schwiegen wir. Einmal klang es, als würde ein Glas Wasser umgekippt, und ein anmutiger schwarzer Lachs durchbrach die Oberfläche eines Teichs. Bevor er im Schutz des Ufers verschwand, hinterließ er ein Muster auf der Wasseroberfläche wie ein Feuerwerk. Außer den Mücken war er das einzige Lebewesen, das wir seit dem Morgen gesehen hatten. Wind gab es so gut wie keinen, als wir am Fluss entlanggingen, aber über unseren Köpfen wälzten sich die Wolken schnell vom Meer her wie Rorschach-Tintenkleckse auf einem Teleprompter.

Wir kamen an den Rand des Bereichs, wo das Grundwasser zutage trat. Ulkige Nebelhaufen sahen aus wie leere Kleider. Der Boden war viel schwerer als auf meiner vorherigen Wanderung. Wir versanken bis zu den Knien in Schlamm und Moos, und die Torfabbrüche waren gefährlich schwammig. Wir liefen barfuß durchs Bachbett. Allmählich drückte der Nebel auf uns hernieder, ließ unsere Sinne verstummen. Wir hockten uns nebeneinander auf ein fast trockenes Heidekrautpolster und überlegten, was zu tun war. Das Tauchbad bei unserer Wanderung zur Quelle des Severn war mir noch frisch in Erinnerung. Guten Gewissens konnte ich Evie nicht durch die vermaledeiten Granattrichter zwischen der Quelle des Bachs und dem noch unsichtbaren *loch* mitnehmen.

Es war, als stünden wir vor einem schweren Vorhang. Wie offen die Landschaft auf mich gewirkt hatte, als ich allein hier gewesen war, und wie rätselhaft und abweisend sie mir heute erschien. Keine Vögel, keine Rehe oder Hirsche. Nur das Sirren und die Nadelstiche der Mücken, die der Nebel zum Glück vorerst vertrieben hatte. Es war, als sei man zwischen zwei Vorstellungen in einem leeren Theater. Als finde das Geschehen woanders statt.

»Ist die Quelle irgendwo hier?«, fragte Evie.

»Nein, es gibt ein *loch* dort, aber bei diesem Nebel würden wir es nicht sehen. Die Quelle ist ein paar Meilen von Dunbeath entfernt. Wenn wir jetzt umkehren, können wir sie vor Einbruch des Abends finden.«

»Ja, suchen wir die Quelle«, sagte sie.

Später an dem Nachmittag holte Evie aus dem Handschuhfach des Autos Dairmid Gunns Brief und eine Flurkarte heraus. Die von Dairmid beschriebene Stelle lag ein paar Meilen südlich von Golspie. Evie fuhr mit dem Finger über die pinke A9. Wir hatten eine Planquadratangabe. Evies Finger verharrte bei einem einzigen Buchstaben, und der bedeutete: Quelle.

Evie hasste Kartenlesen. Wir fuhren eine halbe Stunde lang dasselbe Stück Straße auf und ab. In Neil M. Gunns Roman ist der Quell dicht neben einer Reihe Cottages. Der Protagonist will am Quell seinen Kessel mit Wasser füllen, kann es aber nicht sehen, weil es so klar ist, und er sagt zu einer alten Frau aus einem der Cottages, der Quell sei trocken. »Der Quell trocknet niemals aus«, erwidert sie.

Wir hielten am Straßenrand, und ich schaute auf die Karte. Gegenüber dem Zeichen für Quelle waren zwei kleine Würfel. Wir waren gerade an ihnen vorbeigefahren. Ich wendete das Auto. Die Cottages waren an einer geradezu lebensgefährlichen Kurve der A9 und wie aus dem Buch entsprungen. Zu beiden Seiten der Straße verlief ein Waldstreifen, gegenüber den Cottages war ein flechtenbewachsenes Holzgatter. Die A9 ist die einzig bedeutende Straße in dem Teil der Highlands; die Autos brummten vorbei wie Killerbienen. Ich parkte den Wagen vorsichtig auf einem flachen Grasrand. Beim Aussteigen sah ich einen Penny, den ich aufhob und Evie zeigte. Sie leerte ihre Wasserflasche auf die Straße.

»Für das Quellwasser«, sagte sie.

Wir gingen durch das Holzgatter. Durch das Geflecht des hohen Weidezauns neben dem Fußweg sahen wir den Wald, dessen schiefe Banks-Kiefern nicht sehr gesund wirkten. Andere Bäume hatte man gefällt, aber nicht ersetzt. Kälte hing in der Luft, man hörte nur die Kiefern knarzen und gelegentlich den Straßenverkehr. Nach knapp fünfzig Metern führte der Pfad auf eine schwärzliche mulchige Lichtung, wo ein Weidenmann mit Kilt samt obligatorischer Felltasche, einem Tam-o'-Shanter auf dem Kopf und Gummistiefeln neben einem leeren, mit Kiefernzapfen und trockenen Blättern ausgelegten Bachbett lag. Bronzefarbene Kiefernnadeln bedeckten die Erde. Und obwohl der Weidenmann an eine Vogelscheuche erinnerte, fungierte er als Quellenwächter und zeigte an, dass wir am richtigen Ort waren. Enttäuscht musste ich erkennen, dass der Quell anscheinend wirklich ausgetrocknet war. Ich legte dem Wächter den Penny auf den Fellbeutel.

Und dann sah ich etwas, wir beide sahen es offenbar gleichzeitig. Wenige Meter entfernt war in einer dunklen Böschung eine von jungen Farnwedeln umstandene Holztür aus rotbraun angestrichenen Brettern. Sie war nicht groß, eher wie ein Schrank, und auf dem Türsturz waren in Großbuchstaben und Blockschrift die Worte eingeschnitzt:

DER QUELL AM ENDE DER WELT

Die Tür ähnelte der ohne Griff aus meinem Traum, hatte allerdings einen aus Keramik. Und außerdem einen Riegel aus Messing. Über dem Sturz standen zwei angeschlagene Emaillebecher, in denen ein paar Kiefernnadeln lagen.

Wir hockten uns vor die Tür.

»Geh rein«, sagte Evie. »Los, mach!« Voller Angst schob ich den Riegel zurück. Ob der Quell doch versiegt war oder lediglich voller zerbrochener Zweige wie das Bachbett ein paar Meter links von uns? Ich öffnete die Tür.

Zuerst dachte ich, ein Licht sei angegangen. Wir schauten in eine rechteckige Kiste, mit glatten bleichen Seiten aus Stein und feinem weißlichem Sand auf dem Boden. Darüber entdeckte ich ein aus apfelgroßen Steinen gefertigtes Dach wie das einer Zisterne. Ein heller Farn fädelte sich zwischen zwei Steinen hindurch. Das Wasser sah man nicht sofort, aber ein paar Kiefernnadeln, die ich beim Öffnen der Tür in Bewegung versetzt hatte, verrieten die Wasseroberfläche. Das Licht schien von innen aus dem Quell zu kommen, und ich dachte an die Worte, die uns zu dieser Reise angeregt hatten: »Ein Quell, dessen Wasser so klar ist, dass es unsichtbar ist.«

Ein Pochen wie ein Herzklopfen schien die Luft vor uns in Bewegung zu versetzen. Wortlos reichte mir Evie einen der Becher, und ich drückte ihn ins Wasser. Es schwoll um den Rand herum an, als zögere es, in den Becher zu laufen. Ich hob ihn hoch.

»Du zuerst«, sagte Evie.

»Nein, du bist meine Tochter.«

Evie trank den Becher halb aus, ich trank den Rest. Beide so hastig, als wären wir gerade ein Rennen gelaufen. Das Wasser war süß, als schlucke man Licht.

Eine Brise wehte draußen über die Lichtung, im Kreis, in die Höhe; die Bäume hinter dem Weidenzaun knarrten wie Flaggentaue. Wir hörten das lachende Krächzen der Krähen, und dann flatterte ein Vogel mit nachhängenden Beinen langsam über den Baumkreis.

»Ist das ein Fischreiher?«, fragte Evie. Der Vogel flog in einem Bogen.

»Nein, sein Hals ist lang ausgestreckt, und er ist weiß. Es muss ein Storch sein.« Die Bäume ringsumher bewegten sich. Der Himmel war fayenceblau geworden. Sonnenlicht strömte auf den Boden der Lichtung. Der Wechsel war so plötzlich geschehen, dass ich unwillkürlich lachen musste, aber dann schwiegen wir. Eine Wolke verdeckte die Sonne. Die Bäume ruckelten sich wieder zurecht: Stille.

»Was meinst du?«, fragte ich Evie.

»Ich meine, dass die Audienz beendet ist«, erwiderte sie.

Ich schloss die Tür zum Quell. Mit leeren Plastikflaschen gingen wir rasch denselben Weg zurück, und als wir das Gatter erreichten, fragte Evie: »Fühlst du dich anders?«

Ich zögerte. »Ja. Und du?«

»Alles sieht klarer aus«, sagte sie.

Wir riefen Rupert an und sagten ihm, wir kämen nach Hause. Wieder brauchten wir drei Tage, auf dem Weg besuchten wir meine Mutter. Seit ihrer Krankheit war ihr Gedächtnis unglaublich löchrig, und sie war so überrascht wie erfreut, uns zu sehen, und traurig, als wir wieder abfuhren. »Passt auf euch auf«, sagte sie, »und ruft mich an, wenn ihr angekommen seid. Ihr Kinder seid das Einzige, was ich habe.«

»Und du bist die einzige Mutter, die ich habe!«, sagte ich.

»Und *meine* einzige *Groß*mutter!«, sagte Evie.

Nach einer Nacht im Cottage machten wir es winterfest. Am dritten Tag fuhren wir nach Süden, durch Wales, über Berge und durch ein baumgesäumtes Tal. Vor uns war ein Gewitter. An dem Schild zum Dorf von Mrs Thomas vorbeizufahren, fiel mir leichter, seit ich wusste, dass sie da war. Mühelos gelingen würde es mir sicher nie. Mein Handy piepte, und Evie erkannte darauf die Nachricht von Robert, er sei auf dem Rückweg von Cardiff. Wo wir seien?

Es erklang ein Paukenschlag von Donner, gefolgt von einem zuckenden Blitz, der den Himmel vor uns zweiteilte. Die Straße war dunkel und glatt, und sie glänzte, obwohl es nicht regnete. Wir bewegten uns offenbar mit der gleichen Geschwindigkeit wie der Sturm, denn den Rest der Reise blieben wir in dem grünen Licht und zählten sieben Regenbögen.

Dank

Ich möchte folgenden Leuten danken: bei Bloomsbury meiner superklugen, unerschütterlichen Lektorin Alexa von Hirschberg und der rundum wunderbaren Alexandra Pringle, dafür, dass sie sich für mich entschieden haben; Sarah Barlow, Laura Brooke, Michael Fishwick, Helen Flood, David Foy, Greg Heinimann und der scharfäugigen Mary Tomlinson, die alle geholfen haben, dass es so ein schönes Buch geworden ist.

Ariel Bruce für ihre Großzügigkeit und weil sie meine biologische Familie gefunden hat; Joanna Comino für ihre präzisen Anmerkungen und ihre Freundschaft; Clare Conville dafür, dass sie mich gepflegt und gefüttert hat; Jane Coward für ihre beständige Freundschaft und dafür, dass sie mir so hervorragend Gesellschaft geleistet hat; Mary Doyle und David Austen dafür, dass sie sich um unsere kleine Familie gekümmert haben, als die Aussichten doch ein bisschen düster waren; Tessa Ettedgui dafür, dass sie mit mir zur Chemotherapie gegangen ist; Robin Farquhar Thomson dafür, dass er darauf bestanden hat, dass ich singe; Sr. Maria Goretti und Sr. Carmel dafür, dass sie sich an die Geschichte erinnert haben; Dairmid Gunn und dem Neil M. Gunn Literary Estate dafür, dass sie die *Fischtreppe* immer unterstützt und mir gesagt haben, wo der Quell ist; Claudia Harding McKean und ihrem Team beim Countess of Chester-NHS Trust dafür, dass sie mir das Leben gerettet haben; Olga Jubany Baucells dafür, dass sie mich daran erinnert hat, dass Minerva auch die Göttin des Heilens ist; Caradoc King dafür, dass er vorgeschlagen hat, ich solle meine Wanderungen aufzeichnen, und weil er mein Freund, Lehrer und Agent ist; Robert Macfarlane dafür, dass er mich für eine

Schriftstellerin gehalten und mir vom *Quell am Ende der Welt* erzählt hat und für seine Ermutigung, seinen Rat und seine Freundschaft; Fiona McNeil, ihrem Team und allen im Royal Marsden dafür, dass sie mir durch das Schlimmste geholfen haben; Jean McNeil an der University of East Anglia für ihren Glauben an das Projekt, Calvin Mitchell für seine überwältigende Großzügigkeit, behutsame Anteilnahme und praktische Unterstützung; der Familie Norbury: Jean, John, Maria, Anna, Connor und Lauren für alles; Oba Nsugbe für seine außergewöhnliche Fürsorge, Großzügigkeit, Weisheit und seinen guten Rat; Deborah Orr dafür, dass sie mir Gesellschaft geleistet hat, als wir keine Haare hatten; Dennis Pinnington in liebevollem Gedenken für lebenslange Liebe, Freundschaft und Ermutigung und dafür, dass er mein zweiter Leser war, obwohl er starb, bevor er zu Ende lesen konnte; Polly Samson für ihr ansteckendes Lachen und dafür, dass sie meine erste Leserin war; Sue Swift und David Flusfeder dafür, dass sie so freundliche, offene Nachbarn sind; meinem Bruder »Robert Thomas« dafür, dass er da ist.

Die folgenden Leute haben auf solch unterschiedliche Arten geholfen, wie sie selbst sind: Louise Allen-Jones; John Bernasconi; Sharon Blackie; Jared Brading und die Leute an der Sacred Heart Primary School; Harvey Cabaniss; Cynthia und John Carson; Amit Chaudhuri; Simon Chu; Andrew Cowan; Linda Cracknell; Kristin Dean; Amy Elliot; Johnny Flynn; Lucy Geldenhuys; Kirsty Gunn; Judy Herbert; Clare Jolly; Bronwen Jones; Julian Kenyon; Yuko Komiya; Nigel Langford; Michael Lengsfield; Jackie Lomax; Sara Maitland; Bischof Vincent Malone; Chrissie O'Farrell; Msgr. Canon Peter O'Neill; Fr. Jordi Padro; Jeremy Page; Gwenna Parry Williams; Georgina und William Petty; Noemi Ranz; Jon Riley; Mary Sackville West, Linda Shaughnessy; Meg Sinclair; Peter Straus; Henry Sutton; Gwydion Thomas; Nancy Verrier; Nicola Waddell; Stuart Webley; Amy Wellesley Wood; Sharon Wilkinson; Peter Womack; Mildred Yuan.

Mein besonderer Dank gilt Evie Thomson, meiner Tochter, dafür, dass sie mir eine solch lebenssprühende Gefährtin ist, und Rupert Thomson – meinem Freund, Mann und Seelengefährten: Wo soll ich anfangen?

Anmerkungen

In diesem Buch habe ich mein *Leben beschrieben*, es basiert auf den Erlebnissen und Erinnerungen von Katharine Norbury. In manchen Fällen sind lediglich deshalb Menschen, Orte, Daten, die Abfolge oder Einzelheiten von Ereignissen verändert worden, um die Anonymität der Betreffenden zu wahren.

Anmerkungen zu Quellen

Motto zu Teil I

S. 11 »Nicht wenig Elend und Verwirrung«. Teresa von Avila, Die innere Burg, Erstes Kapitel
http://kath-zdw.ch/maria/teresa.avila-die_innere_Burg.html.

Font del Mont

S. 15 »Orte im Herzen«. Léon Bloys Worte »Im Herzen der Menschen gibt es leere Orte, und in sie dringt das Leiden, damit sie fühlbar zu existieren beginnen« sind als Epigraph zu Graham Greenes *Das Ende einer Affäre* berühmt geworden, aber offenbar weiß niemand, wann oder wo Bloy sie zuerst veröffentlicht hat.
http://de.101sharequotes.com/quote/léon-bloy-im-herzen-der-menschen-gibt-es-l-40744.

Swimmingpool

S. 16 »Auf einem Hügel steil und schier« aus: John Donne, »Die dritte Satire« aus *Zwar ist auch Dichtung Sünde. Gedichte englisch und deutsch*, Leipzig 1985. S. 130. Die 3. Satire übersetzt von Maik Hamburger.

S. 18 »... deren Wasser so klar ist«. Aus meiner Korrespondenz mit Robert Macfarlane, 2009. Abgedruckt mit freundlicher Genehmigung von Robert Macfarlane.

S. 20 »Und was fängst du da mit dir an?« Aus Neil M. Gunn, *Highland River*, London 1975. Abgedruckt mit freundlicher Genehmigung von Dairmid Gunn für Neil M. Gunn-Erben.

Humber

S. 23 Eine Fassung von »Humber« erschien zuerst in *A Wilder Vein*, hrsg. von Linda Cracknell, Port of Ness 2009.

Mersey

S. 52 »In einen dunklen Lederbeutel« aus *The Mabinogion*. Ins Englische übersetzt von Lady Charlotte E. Guest, New York 2000.
Die vier Zweige des Mabinogi / Evangeline Walton. Übersetzt von Jürgen Schweier, Stuttgart, 1992.

Afon Geirch

S. 59 »Matthäus, Markus, Lukas, Johannes«. Das – englische – Gebet und Kindergedicht ist auch als »Schwarzes Vaterunser« bekannt. Traditionell sagen es die Kinder beim Zubettgehen. Im Roud Folk Song Index hat es die Identifikationsnummer 1704. Vielleicht hat es Ursprünge in alten babylonischen Gebeten und wurde in seiner christlichen Version im spätmittelalterlichen Deutschland gesprochen. Die früheste erhaltene Version auf Englisch kann bis in die Mitte des 16. Jahrhunderts zurückverfolgt werden.

S. 64 Von der Geschichte zu Hen Blas gibt es mehrere Versionen: Jan Morris erzählt eine in ihrem Buch *The Matter of Wales: Epic Views of a Small Country*, in der die Wasser um die Burg steigen und bis auf einen alle Zecher ertrinken. Sie hat aber auch eine Familienähnlichkeit mit der Geschichte von Odysseus' Rache an Penelopes Freiern, als der Held als Bettler verkleidet sein belagertes Heim betritt und mit Hilfe seines Sohnes und eines vertrauenswürdigen Schweinehirten alle Freier tötet.

S. 65 »Das Walross und der Zimmermann« aus Lewis Carroll, *Alice hinter den Spiegeln.*

S. 66 »Hielt Zeit mich grün und sterbend« aus: Dylan Thomas, »Fern Hill«.

Ffynnon Fawr

S. 75 »Sie ahnten es nicht«, aus R. S. Thomas »Ffynnon Fair« aus den *Collected Poems 1949–1990*. Phoenix 2000.

S. 76 »St Mary's Höhle«. Ieuan Lleyn (1769 – 1832), auch als Evan Pritchard bekannt, war ein berühmter Barde, Dichter und Autor von Kirchenliedern. Dieses Zitat stammt aus einem Brief an seinen Freund Dafydd Ddu Eryri aus dem Jahr 1799. Die englische Übersetzung mit freundlicher Genehmigung von Gwenllian Jones im Auftrag von Rhiw.com.

Caherdaniel

S. 101 »Aber nicht Odysseus den Herrlichen …« *Odyssee* von Homer. Fünfter Gesang. Übersetzt von Johann Heinrich Voß. Projekt Gutenberg.

S. 103 »jenes namenlose Etwas …« aus C. S. Lewis, Vorwort zu *Das Schloss und die Insel. Die gespiegelte Pilgerreise.* Basel, Gießen 2010, S. 19.

Skell

S. 106 und S. 108 »Herzu kam eines Tags« und »Allerwärts die Frau auch ging« aus den *Irish Metrical Dindshenchas*, ins Englische übersetzt von Edward John Gwynn, CELT: The Online Resource of Irish History, Literature and Politics, University College Cork, 2004. https://www.ucc.ie/celt/

S. 111 »diese höchst respektvolle Mürrischkeit« aus: Wilkie Collins, *Die Frau in Weiß.*

S. 120 »Ob dich auch tadelt …« aus Georgiana Duchess of Devonshire, Brief an Eliza Grey from »*Verses copied by Lady Charlotte Cholmonderley in her common place book*«, circa 1816.

Tummel

S. 132 »als so wesentlich für das Menschsein, …« aus Sara Maitland, *Gossip from the Forest.* London: 2013 (zitiert mit freundlicher Genehmigung der Autorin).

S. 134 »Where trouble melts …« aus: »Over the Rainbow«, Worte und Musik von Harold Arlen und E. Y. Harburg, 1938 zitiert mit freundlicher Genehmigung des EMI Feist Catalog, London.

Spey

S. 140 Eine Fassung von »Spey« erschien zuerst in der *UEA (University of East Anglia) Creative Writing Anthology* mit einem Vorwort von Andrew Motion, Norwich, 2012.

S. 149 »Wir erfüllen die Anforderungen der Natur«, Cassius Dio, *Römische Geschichte*, Bd. 9 der Loeb Classical Library: 1914–27, Nachdruck 1961–67.

S. 152 »Eine seltsam fatalistische Stimmung« aus: Neil M. Gunn, *Highland River*, London 1975. Abgedruckt mit freundlicher Genehmigung von Dairmid Gunn für das Neil M. Gunn Literary Estate.

Dunbeath

S. 159f. »die ein Auge auf einen jungen Soldaten warf«, »und hielt ihre Füße davon ab«, »wir sind der aufrichtigen Überzeugung« aus Jocelyn, ein Mönch aus Furness, *The Life of Kentigern*, ins Englische übersetzt von Cynthia Whidden Green als Teil einer Masterarbeit, University of Houston 1998. Im Internet Medieval Sourcebook.
https://sourcebooks.fordham.edu/sbook.asp.

S. 187 »Seine Enttäuschung war vage« »Er ging weiter« »Der Berg Morven« »von reinem, gemahlenen Quarz« aus Neil M. Gunn, *Highland*

River, London 1975. Abgedruckt mit freundlicher Genehmigung von Dairmid Gunn für das Neil M. Gunn Literary Estate.

S. 193 »Wo es sich um ganz junge Menschen handelt« aus Tania Blixen, »Der alte, fahrende Ritter« aus: *Sieben phantastische Geschichten*. Hamburg 1982.

S. 193 »Einst war ein geheimer Quell« aus den Irish *Metrical Dindshenchas*, a. a. O.

Motti zu Teil II

S. 201 »Ist es möglich, die dunkle Wolke …« Neil M. Gunn in einem Brief an Geoffrey Faber, 1950. Abgedruckt mit freundlicher Genehmigung von Dairmid Gunn für das Neil M. Gunn Literary Estate.

S. 201 »All that I have is a river.« Aus »The Water« von John Patrick Vivian Flynn © Transgressive Publishing Ltd (PRS) (NS). Alle Rechte verwaltet von Warner/Chapell Music Publishing Ltd. Alle Rechte vorbehalten.

Swimming Pool II

S. 204 »Als er nach oben blickte, sah er …« Aus John Cheever, *Der Schwimmer. Stories*, Köln 2009.

Der namenlose Bach

S. 220 »geschickt, umsichtig und bescheiden«. Aus: *The Scafell Accident*, in: Climbers' Club Journal Nr. 21, 1903.

S. 223 »where trouble melts« aus »Somewhere over the Rainbow«.

Severn

S. 237 »Ich warte, dass eine alte verschlissene Königin« und die weiteren Zitate, »She who shines«, aus: Alice Oswald, *A Sleepwalk on the Severn«*, London 2009.

S. 244 »Das Band, das zwischen uns zerschnitten worden war.« Nancy Verrier, »Aussage zu meiner Position«. www.nancyverrier.com/position-statement. Abgedruckt mit freundlicher Genehmigung von Nancy Verrier. »Die Verbindung zwischen biologischer Mutter und Kind ist eine Primärbindung, mystisch, mysteriös, und sie endet nie. Weit mehr als nur biologisch und historisch, ist diese urtümliche Verbindung außerdem zellulär, psychologisch, emotional und spirituell. Die Verbindung zwischen einem Kind und seiner Mutter reicht so tief, dass es eine gewaltige Wunde bei beiden hinterlässt, wenn sie gekappt wird, eine Wunde, von der sich beide nicht vollständig erholen. Bei einer Adoption ist die Wunde unvermeidbar, aber sie kann und muss anerkannt und verstanden werden.«

S. 249 »Eine geheime Quelle gab es«, »Allerwärts die Frau auch ging« aus den *Irish Metrical Dindshenchas*, a. a. O.

Afon Rhiw

S. 251 »Was ist das Dasein anderes?« R. S. Thomas, aus »Mass for Hard Times« aus *Selected Poems*, Penguin Modern Classics, London 2003. Abgedruckt mit freundlicher Genehmigung von Gwydion Thomas für das R. S. Thomas Literary Estate.

S. 270 »Der Quell trocknet niemals aus«. Neil M. Gunn, *Der Quell am Ende der Welt*, München 1955.

Zur Autorin

Katharine Norbury hat eine Ausbildung zur Cutterin bei der BBC gemacht und lange Jahre als Dramaturgin bei Film und Fernsehen gearbeitet. Sie hat den Creative Writing Masterstudiengang an der University of East Anglia absolviert und promoviert derzeit an der Goldsmiths University in London. Sie wohnt mit ihrer Familie in London.

Die Fischtreppe ist ihr erstes Buch.

@kjnorbury

Erste Auflage Berlin 2017

MSB Matthes & Seitz Berlin Verlagsgesellschaft mbH
Göhrener Str. 7, 10405 Berlin
info@matthes-seitz-berlin.de

Titel der Originalausgabe: The Fish Ladder. A journey upstream

Umschlaggestaltung: Dirk Lebahn, Berlin
Satz: Gaby Michel, Hamburg
Druck und Bindung: Pustet, Regensburg

ISBN 978-3-95757-452-7